首木の民《くびきのたみ》

誉田哲也

双葉社

首木の民

装丁　bookwall
写真　Matan / Adobe Stock

第一章

1

隣に、妻がいない朝を迎えるのにも、もう慣れた。

朝六時。起こしに来てくれるのは、娘の詩月《しづき》だ。

「おい、いい加減にしろよ。もう起こさねえぞ」

サッカーでいったら「インサイドキック」だろうか。ドアに蹴りが入るのも毎度のことだ。

「……はい、すみません……もう、起きます」

「もうじゃねえよ。返事はいいから今すぐ体起こせ。起きて立ってここまで来いや」

詩月は、いつからこんな乱暴な口を利《き》くようになったのだろう。高校に入って、それまではずっと長かった髪をバッサリ切ってからだろうか。以来、顔つきまで妙に精悍《せいかん》になったように思う。髪を短くして初めて、ああ、この娘《こ》って男顔だったんだな、と気づいたようなところがある。

「うんっ……と」

佐久間龍平《さくまりゅうへい》は横向きになり、変に熱のこもった体を、とりあえずベッドに腰掛ける恰好《かっこう》にまで起こした。

体の隅々まで燻《いぶ》されたというか、毛細血管まで煤《すす》けたというか、明らかに全身の酸化が進み過ぎたこの状態。不用意に立ち上がれば、転倒の恐れすらある。ゆっくりと、とにかく慎重にいこう。

可能な限り静かに、正面の壁に手を突いたつもりだったが、意外なほど大きく「どんっ」と鳴ってしまった。ドアレバーを握り、ゆっくり引き開けただけなのに、よろけて後ろに倒れそうになった。

なんとか踏ん張り、ドア口に覗《のぞ》いた娘の顔を確かめる。

「おは……」

「くっさッ」

詩月は眉間と鼻筋を皺々にし、片手で鼻と口を覆い、焦げた死体でも見るような目で、実の父親を睨《にら》みつけた。

「おい、なに飲んだらこんなに臭くなるんだよ。くっさ……なにこれ……マジでくっさ」

美味《おい》しいお酒は、ついつい飲み過ぎてしまうものだが、それを高校生に理解してもらおうとは思わない。

「……すまん」

「今日、仕事あるんだよな」

「……ああ」

「そんなんで職場行って、仕事になるわけ」

「それは、大丈夫」

「いやいや、駄目でしょう。完全にアウトでしょう。それともなに、そんなんで務まるような、その程度の仕事なわけ、警察官ってのは」

なんだかんだ、警察官はお酒が好きなのです。

「大丈夫だよ、歯ぁ磨けば……」

「歯磨きで誤魔化《ごまか》せるレベルの酒臭さじゃないんだよ」

「じゃあ、いつもお前が食ってる、あのミントのタブレット。あれ、ありったけくれ……あれ一気食いして、それから出かけるから」

「掌《てのひら》一杯の錠剤を、口一杯に頬張るってか。睡眠薬で自殺するみたいで勇ましいな」

いかん。吐く。


睨まれようが悪態をつかれようが、一階のダイニングに下りれば、そこには詩月が用意してくれた朝食が待っている。

「気持ち悪いんだったら食わなくていいぞ」

「大丈夫。もうスッキリしたから」

「食ってまた吐かれても困るんだけど」

「大丈夫。詩月のご飯は美味しいから」

「酔っ払いのお世辞で喜ぶほどガキじゃねえわ」

さわらの塩焼きと、なめこの味噌汁と、白飯。あと白菜の漬物が少々。

立ち昇る湯気が、キッチンの窓から射し込む朝日にふわふわと躍っている。

「いただきます」

「……ご馳走さま」

先に食べ終わった詩月は、自分の食器だけ軽く洗い、洗面所に向かう。詩月の出かける時間が早いのは、部活の朝練があるからとか、早く行って誰もいない静かな教室で勉強したいとか、そういうことではない。単に入った高校が遠方にある、というのがその理由だ。

なんにせよ、我が子ながら立派だと思う。父親の分まで朝飯を作り、学校から帰ったら掃除や洗濯をし、ときには疲れて帰ってくる母親の食事の用意までするのだ。

そう。佐久間龍平の妻、優香《ゆうか》は、現役の看護師だ。

詩月の出産後、小学校卒業までは「夜勤なし」の条件で勤務していたが、詩月の中学入学と同時に夜勤もするようになった。だからといって、そこからいきなり詩月が料理をしたり、掃除、洗濯までこなすようになったわけではない。少しずつ、少しずつだ。

今日の夕飯、カレーでよかったら私が作っとくよ。ありがとう、詩月。じゃあ申し訳ないけど、お願いしちゃおうかな。お父さんのスーツ、今日学校の帰りにクリーニングから引き取ってくるから。おお、ありがとう詩月、助かる。昨日のスーパーのレシートなんだけど。ありがとう、でも五千円で足りた？　千、何百円か足りなかったから出しといた。あー、ほんとごめん。もう、詩月に生活費、全部預けちゃった方がいいのかな。勘弁してよ、私まだ中二だよ。

それが高三になると、こうだ。

「行ってきます。親父、今日は飲まないで帰ってこいよ」

「はい……行ってらっしゃい」
思春期の娘と父親というのは、どこの家もこんな感じなのだろうか。

佐久間龍平が家族と住んでいるのは、東京都杉並区天沼《あまぬま》にある、警視庁の家族用官舎だ。構造的には、メゾネットタイプのアパートみたいなものだ。一階はダイニングキッチン、浴室、トイレ、と六畳の洋室。二階は六畳の和室と、八畳の洋室。妻と娘と三人で住むには、必要十分な間取りといっていい。一棟には三世帯が入居できるようになっている。

ここから、佐久間が勤務する警視庁志村《しむら》警察署までは一時間ジャスト。最寄りの荻窪《おぎくぼ》駅から中央線で新宿駅、埼京線に乗り換えて浮間舟渡《うきまふなど》駅で下車。そこから署までは歩いて十分ちょっと。住宅と工場、倉庫が同じくらいの割合で入り交じるエリアを抜けていく。

製本工場の角を曲がったところで、後ろから声をかけられた。

「……佐久間係長」

声で、同じ刑組《けいそ》課（刑事組織犯罪対策課）強行犯捜査係の部下、水沢晃《みずさわあきら》巡査部長であることは分かった。

振り返ると、水沢は佐久間の隣まで小走りしてきた。

「おはようございます」

「おう、おはよう」

「係長、昨夜はけっこう飲まされてましたね」

昨日は交通課交通捜査係の八島《やしま》統括係長、生活安全課保安係の鈴木《すずき》担当係長、と佐久間、水沢の四人で飲んだ。

八島は佐久間の二つ上で四十九歳、階級は一つ上の統括警部補。鈴木は四十か、四十一くらいの警部補。比べてこの水沢は三十一歳と断トツに若い。

昨日は、八島から「例の会をやろう」と佐久間を誘ってきた。同じように誘われたのか、鈴木も「参戦します」と加わってきた。

夕方、三人で署を出て歩き始めるとすぐ、コンビニ袋を提げた水沢と出くわした。「なんか楽しそうですね」と探るような目で見るので、「俺たちは『利き酒同好会』のメンバーなんだ」と明かすと、水沢は「自分も入会します」とくっ付いてきた。八島は「若いのに物好きな奴だな」と、えらく水沢のことを気に入っていた。そのこと自体は、佐久間も誇らしく思っていた。

ただ佐久間の、利き酒の成績はてんで振るわなかった。

佐久間たちがよく行く居酒屋には「飲み比べセット」というのがあり、銘柄を三つ選んでオーダーすると、店員がガラスのお猪口《ちょこ》に注いで持ってきてくれる。三つの銘柄が書かれたメモ紙を見ていいのはオーダーを担当したメンバーだけ。他の三人が飲んでそれを当てるのだが、昨夜に限って、佐久間は一回も当てることができなかった。

当てた者は抜けられる、外した者は当たるまで飲み続ける。そういう勝負だ。これを「キツくない」と言ったら嘘になるが、それでも酒好きには堪《たま》らなく楽しい。

いつも八島にからかわれる。

「佐久間、お前全然、悔しそうじゃないな」

「なに言ってんすか。悔しいっす。めたくた、悔しいれす……ほい、次。次、くらさい……次こほは、当ててみせまふから」

　負けたのは、事実だから認める。

　しかし自らの名誉のため、ひと言だけ水沢には言っておく。

「馬鹿言うなよ。俺は飲まされたんじゃない。あれはあくまでも、自ら進んで飲んだんだ」

「え、負け続けて、飲まされ続けてたんじゃないんですか」

「違う。俺は勝って抜けても、自分で頼んで、飲み続ける……結局、飲むんだよ、男ってのは」

「男とか女とか、そういう問題では、ない気がしますが」

　そんな、どうでもいい話をしているうちに署に着いた。

「……ちなみに、息とか、どうかな。臭うかな」

「それは、問題ないと思いますけど」

　ほらな、詩月。やっぱり大丈夫なんだよ。


　八時半からは、それぞれの部署で朝会《あさかい》が開かれる。

「気をつけ……敬礼……休め」

　佐久間たちは俗に「刑事《デカ》部屋」と呼ばれる、刑事組織犯罪対策課のそれに参加する。朝会では警視庁本部からの通達、署内の業務連絡、本署当番からの引継ぎ事項などが伝えられる。

　本署当番というのは、一般社会でいうところの「宿直」と同じだが、警視庁ではこれが、つい最近までは六部制だった。要は、六日に一度は泊まりの勤務があったということだ。

「ええ……まず、本部からの通達が、二件……」

佐久間のいる刑組課なら課員を六つの班に分け、一日ごとに交替で当番に就く。当番時間は、通常勤務が終了する午後五時十五分から始まり、翌日の、遅くとも午前十時半までには終了することになっている。

当番時間帯は所属する係の分掌に拘《かかわ》らず、あらゆる事案を取り扱う。刑組課には総務係、強行犯捜査係、知能犯捜査係、盗犯捜査係、鑑識係、組織犯罪対策係、暴力団対策係、薬物銃器対策係と、取り扱う事務ごとに係が分かれているが、当番の間はこの垣根が取り払われる。

「では次に……」

たとえば、鑑識係員が当番に就いたとする。通常勤務時間は証拠品から指紋を採取するなどしていればいいが、当番時間帯になったら、下着泥棒だろうが詐欺事件だろうがヤクザ同士の抗争だろうが扱わなければならなくなる、ということだ。

ところがこの、本署当番。数年前から徐々に、八部制に移行されるようになった。つまり六日に一度あった泊まり勤務が、八日に一度でよくなったのだ。お陰で、日々の生活はかなり楽になった。佐久間も昨夜のように、心ゆくまで酒を楽しめる機会がだいぶ増えた。

「ええ……次。自動車警ら隊から……」

とはいえ、八部制への移行を機に警視庁の採用人数が三割増しになった、なんてことはない。一つの警察署の署員数も変わっていない。それなのに六班に分けていたものを八班に分ければ、当然、一個班ごとの人数は少なくならざるを得ない。二十四人を六班に分ければ一個班は四人だが、八班に分ければ三人になるという、ごくごく単純な割り算の話だ。

そんなことで首都東京の治安が守れるのか、と一般市民の皆さまは不安に思われるかもしれないが、これが案外大丈夫なのだ。

実際、警視庁管内に限らず、日本国内の事件発生件数は年々減少している。たとえば、警視庁本部の刑事部には「捜査第一課」という、殺人などの凶悪事件を扱う部署がある。ここの殺人犯捜査係は、多いときは十四係もあったが、最近は七係にまで減っている。それだけ、凶悪事件自体が少なくなってきている、ということだ。

「今朝は、以上です」

「気をつけ、敬礼……休め」

朝会が終われば、それぞれの係に分かれて業務に当たる。

佐久間は、いま報告にあったあれは、自分がやることになるんじゃないかな、と密《ひそ》かに予測していたのだが、案の定だった。

「……佐久間係長」

強行犯係の平中《ひらなか》統括係長に呼ばれたので、そのデスクまで行く。

「はい。あれですか、自ら隊のやつですか」

正式には「自動車警ら隊」という。

平中が頷《うなず》く。

「ああ……なんだかな、って話だけどな」

「職質から、ってことですよね」

佐久間がデスクを覗くと、平中はそこにあった書類をすくい取り、佐久間に向けてきた。

弁解録取書だ。

【弁解録取書
住所　埼玉県さいたま市南区辻《つじ》一丁目△▲－◎
職業　武橋《たけはし》大学国際教養学部客員教授
氏名　久《く》和《わ》秀昭《ひであき》　昭和○○年五月二十三日生（四十六歳）】

職業の欄の記載が、なかなか興味深い。

「大学の先生なんですね」

「そのようだな」

続きを読む。

【本職は、令和※※年七月五日午後十一時三〇分ころ、警視庁志村警察署において、上記の者に対し、緊急逮捕手続書記載の犯罪事実の要旨及び――】

決まりきったところは飛ばす。

【弁解の機会を与えたところ、任意次のとおり供述した。
1　私が他人の財布を盗んだという事実はありません。
2　私が車に乗ろうとした際、車のドアを押さえていた警察官の手を払い除け、肩を押してしまったのは事実です。
3　弁護人との接見を希望します。
久和秀昭㊞
以上のとおり録取して読み聞かせた上、閲覧させたところ、誤りのないことを申し立て、署名指印した。

前同日　警視庁第二自動車警ら隊
司法警察員　警部補　香川隆《かがわたかし》㊞】

逮捕要件は窃盗と公務執行妨害といったところか。

しかし、大学の客員教授が他人の財布を盗むとは情けない。

詳しいことは【緊急逮捕手続書】の方に書いてある。


【下記の被疑者に対する窃盗、公務執行妨害被疑事件につき、被疑事実の要旨及び急速を要し逮捕状を求めることができない旨を告げ――】

　この辺も定型文だから飛ばして、罪状を見る。

【4　罪名、罰条
　　窃盗　刑法第二三五条
　公務執行妨害　刑法第九五条
　5　被疑事実の要旨
被疑者は令和※※年七月五日午後十時一五分ころ、本職が東京都板橋区坂下《さかした》二丁目二十六、国道十七号路上で職務質問をした際、被疑者名義の車両内部に、血液の付着した他人の財布を所持していた。本職はこれについての説明を求めたが、被疑者は本職を押し退けて乗車、及び逃走を試みたものである。】

　ちょっと、思っていたのよりは複雑な状況だ。

「血の付いた財布、なんですね」

「ああ。若干、引っ掛かる感はあるな」

「はい」

もし被疑者の職業が大学教授でなかったら、佐久間ももっと単純な事件をイメージしたかもしれない。いわゆる「ノックアウト強盗」のようなケースだ。

犯人は車で移動しながら標的を物色し、女性や小柄な男性に狙いを定め、人気《ひとけ》のないところで襲撃する。相手が抵抗できなくなるくらいのダメージを負わせたら、バッグや着衣のポケットから財布を抜き取る。その際、被害者が「やめて」と財布を摑《つか》む。そこで財布に血液が付着する。そんな財布の一つがたまたま車内に残っており、職務質問をしてきた自ら隊員に見つかってしまった、みたいな状況だ。

だが四十六歳の大学教授が、そんな不良少年のような犯行を企《くわだ》てるものだろうか。客員教授というくらいだから、過去に何か別の仕事で実績を上げており、それが評価されて「ウチで教えていただけませんか」と大学側から誘われた。そういう身分なのだと思う。

しかしそれは、あくまでも「久和秀昭」なる男が、佐久間のイメージする大学教授のそれに合致する人物であった場合の話だ。実際には、大学教授といっても様々なタイプがいるはずだ。大柄で筋骨隆々で、言って駄目なら殴ってでも屈服させるタイプ、もいるのかもしれない。あるいは薬物の知識が豊富で、ひと吹きするだけで相手を意識不明に陥らせるスプレーを常時携帯し、それを用いてよからぬことを――いや、それだと財布に血液は付着しないか。

まあ、なんにしろ会ってみれば分かることだ。

「じゃあ、この久和の調べは、私が」

「うん。でもまあ、調べはやってもらうにしても、財布の持ち主にもな、分かれば会って、聴取しないといかんだろうし」

「じゃあ、調べが終わったら、私が行きます」

平中が壁掛けの時計を見上げる。

「そうは言っても、緊逮《きんたい》（緊急逮捕）が昨日の夜十時過ぎだろ。ってことは、明日の朝にはもう送検だ」

緊急だろうと通常だろうと、警察官は逮捕から四十八時間以内に、被疑者を検察官に送致しなければならない。いわゆる「送検」というやつだ。

ただ実際には、四十八時間を丸々使えることなど、まずない。よほど大きな事件の被疑者なら、個別に送検することもなくはないが、日常起こり得る程度の事件の被疑者であれば、各方面を担当する巡回護送車に乗せて送検するのが普通だ。

このケースでいえば、今日丸一日取調べをして、夜十時過ぎには二十四時間が経過、明日の朝には三十数時間が経過する。もしここで送検せず、その次の日の巡回護送を待っていたら、四十八時間を大幅に超過してしまう。それはできないので、取調べが充分か否かに拘らず、明日の朝には被疑者を検察庁に送り出さなければならない、というごく単純な話だ。

「ちなみに、財布の持ち主は分かってないんですか」

「カード類は入ってるんで、調べりゃすぐ分かるだろうが、何しろ血痕が付いてるんでな。素手でベタベタ触って、あれこれ抜き出して調べるわけにもいかんだろう」

素手で触らなきゃいいだろうが。

「白手《しろて》（袋）ハメてやりゃいいじゃないですか」

「お前、これがコロシだったら、どうすんだよ」

待て待て。

「コロシって……その財布、そんなに血塗《ちまみ》れなんですか」

平中が首を傾《かし》げる。

「いや、血塗れというほどでは、ないかな」

「じゃあ、血塗れの手で摑んだ、くらいの感じですか」

「お前、なんでそんなに血塗れに拘《こだわ》るんだよ」

「っていうか、財布の現物は今どこにあるんですか」

「ここにあるよ」

だったら最初から出しとけよ。

2

中田三都《なかたみつ》は、埼京線の車中でも、浮間舟渡駅の改札を出て歩き始めてからも、ずっと考えていた。

ある意味、非常に自虐的に。

大学時代からの親友、山尾千沙《やまおちさ》に言われた。

「『だから駄目なんだよ』は駄目。絶対に言っちゃ駄目」

しかし、三都は言ってしまった。しかも何回も。千沙に報告していない回数も、実はけっこうある。報告したのより、もっともっと強いニュアンスで言ってしまったこともある。

「だから晴樹《はるき》は駄目なんだよ。あたし言ったよね。いくら先輩に言われたからって、明らかに間違ってることに協力して、その尻拭いの捏造《ねつぞう》にまで手ぇ貸したら、晴樹だって同罪ってことになっちゃうんだよって。ねえ、分かってんの？」

冷静になって考えてみると、「捏造」と言うほどのことではなかったかな、とは思う。商品の単純な発注ミス。その先輩は直前に別のミスをしており、これ以上課長に悪い報告はできないと、晴樹に泣きついてきたのだという。

頼む倉田《くらた》、課長の手前だけでいい。この発注、お前が確認し忘れたことにしてくれ。この借りは必ず返す。お前に何かあったら、そのときは俺が全力で守る。だから今回だけ、この件だけ、本当に申し訳ないが、お前がかぶってくれ。

これ、警察だったらどのレベルのミスに相当するだろう。盗難届とか、被害届を間違ってシュレッダーしちゃったくらいか。いくらなんでも、そこまで酷《ひど》くはないか。捜査報告書の紛失くらいか。それとも、事件現場にたどり着けなくて迷子になっちゃう感じか。パンダ（白黒パトカー）で電柱こすっちゃったのを、後輩のせいにするくらいのノリか。

なんにしても、三都は言ってしまった。

「情けないと思わないの？　ねえ、自分で自分のことが情けなくならないの、ってあたしは訊いてるの。はっきり言ってさ、不安だよ、晴樹と結婚するのなんて。だって怖いもん。背任罪でしょっ引かれたのが自分の旦那とか、マジで勘弁してほしいわ」

その前のときなんて、晴樹が泣くまで詰めちゃったもんな、と、思い返しているときだった。

「おう、サントス」

三都をこんなふうに呼ぶ人間は、この世に一人しかいない。

警視庁志村警察署刑組課強行犯係、横澤《よこざわ》享志《あつし》巡査部長、三十七歳。三都の同僚だ。

「……ほんと、サッカー好きってバカばっかり」

「なんだとコラ。普通に機嫌よく『おはよう』くらい返せないのかよ、いい歳して」

横澤は三都の一つ年上。

いい歳はあんたも一緒だろ。それ以前に、「三都」って漢字を見た瞬間に「サントス」と言い放ったあんたのセンスは幼稚園児以下だろうが。

そう言ってやりたいのは山々だが、同じ方向に歩くその他の警察官もいる中で、年上の同僚を思うがまま怒鳴りつけるわけにもいかない。

「おはようございます、ザワチョウ」

巡査部長は「名字＋チョウ」で呼ばれることが多い。三都だったら「中田チョウ」、横澤だったら「横澤チョウ」だが、三都たちが属する刑組課強行班（強行犯捜査係）には他に、水沢晃という巡査部長もいる。彼は当然「水沢チョウ」となる。

これについて言及した佐久間担当係長に、悪気はなかったと思う。

「横澤は濁った『ザワ』で、水沢は澄んだ『サワ』なんだな」

しかしこれが、三都にはこの上なく愉快だった。

「じゃあもう、『横』と『水』は要《い》らないっすね。濁った『ザワチョウ』と、澄み渡った『サワチョウ』で、区別つきますもんね」

以来、「サントス」と呼ばれたら「ザワチョウ」と言い返すようにしている、というわけだ。

しかも横澤は、三都がそう呼ぶたびに分かりやすく突っかかってくる。

「『ザワチョウ』はやめろって言ってんだろが」

「え？　私、ちゃんと『横澤チョウ』って言いましたよ」

「言ってねえよ。じゃあもういっぺん言ってみろよ」

「……ザワチョウ」

「ほらァ」

突っかかるのはいいが指は差すな。

「誤解ですって。今ほら、たまたまクラクションが鳴って、聞こえなかっただけでしょ」

「クラクションなんか鳴ってねえよ」

「え、太ると耳まで遠くなるんすか？」

「太ってねえし」

それは嘘。三都の把握している範囲だけで言っても、横澤はこの二年の間に五キロは太っている。


朝会が終わり、自分の席にいると、担当係長の佐久間が何やら持って戻ってきた。

横澤、三都、水沢の三人を順番に見て、自分の席に呼び寄せる。

「はい……」

三人が集まったところで、佐久間が自分のデスクに置いたのは、ポリ袋に入った水色の長財布だった。斜めにエンボスの入ったカーボンレザー。おそらく男性用なのだろうが、なんにしてもあまりいい趣味ではない。

　しかも黒っぽいシミが付いている。

　佐久間が横澤を見る。

「さっきの、聞いてたな」

「ええ。自ら隊がバンでキンタイって件ですか」

　自動車警ら隊が、職務質問から、緊急逮捕した件。

　その根拠となった財布というのが、これか。

　佐久間が頷く。

「今ほら、鑑識は車上荒らしのアレで忙しいから……もちろん、モン（指紋）はあとで採らせるけど、とりあえずこっちでさ、中身全部出して、カード番号とか控えて、持ち主確認して、連絡とってみよう」

　横澤が眉をひそめる。

「そんな、遺失物みたいな扱いでいいんすか」

　佐久間が「いや」と左手をかざす。

「そういうことじゃないよ。俺たちだってちゃんとやるし、自ら隊だってちゃんとやってるよ……これがベンロク（弁解録取書）と、キンタイの手続書な」

　三人で順番に、二つの書類を回し読みする。

　事件の性格はそれで概《おおむ》ね理解した。

横澤が弁解録取書を指差して訊く。

「この大学教授が、何者かから財布を奪い、その際にどちらかが負傷し、財布に血液が付着したと」

佐久間が頷く。

「それも、可能性の一つとしては、考えられるな」

引っ掛かる言い方だ。

三都からも訊いておく。

「それ以外の可能性について、係長はどうお考えなんですか」

また佐久間が、曖昧に頷く。

「現状は……なんとも、分からないとしか言いようがないだろ。とりあえず調べは俺がやるから、立会いは」

私が、と手を挙げる間もなかった。

「横澤、頼むわ」

「はい」

「中田と水沢には、この財布を頼む。指紋とか消さないように、丁寧に開いて、持ち主に連絡とって、できるだけ早く面会して、聴取して、まあ殴られたとか、そういうんだったら届けも出してもらって」

水沢が「あの」と小さく手を挙げる。

「うん、なに」

「車両は、この『久和秀昭』という男が乗っていた車は、今どこにあるんでしょうか」

佐久間が足元を指差す。

「ウチに、持ってきてあるらしいよ。俺は現物見てないけど、統括は書類受け取ったって」

それも鑑識に調べてもらわなければならないわけか。

実は、トランクに死体が入ってたりして。


刑事であるならば、基本的な鑑識作業はできて当たり前だ。誰もが「捜査専科講習」を受講しており、そこで鑑識作業についてもひと通り学び、試験にも合格して刑事になっているのだから、できない刑事がいたら、その方がどうかしている。

ただ、個人的な得手不得手というのは、どうしてもある。

「サワチョウ、やって」

机に作業用のゴムマットを敷いて、アルコール消毒もして、白手袋やピンセット、小分けにするためのポリ袋を用意するところまでは、三都がやった。

あとは、水沢に任せる。

「やって……って、何をですか」

「とりあえず、袋開けて」

水沢が、財布の入ったポリ袋に目を向ける。

「この袋を開けるのって、そんなに難しいんですか」

「んーん。白手して、ピッて、ブリッて、普通に開ければいいだけだよ」

「はい、分かりました。やります……やりますけど、でもなんで中田さん、そんなに腰が引けてるんですか」

腰は引けてない。ほんの少し、財布から距離をとっているだけ。

「だって……鑑識作業、嫌いなんだもん」

「嫌い、ってそんな」

「あるの、前に。すっごい怒られたことが」

「何やったんですか」

「急に頭が痒《かゆ》くなって、白手とキャップ外して頭掻《か》いて、そのあと、うっかり白手しないで証拠品触っちゃって。そしたら、隣で見てた係長に、平手で後ろ頭ぶっ叩かれた。ビターンッて、ものすっごい音したんだから」

水沢が真顔で頷く。

「それがトラウマになって」

「うん、鑑識作業が嫌いになった」

「じゃあ、今日のこれで、そのトラウマを解消しましょう」

「やだ」

「大丈夫ですよ。自分は中田さんの頭叩いたりしませんから」

当たり前だ、若造。

「じゃあ、軽くなら叩いていいから、サワチョウが全部やって」

「なんで、叩くことありきになってるんですか」

そうは言いながらも、水沢は白手袋をはめ、ポリ袋から長財布を取り出し、両手に一本ずつピンセットを構えて、財布の点検を始めてくれた。

現金は後回しでいい。重要なのはカード類だ。

「ビザカード、ハジメ、キクチ……UFC銀行、キクチ、ハジメ。もう名前は『キクチハジメ』で確定ですね……お、これは」

大手家電量販店のポイントカードだ。

裏返すと、ご丁寧にも手書きで名前が書き込んである。

「『菊池創』ですって」

「了解」

どのカードにどう表記されていたかは、三都が責任をもって記録していく。

その中から、一番使えそうなカードを指差す。

「これ、当たってみようか」

「クリーニング屋ですか」

銀行関係は、裁判官が発する正式な令状がないと顧客情報を開示してくれない可能性が高い。

だが一般的な商店なら、司法警察員が作成する捜査関係事項照会書でイケる場合が多い。

「そこ、住所は」

「中野区、中野五丁目です」

おそらくJR中央線の、中野駅近くの店舗だろう。

常識からいって、クリーニング店というのは自宅付近にある店舗を利用するものだ。ここを当たって、自宅住所が割れたらその足で行ってみるのもよし。電話番号の登録もあるだろうから、そこに架電してみるのもよしだ。

クリーニング店向けの捜査関係事項照会書を手早く作成し、刑事部屋の奥を確認する。

よかった。刑組課長の辻本《つじもと》は自分の席にいる。捜査関係事項照会書の使用には警部以上の上司の了解と、所属長の決裁が要るのだ。

「課長、辻本課長……自ら隊が逮捕した大学教授の件。押収した財布からクリーニング店の会員証が出てきたんで、これで当たらせてください。持ち主の身元を割ります」

辻本が、差し出した捜査関係事項照会書に目を通す。

「ああ、財布に血が付いていたって件か……これ、知り合いが車内に忘れてったとか、そういう可能性もあるんだろうけど、血が付いてんじゃな、落とし物ってわけにゃいかないよな……はい、いいでしょう。じゃあ署長決裁、もらってってください」

「はい、ありがとうございます」

中野駅なら、新宿駅で中央線に乗り換えて、ということになる。

ささっと用事を済ませて、新宿に戻ってランチ、というのはどうだろう。

三都たちが中野駅を出たのが、十時過ぎ。

「あっつい……今日、最高気温何度だって？」

「三十七度って、出てましたけど」

「マジか……終わったら、冷たいアイスコーヒー飲もうね」

「賛成です」

着いてみると、件《くだん》のクリーニング店はすでに営業を開始していたが、幸い客は一人もいなかった。

自動ドアが開くと同時に漏れてくる、キンキンに冷えた空気が今は何よりも嬉しい。

「恐れ入ります。私、警視庁志村警察署の、中田と申します」

水沢も隣で挨拶し、合わせて礼をする。同時に身分証も提示する。

若い女性店員は、少々困惑気味だ。

「はい……ご苦労さま、です」

「突然お訪ねいたしまして、申し訳ございません。実は、志村警察署管内で押収された持ち主不明の財布の中に、こちらの会員証が入っておりまして……これ、なんですが」

スタンプカードを兼ねた会員証を、ポリ袋に入った状態のまま、その店員に見せる。

「……はい。間違いなく、当店の会員証です」

「この方の住所や、電話番号などの登録はございますか」

「はい。お預かりしたお品物に関して、当店からご連絡差し上げる場合もございますので、お客さまのご連絡先は、必ずお伺いしております」

「では、この方の連絡先、調べていただけますか」

彼女にどれほどの権限があるかは分からないが、三都が出し惜しみをする理由はないので、この時点で捜査関係事項照会書を提示しておく。

「これは……警視庁の、正式な事件捜査の一環であることを、ご了承ください」

ひゅっ、と彼女の顔が強張る。

ぎこちなく、小さく頷く。

「承知、いたしました。ただ、あの、店長に……今まだ、出勤、してきておりませんので、あの……電話で確認だけ、させていただいても、よろしいでしょうか」

「もちろんです。よろしくお願いいたします」

ビニール袋に包まれ、吊《つ》るされた衣類の間を分け入るように進み、彼女は店の奥に消えた。店の固定電話で店長に連絡したのか、彼女の携帯電話でだったのかは分からないが、戻ってきた彼女は、その胸に分厚いファイルを抱えていた。

「店長の、許可がとれましたので、お調べいたします。今の会員証、もう一度見せていただいてよろしいですか」

「はい」

彼女はファイルをカウンターに置き、表紙を開いた。

五十音順ではなく、会員番号順で整理されたデータカード。

その番号のページを開くだけだから、十秒もかかりはしない。

「……こちら、になります」

「ありがとうございます」

菊池創、東京都中野区中野五丁目▲▽‐◎。ここと同じ五丁目。やっぱりすぐ近くだ。

固定電話番号の記載はなし、あるのは携帯電話番号のみ。

書き写させてもらい、丁重に頭を下げる。

「ありがとうございました。早速、連絡してみます」

炎天下の路上に出るのは全く気が進まなかったが、いつまでもクリーニング店に居座るわけにもいかない。

「では、失礼いたします」

「失礼します」

外に出て、とりあえず向かいの路地の日陰に入る。

「サワチョウって、あんまり汗掻《か》かないよね」

「掻きますよ」

掻いてないから訊いたのだが、まあいい。先ほどの携帯電話番号を自身のそれに入力し、通話ボタンを押す。

数秒してコールが始まる。

水沢も、漏れてくるコール音に耳を傾けている。

「……出ない、ですか」

「うん。出ないね」

いったん切って、もう一度かけてみたが、十回鳴らしても二十回鳴らしても、出ないものは出ない。

「知らない番号だから、警戒してるのかな」

「それはあり得ますよね。署に帰って、固定電話からかけた方がいいですかね」

それではここまで来た意味がない。

「とりあえず、自宅まで行ってみよう」

「はい」

おそらくここから五分もあれば着くだろう。

こういう季節は、大通りよりも日が当たらない細い路地の方がありがたい。昨今は高校生でも登下校時に日傘を差しているのを見かけるが、さすがに警察官が、捜査中に日傘を差すわけにはいかない。いずれ、そういったことが許される時代も来るのかもしれないが、少なくとも、今年の夏は「不可」だ。手の甲までしっかり日焼け止めクリームを塗って、シャツもできるだけ長袖を着て、可能な限り日陰を歩くしかない。

水沢がふいに足を止める。

「中田さん、こっちです」

「ああ、そこ曲がるのか」

うっかり通り過ぎてしまった。

三メートルほど戻って左に曲がったら、すぐだった。

「ここ、ですかね」

「そうだね」

三階建ての小さなマンション。エントランスに回ってみると、郵便受は六つ。ということは、ワンフロア二世帯か。だとすると、各部屋はワンルームではあるまい。２Ｋか２ＤＫくらいはありそうだ。

オートロックはないので、そのまま入っていく。

クリーニング店のカードでは、菊池創の部屋は「1B」となっていた。一階の奥の部屋がそうだろうか。

二人で通路を進み、「1B」のプレートがあるドア前まで行ってみる。

財布の持ち主を訪ねてきただけなので、さして緊張感もない。

ごく普通に、インターホンのボタンを押してみる。

しかし、反応はない。

五回、六回反応がないと、もう留守と判断せざるを得ない。

「さっきの番号にかけるから、ちょっと、中の音聞いてて」

「はい」

だが、これも空振り。こっちのコールに反応する物音は、室内からは聞こえなかった。

さて、どうしたものか。

3

久和秀昭を受け出すため、留置場に行こうと廊下に出た、その瞬間だった。

取調べの立会人に指定した横澤巡査部長が、自身の携帯電話を向けてくる。

「……佐久間係長、これ、知ってましたか」

表示されているのは、佐久間も普段よく見るSNSのページだ。

【深夜に、あの教授が逮捕。ヤバくないっすか】

写真も出ている。パンダと並んで停まっている、銀色っぽいトヨタ・プリウス。二人の制服警察官が、久和秀昭であろうスーツ姿の男性と立ち話をしている場面だ。夜の路上だからか、画像は光量不足でかなり粗くなっている。

しかし、この写真で【あの教授】などと、これが久和秀昭であるか否かなど、分かるものだろうか。

「久和ってもしかして、ちょっと有名人なの？」

横澤は首を傾げる。

「俺も、どういう系統の教授なんだろうと思って、今ちょっとネット情報をさらって見てたら、いきなりこれが出てきたんで。でもほら……」

言いながら、画面を下の方にスクロールさせていく。

「こんなにリプライが続くんですから、それなりに有名なんだと思うんですよ。まあ、ほとんどは武橋大学の学生なのかもしれないですけど」

もう少し、状況を正確に把握しておいた方がよさそうだ。

「お前さ、その書き込みを最初にしたのがどんな奴か、たどってみてよ。俺は、他の記事を探してみるから」

「分かりました」

勤務中、刑事部屋の自分の席で携帯電話を弄《いじ》るのは、さすがにマズい。それが捜査の一環であったとしても、駄目なものは駄目だ。今現在でも、内勤警察官が書類作成等に使う貸与品のパソコンは、インターネットには接続できないようになっている。それくらい、警察庁はインターネットを通じての情報漏洩に神経を尖《とが》らせている。各々の携帯電話の使用に関しても、同様に厳しく制限されている。

なので、空いている取調室を使用する。

いい歳をした男が二人、背中を丸めて向かい合い、それぞれ無言で携帯電話を弄る様は決して恰好のいいものではないが、時と場合によってはそれも致し方ない。

なんと久和秀昭は、動画サイトに自身でチャンネルを開設し、何本も動画を上げていた。登録者数は二万六千八百二十二人。一概にはいえないが、たぶんそんなに多い方ではない。どんな動画を上げているのかにも興味はあるが、さすがに今ここで見るわけにはいかない。

横澤が眉をひそめる。

「最初に書き込んだのが誰か、は……ちょっと分かんないですけど、なんか……久和ってわりと、変わった人みたいですね」

「ほう、どんなふうに」

「講義中に、突然キレるらしいです」

それは、ちょっと「ヤバい」かもしれない。

「他には」

「まあ、面白いって言ってる学生もいますけど……あ、この人って、元財務省の官僚なんですね」

なるほど。

「そういう経歴を買われて、客員教授に迎えられたってわけか。でも今、四十六だろ。じゃあ、そんなに長く財務省にいたわけでもないってことだよな……そもそも、国際教養学部ってなんなんだよ。なに教えるんだよ」

横澤がまた首を傾げる。

「国際的な教養を、教えるんじゃないっすか」

「たとえば」

「いや、分かんないっすけど」

もういい。

「とりあえず、連れてきてみるか。いくらなんでも、いきなりキレて暴れ出しはしないだろうし」

「そうですね」

横澤と留置場のある階まで移動し、留置係の担当者に、取調べのため久和秀昭を受け出したい旨を伝える。

差し出された被留置者出入簿に、所定の事項を記入する。

「よろしくお願いします」

「了解しました」

一分ほどすると、久和秀昭が留置係員に連れられて出てきた。

皺の寄ったワイシャツに、グレーのスラックス。ベルトやネクタイといった帯状の物は自殺防止のため取り外されている。その恰好で、両手首に手錠、胴回りには腰縄が巻かれている。背筋を伸ばしたら、たぶん佐久間より背は高いのだと思う。佐久間は百六十八センチ。それより五センチ、いや十センチくらい高いかもしれない。

体重は六十キロ前後ではなかろうか。それくらい、久和は痩《や》せて見える。胸の厚みなんて、佐久間の半分くらいしかない。顔も、頬がごっそりと削《そ》げており、顎も細い。それでいて目は大きく、妙にギラギラしている。

なるほど。職質を受けた原因はこれか、と思った。

留置前の身体検査では当然、尿やその他も調べるので、久和秀昭が違法薬物の使用者である可能性はほぼゼロと思っていい。ただ、暗い路上でこの男を見たとき、警察官なら何を思うだろう。ちょっと、変なクスリでもやってんじゃないのか。そんな疑念を抱いたとしても不思議はない。

「……では、行きましょうか」

久和は無言。頷くことすらなかったが、促せば、大人しくついて歩いてくる。

先頭は佐久間、次が久和で、その後ろに横澤。横澤は柔道五段の猛者《もさ》。後ろを任せるのにこれほど頼りになる男はいない。

エレベーターで刑組課のある階まで戻り、取調室に向かって歩き始める。今のところ取調室は全て空いているので、せっかくだから、今日は第一調室を使うことにする。

「入ってください」

依然として反応はないが、態度は至って従順。久和は背中を丸めたまま調室に入り、自ら机の向こう側に回った。

そして横澤が促すまでもなく、静かにパイプ椅子に座る。横澤が腰縄をパイプ椅子に括《くく》り付け、手錠を外す間も、これといった反応は見せない。

久和の正面には佐久間が座り、記録を取る横澤は佐久間の斜め後ろに控えた。取調室は実質三畳もない狭い空間なので、大人三人が座ったらもう一杯いっぱいだ。

さてと、まずは挨拶からだ。

「おはようございます」

これにはほんの数センチ、久和も頭を下げ返してきた。

悪くない反応だ。

「本日から、取調べを担当することになりました。刑事組織犯罪対策課の……佐久間と、申します」

一応、名刺を出して机の真ん中に置いておくが、そのまま渡すわけではない。あとでちゃんと回収する。

「こっちは、立会いの横澤です」

「同じく、刑事組織犯罪対策課の、横澤です」

これには反応なしか。

「ええ……今日が取調べの、初回になりますので、供述拒否権について、お話ししておきます。刑事訴訟法第百九十八条、第二項の定めるところにより、被疑者は……つまり久和秀昭さん、あなたは、あなたの意思に反して、供述する必要はありません。あなたが答えたくないことは、答えなくてもいいです。答えるか答えないか、それを決める自由が、あなたにはあるということです。これは日本国憲法、第三十八条の第一項、何人も自己に不利益な供述を強要されない、というのと同義であります……これについて、何か質問はございますか」

小さく、横に首を振る。

「はい……では次に、久和さんの、身上についてお伺いいたします。これは、取調べのあとにですね、供述調書といったものを作成するのですが、そのときに、誰が何を言ったのかというのが定まっていないと、意味がなくなってしまうので、弁解録取書の作成時と重なる部分もあるかと思いますが、一つひとつ、お答えください。まず、久和さんの本籍と、現住所から」

　久和はその他、生年月日や出生地、職場の所在地から前科、犯歴の有無、家族関係や学歴まで、訊けばその都度淀みなく答えた。

　思ったより声が低いのが印象的だった。

「……一浪して、東京大学、理学部数学科に入学しました。四年で卒業し、財務省に入省しました。初年度は大臣官房文書課、ここに二年おりました。三年目に理財局財政投融資総括課……」

　佐久間も、官僚と話をするのが初めてというわけではない。その多くは東大法学部出身で、とんでもなく「頭がいい人たち」という印象を、当たり前のように持っている。具体的にいうと、記憶力、計算能力、分析能力が一般人とは桁違いなのだ。何を以《もっ》て「一般人」とするかは意見の分かれるところだろうが、とにかく「普通ではない」というイメージがある。

　だが、なんだろう。この久和秀昭という男の印象は、佐久間が知る官僚のイメージと、ぴたりとは重ならない。何かがズレている。何かが、ちょっとだけ違う。同じ東大卒でも、法学部ではなく理学部数学科というところに原因があるのか。

「……三十三歳、主税局調査課課長補佐になり、その年の九月十九日に入籍しました。結婚式は新宿の……」

しかし、いくら自分の経歴とはいえ、ここまでスラスラと淀みなく答えられるのは驚嘆に値する。

そんな思いが佐久間の、あるいは横澤の顔に、出てしまっていたのだろうか。

久和はいったん言葉を区切り、長めに息をついた。

「……少し、急ぎ過ぎましたか。ちゃんと理解は追いついていますか。早過ぎたり、理解が追いつかない個所があれば、そう言ってくださっていいんですよ」

驚いた。こういう被疑者は、さすがに初めてだ。

これでは、警察官である佐久間が久和という被疑者を取調べているのではなく、まるで久和という先生に、佐久間が個人的に何か教えを乞うているかのようだ。

少し、関係をリセットしておいた方がよさそうだ。

「……いえ。記録は、ちゃんと取れているよな」

振り返り、横澤に確かめる。横澤も小さく頷いてみせる。

佐久間は前に向き直った。

「久和さん。ではそろそろ、昨日のことについて……」

「その前に」

とんっ、と太い棒の先で、腹を突かれたような。

それくらい低く、硬い声だった。

「……はい、その前に」

「私は、ありとあらゆる公務員を信用しておりません」

なんだ、それは。

「はい？」

「もう一度申し上げた方がよろしいですか。私は、ありとあらゆる公務員を信用しておりません」

意味は分かる。だが、今それを口にする理由が分からない。

「なぜ、ですか」

「むろん、その理由を説明することは可能ですが、かなり長い話になると思います。その話が終わる頃には、佐久間担当係長も私があらゆる公務員を信用しない理由を理解されることと思いますが、その時点で佐久間担当係長は果たして覚えておられるでしょうか。私が、ありとあらゆる公務員を信用しないと発言した、この状況を」

待て。全然分からない。

「え、ですから、なぜ、公務員を信用しないのか、その理由を、お尋ねしているのですが」

「その理由を説明することはむろん可能ですが、私が、ありとあらゆる公務員を信用しないと発言した、まさに今の、この状況を覚えているでしょうか、とお尋ねしているのです。別の言い方をすれば、私が今さっき、ありとあらゆる公務員を信用しないと発言したのには、それなりの理由があるということです」

分かった、ような気がするが、果たして、これで合っているだろうか。

「久和さんが、今、公務員を信用しないと言った、理由ですか」

「そうです。今のこの、状況が重要なのです。文脈と言い替えてもいい。『畑仕事を終えたので足を洗う』というのと、『この逮捕を機会に泥棒稼業から足を洗う』というのとでは、『足を洗う』という言葉の意味が変わってしまいます。それと同じで、私が公務員を信用しない理由を今ここで説明するより、私が公務員を信用しないから、だからなんなのか、ということを、先に申し上げておいた方がよいのではないかということです」

もういい。それでいい。

「ええ、ではお伺いします。なぜ、そのような事を今、仰ったのですか」

「私は、今回逮捕された件に関して、一切の供述をいたしません。しかしそれは、自己に不利益になるから供述しないのではありません。あらゆる公務員を信用しないから、むろん警察官も公務員ですので、警察官も信用しない。信用できない。だから、供述をしないということです。お分かりになりましたか」

分かった、と思う。

「自己に不利益だから供述しない、のではなく、警察官が信用できないから、供述しないと」

「仰る通りです」

「でも、公務員を信用しない理由は、お話しいただけるんですよね」

久和が目を、ほんの一ミリくらい、大きくした。

「……ええ。理由をお話しすることは、吝《やぶさ》かではありません」

今のやり取りで、一つ分かったことがある。

久和は決して、平気で嘘をつく人間ではない、ということだ。今後、ひょっとしたら嘘をつく場面もあるのかもしれないが、基本的にはそれを良しとしない性格、とでもいおうか。

公務員を信用しない理由は説明可能、と自身で発言した以上、自分にはその説明責任が生ずる、と考える人間のようだ。

　この取調べ、案外簡単に終わるかもしれない。

「では、改めてお願いします。公務員を信用しなくなった、その理由をお聞かせください」

　久和が、小さく二度頷く。

「分かりました。ご説明しましょう。長くなりますが、本当に構わないんですね」

　全く構わない、ことはない。実質、今日一日の取調べだけで検察官送致に持っていかなければならないのだから、できれば無駄話には付き合いたくない。しかし、一切の供述はしないと宣言されてしまった以上、それがどんな内容の話であろうと、自発的にしてくれるのであれば、聞かないよりは聞いておいた方がいい。

「構いません。お話しください」

　すると、久和はまた長めの息を吐き出し、深く頷いた。

「……分かりました。ではまず」

　もうこの時点で、取調べが取調べではなくなっているのを感じる。久和先生から、大変貴重な講義を受けているような気がしてきている。

「佐久間担当係長は」

「すみません。私からも一つ、よろしいですか」

　よほど佐久間の制止が意外だったのか、久和はさも不快そうに眉をひそめた。

「……なんでしょう」

「丁寧にお話しいただくのは大変ありがたいのですが、毎回毎回、『佐久間担当係長』とお呼びいただかなくてけっこうです。名前でも、なんなら担当だけでもいいんで。そこは短めにお願いします」

なんで取調官が被疑者にお願いばかりしなきゃならないんだ、と思わなくもないが、まあいい。最終的に「私がやりました」と頭を下げさせることができれば、取調官としてはそれでいい。

久和も、無駄に話を長くするつもりはないらしい。

「分かりました。では『佐久間さん』ということで」

「はい、恐れ入ります」

「佐久間さんにとって、お金とはなんですか」

いきなりクイズか。

「お金、というのは……貨幣とか、紙幣とか、そういうことですか」

「それもそうですが、それだけですか」

「あと、最近だと、デジタル通貨とか」

「デジタル通貨とは、なんのことを指して仰っていますか」

「なんのこと……ああ、正式には『暗号通貨』って言うんでしたっけ」

「では、佐久間さんが考える『お金』というのは、貨幣と紙幣と暗号通貨ということでよろしいですか」

改めてそう言われると、自信はない。

「何か、漏れてますかね」

「いろいろ漏れています。でもそれは、あと回しにしましょう。もっと根本的な、佐久間さんにとっての『お金』ではなく、そもそもお金とはなんなのか、というお話からいたしましょう」

　まただ。取調べが「講義」に変容していくのをひしひしと感じるが、ここはしばし辛抱か。

　いま久和の目は、真っ直ぐ佐久間に向いている。

「これはお金の、つまり通貨の歴史をお話しするのではなく、あくまでも概念を共有するためのたとえ話とご理解ください」

「はい、たとえ話」

「言うまでもありませんが、人はその昔、物々交換をしていました。仮にこの世界には我々三人しかいなくて、私は米を、佐久間さんは肉を、横澤さんは芋を生産しているものとします。各々は創意工夫をし、より良い物を、より多く生産しようとします。しかし、いずれも食べ物なので、食べきれないほど作っても仕方がない。あるいは、同じ物ばかり食べていたら飽きてしまう。そこで、我々は物々交換を始めます。私の米と佐久間さんの肉、私の米と横澤さんの芋、佐久間さんの肉と横澤さんの芋を、最初は各々の感覚で、米ひと升と芋三本とか、互いが納得できる割合で交換します」

　なんだか、お伽噺《とぎばなし》でも聞いているような気分だ。

　しかし、話している久和の表情は至って真面目《まじめ》だ。

「ところが、実際の世界にはもっと多くの人がいるし、物も多く溢《あふ》れています。三人だけの世界だったとしても、横澤さんは葉物野菜も作り始めるかもしれないし、佐久間さんだって、複数種類の獣の肉を扱うようになるかもしれない。すると、何と何を、どれくらいの数量で交換するのかという交渉が、加速度的に複雑になっていく。私の米と横澤さんの芋は交換可能だったのに、私の米と横澤さんの白菜は、何対何で交換したらいいのか、それを別途交渉しなければならなくなる。交渉の末、納得がいかなかったら交換そのものが成立しなくなってしまう。これを解消するために生まれたツールが、お金ということです。つまりは通貨です」

分かる。さすがにこれくらいは理解できる。若干馬鹿にされている気もしないではないが、理解できたこと自体は素直に嬉しい。

がしかし、困る。

これは、どう考えても取調べではない。

4

久和秀昭が所持していた財布の、持ち主と思しき人物。

菊池創。

その自宅住所を調べ、直に訪ねてはみたが、残念ながら留守のようだった。

これにて任務は完了と、三都は判断した。

「サワチョウ、新宿でご飯にしよう」

「……はい」

新宿までは、中央・総武線で三駅。乗車時間は十分弱。

「サワチョウは何がいい？」

「どうも、こう暑いと……」

まさか「素麺がいい」とか。

そんなことは絶対に言わせない。

「スープカレーとか、どうよ」

「完全に、行きたいお店が決まってる言い方ですね」

「うん」

お目当ての店は、新宿駅から徒歩五、六分といったところだ。

駅からは可能な限り日陰を選んで歩き、致し方なく日向《ひなた》に出た場合は、小走りで次の日陰を目指す。ダメージを最小限に抑える。

「……中田さん、まだですか」

「男子がこれしきで弱音吐かない。適度な運動は、美味しい食事のための最高のスパイスよ」

「でも、何もこんなカンカン照りの日に、カレーじゃなくても」

「逆でしょ。暑い日こそ辛いもの。これぞ人類の叡智《えいち》」

「ちなみに、中田さんの奢《おご》りですか」

「んー、全然。割り勘でもない、自分の分はきっちり自分で払うスタイルだよ」

着いた。まだ十一時半なので、さほど混雑もしていない。

「よかったね。待たないで入れて」

「これで外に並ぶんだったら、自分、帰るつもりでした」

「とかなんとか言って、食べ終わる頃には、私に泣いて感謝するようになるから」

「そんなに旨《うま》いんですか」

「知らない。私も今日初めてだし」

でも、注文はもう決まっている。ナスとトマトとチキンのカレー。これがこの店の一番人気であることは、グルメサイトですでに調査済みだ。

「サワっちは何にする」

「じゃあ……自分は、エビとトマトのカレーで。っていうか『サワっち』って、なんか嫌です」

「すみませーん、注文お願いしまーす」

本当はビールくらい飲みたいところだが、職務中なので、むろんそんなことはしない。

三都は、高校生の頃に見たドラマの主人公に憧れ、警察官を志すようになった。ロングヘアと、片手で銃を構える姿がとにかく印象深かった。

実際になってみると、警察官の日常はドラマほど波乱には満ちていないし、今のところ友達に自慢したくなるような手柄も立ててはいないけれど、でも、警察官でも女性らしさを失わないように、というのは、まあまあ実現できていると思う。あのドラマの主人公とはだいぶ方向性が違うが、自己評価は決して低くない。

その一つが、日々の食事だ。

「いただきまーす」

「……いただきます」

警察官だからといって、忙しいからといって、食事を楽しむ心を蔑《ないがし》ろにはしたくない。生きていく以上、毎日何かしらは食べなければならないのだから、どうせなら美味しく、楽しく食べたい。その悦《よろこ》びを、仕事に向かうエネルギーに変えたい。

「んーっ、美味しいーっ」

「ほんとだ、これは旨いっすね」

しかし、こういう至福を邪魔しようとする者もいる。そういう敵は、得てして組織の内部にいる。

三都は、ポケットで震え始めた携帯電話を取り出し、通話状態にした。

「……はい、もしもし」

『ああ、佐久間です』

「お疲れさまです」

『今どこ』

「新宿でお昼休憩中です」

ほんの一瞬、妙な間が空いた。昼飯には早過ぎないか、とでも思ったのだろうが、佐久間は比較的優しい部類の上司だ。そんな野暮は言わない。

『……じゃあ、メシ食い終わったら急いで滝野川《たきのがわ》庁舎に行って、昨夜の自ら隊員に、逮捕時の様子を聞いてきて。一時までには行ける？』

「はい、大丈夫です。ちなみに、なんてお名前の方でしたっけ」

『あとでメールする』

「よろしくお願いします」

通話を終えると、水沢が微《かす》かに眉をひそめている。

「なんですって」

「滝野川に行って、昨日の担当者に話を聞いてこいって」

すでに店内は満席。右にも左にも人の耳があるので、警察用語はできるだけ使いたくない。

水沢も、その辺は分かっている。

「あっちって、十時くらいには上がっちゃうんじゃなかったでしたっけ」

厳密にいったら、自動車警ら隊の当番勤務は午前九時半で終了だと思う。だが、書類を書いたりシャワーを浴びたり雑談したり、そんなにすぐには帰宅しないものだ。普通は。

「係長が、ウチの人間が行くから待ってて、みたいに言ったんでしょ。一時までには先方に行かなきゃなんないらしい」

「了解です」

でも大丈夫。あと十分ちょいはゆっくり食べられる。


東京都北区にある警視庁滝野川庁舎には、二自ら（第二自動車警ら隊）の本部と池袋分駐所の両方が入っている。池袋分駐所の管轄は第五方面区内及び第十方面区内。行政区画でいったら文京、豊島、北、板橋、練馬の五区に相当する。

階段で二階まで上がり、分駐所を訪ねる。

「失礼いたします」

ごくごく普通の、警察署内の執務室だ。いま室内にいるのは六人。奥のデスクにいるのが中隊長警部だろうか。

そんな中、入って右奥の席にいた、四十代くらいの男性が立ち上がり、こっちに向き直った。グレーのスラックスにワイシャツ、ノーネクタイ。身長は百七十センチほどだが、体の厚みが凄い。しかも毬栗《いがぐり》頭。口には出さないが、渾名《あだな》は「弁慶」で決まりだ。

などと思っていたら、背後から声をかけられた。

「……志村署の方、ですか」

振り返ると、色はネイビーだが、やはりスラックスにノーネクタイの男が立っていた。こっちはわりと細身。三十代で、身長は百七十五くらいだろうか。特徴がなさ過ぎるため、渾名もなし。

近くまで来た弁慶が、無表情のまま会釈をくれた。

「お疲れさまです。小隊長をしております、香川です。こっち、どうぞ」

「恐れ入ります」

この弁慶が、佐久間からのメールにあった【香川隆】という警部補か。ということは、こっちの渾名なしが斉藤《さいとう》巡査部長か。

香川に勧められるまま、小さな応接セットのソファに座った。香川の正面に三都、三都の隣に水沢。斉藤はまだこっちに来ない。

ここはまず、三都から切り出すべきだろう。

「お疲れのところ、お時間を頂戴し、申し訳ありません」

いわゆる「夜勤明け」なのだから、普通は早く帰って寝たいところだろう。

香川が小さくかぶりを振る。

「いえ、まあ……大丈夫です」

机で居眠りでもしていたのか、よく見ると、左側の髪が平らに潰れている。毬栗頭でも寝癖は付くらしい。

それはそれとして。

「あの、昨日逮捕された、久和秀昭という大学教授の件なんですが」

「ええ」

「逮捕状況について、詳しくお聞きしたいと思いまして」

「はい」

斉藤巡査部長がトレイを持ってこっちに来る。麦茶を用意してきてくれたようだ。

「どうぞ」

「ありがとうございます」

「ありがとうございます。いただきます」

それぞれに麦茶が配られたところで、香川が始める。

「報告書にも書きましたが、まあ、ごく普通の職務質問からの、緊急逮捕ということです」

香川の言う報告書とは、正式には「犯罪事実現認報告書」とされるものだ。それには三都も、一応目を通してきた。

「職質に至るまでの経緯を、お伺いしてもいいですか」

小さく毬栗頭が上下する。

「その直前ですから、二十一時半、ちょっと過ぎた頃です。志村一丁目で、老人の徘徊事案に対処しておりまして」

「志村一丁目というと、『志村一里塚』の辺りですか」

「そうです。あの交差点の、こっちからすれば、ちょっと手前です」

今の「こっち」というのは、ここ北区滝野川から見て、ということだろう。

「その徘徊自体は、幸いすぐにご老人も見つかり、処理はそちらの、志村署の地域の方に任せて、我々は警らに戻ろうと思ったんですが、ちょうど私がPC（パトカー）に乗り込もうとしたとき、右側を、銀色のプリウスが通過していきまして。その運転手は、明らかにこっちを見ており、私とも目が合った。目が合った瞬間に、慌てたように、サッと目線を前方に戻した。もちろん、運転しているのだから前方を見るのはおかしなことでもなんでもないんですが、前に向き直る、サッと目線を戻す、その感じが、ちょっと変だなと、思ったもので」

隣に座る斉藤も小さく頷いている。

確認しておこう。

「斉藤巡査部長も、それはご覧になっていたんですか」

「いえ、自分はちょうど助手席に座ったところだったので、その瞬間は見ていませんでしたが、小隊長が乗り込んでくるなり、あれ行くぞ、って言うんで、キタんだなと、思いました」

つまり「ピン」と「キタ」と。

「なるほど……で、追い駆けていって、もちろん、その時点で赤灯《あかとう》やサイレンは」

香川が答える。

「鳴らしてません。赤灯は、近づいてから回しました。志村三丁目の交差点を過ぎた辺りで呼びかけをし、ナンバーを読み上げて、端に寄って停止してくださいと」

「久和は素直に応じましたか」

「まあ、比較的」

「具体的には、どんな感じでしたか」

「呼びかけられて、ナンバーを読み上げられて、スピーカーで止まってくださいと言われても、そんなに急ブレーキを踏む奴はいませんから。あれ、自分のことかな、とか疑問に思いながら、二回か三回言われて、間違いない自分だ、となってからハザードを点《つ》けて、端に寄る……大体そんな感じです」

「久和も？」

「まあ、そんな感じでした」

今のところ、変わったところはない。

「久和が、車を停止させてからは」

「通常通り、すみませんね、違反とかじゃないんで、ちょっとお話聞かせていただいていいですか、と、丁寧な声かけから入りました」

「久和の反応は」

そう三都が訊くと、香川と斉藤は、全く同時に鼻から笑いを漏らした。

斉藤が答える。

「なんか……狼狽《うろた》えてんだか、逆ギレなんだか、もう完全にパニクッてましたね」

香川も頷きながら付け加える。

「その後、尿検査にも素直に応じ、結果は陰性だったようですから、薬物云々《うんぬん》がないことは、今は我々も納得していますが、あの時点では……なあ？　こりゃ何かやってるなって、思うよな、あれは」

斉藤が頷いて返す。

「とりあえず免許証いいですか、から、いったん降りてもらっていいですか、トランクいいですか、グローブボックス、変な物とか入ってないですよね、と……ほんと、ごく普通にですよ。車内を点検させてもらって、助手席にブリーフケースがあったんで、中、開けて見せてもらってもいいですか、って言えば、なんか態度は変なんだけど、イ、イ、イイですよ、みたいに、しどろもどろではあるんだけど、応じてはくれました……で、小隊長が後部座席を見たんですよね」

香川が頷く。

「ちゃんと了解をとってですよ、失礼しますって後部座席を開けて、でもシートには何もないんですよ。綺麗に、何も載っていない。自分の上着を放ってある、なんてこともなかった。一瞬は私も、何もないなって思ったんですが、助手席のシート下に何かが見えた。白っぽい、何か。そのときは、なんなのか全く分からなかったです。ただ、異質なものが、シート下に覗いている。丸っこい角がね。なんだろうと思って、摘《つま》み出してみたら……それが、財布だったと」

なるほど。

「それから」

「実際には白色ではなくて、水色だったわけですが、何か汚れが付いている。ケチャップとかソースとか、そういうのがベチャッと付いちゃって、それをサッと拭ったような跡がある……血痕だなんて、その時点では全く思わなかったですね。暗かったですし。でもそれを、久和に見せると、目を……奴、もともと目がギョロッとしてるでしょう。あの目を、さらにカッとひん剝《む》いて、まるでバケモンでも見るような目で、なんだそりゃ、みたいな」

　斉藤が手で扇《あお》ぐように否定する。

「なんだそりゃ、とは言ってないですけどね、実際には」

「ああ、言ってはないけど、でもそういう顔しただろ」

「確かに」

　状況説明としては、分かりやすい。

「財布を見た久和は、血相を変えた……それから」

「落ちてましたけど、あなたのですか、と訊くと、最初は答えなかったです。あなたのですか、違うんですか、と続けて訊くと、まあ、自分のじゃないわけだから、俺のだ、と主張しても碌《ろく》なことにはならないと思ったんでしょう。自分のではないが、なぜそんなものがあるんだ、みたいに言い出しまして」

　斉藤が、付け加えるように続ける。

「もう、完全にオロオロしちゃって。で、急に『もう行く』とか言い出して。こっちは、いきなり体には触れないように、車体との間に半身をこじ入れて、待ってくださいって、説得を試みましたが、それでも強引にドアを開けて乗り込もうとするんで、自分がそのドアを押さえて、開けさせないようにしていたら」

　香川が、両手で突き飛ばすような仕草をする。

「どーん、と。やめろー、うわー、みたいに叫びながら」

それだと、ちょっと弁解録取書の記述と違わないか。

「あの、ベンロクには確か、車のドアを押さえてた警察官の手を払って、肩を押してしまった、みたいに書いてありましたが」

「行為としては、もうちょっと乱暴ではありましたけど、まあそこは、多少大目に見てやって、それよりも財布でしょう。血の付いた他人の財布って……なあ?」

斉藤が苦笑いで頷く。

「何やらかしたんだか知らないですけど、あの態度からして、まともじゃないのは間違いないですよ……あれですかね。あの財布、女物ですかね、男物ですかね」

答えられるのは、この場には三都しかいそうにない。

「色はレディースっぽいですけど、あの大きさは、ちょっと女性には……商品としては、メンズだと思います。実際、中に入ってたカードの名義人も、男性でしたし」

香川が「ああ」と、思い出したように頷く。

「キクチなんとか、でしたっけ」

「菊池創、という方ですね」

「連絡はとれたんですか」

それにはかぶりを振らざるを得ない。

「いえ、今のところ、電話には出ないですし、さきほど自宅も訪ねてみたんですが、留守でした」

斉藤が背もたれに寄りかかる。

「なんか、面倒なやつ引っ掛けちゃって、すみませんでしたね」

その斉藤の言葉に、謝意があるようには全く聞こえない。

「いえ。こちらこそお疲れのところ、すみませんでした。ありがとうございました」

これはこれで一つ、任務完了と。


あとはＪＲ埼京線で、署に帰るだけ。

ちなみに今日、七月六日は木曜日。三都の、次の本署当番は明後日、八日の土曜日。

水沢の当番日は、いつも三都の一日前だ。

「サワチョウ、明日は当番か」

「はい、そうですね……」

隣に座る水沢は、さっきからずっと携帯電話を弄っている。それをとやかく言うつもりは、三都にはないし、ひょっとしたらカノジョへのメッセージを打っているのかもしれないから、横から覗くこともしない。

ただし、見てくれと向けられたら、普通に見る。

「中田さん、これ」

「……ん?」

やたらと文字がたくさん並んでいる。ＳＮＳか。いや、何かのニュースサイトか。

「なに」

「ここ、これ」

ちょちょいと、水沢がそこのところを拡大して見せてくれる。

いやいや、別に老眼で見えないわけじゃないから、とは思ったのだが、そんなことを言うより前に、別の声を漏らしていた。

「え……うっそ」

水沢が拡大したのは、ニュース記事のタイトルだ。

【武橋大学　久和秀昭客員教授逮捕　内閣官房参与は見送り】

どういうことだ。久和を内閣官房参与に、という話があり、それが今回の逮捕で、見送りになったということか。

5

比較的裕福な家庭に、私は育ったのだと思う。

同居する家族は、祖父母、両親と、四つ年下の妹、と私の計六人。ごく小さな頃は、父の弟も一緒に住んでいたらしいが、私にその記憶はほぼない。

土中の微生物の研究者だった叔父は、フィールドワークで全国を旅して回ることが多かったという。だから、自身の研究課題についてあれこれと話してくれたのは、たまに東京に戻ってきて実家に立ち寄ったときのこと、だったのかもしれない。

パソコンなんてものは影も形もない時代だったし、微生物を撮影するのだって、まだまだ技術的に難しかったのだろう。説明の際、参考資料としてあるのは叔父の手描きイラストのみだった。

それも今となっては、上手かったのか下手だったのかも分からない。とにかく、暗黒の宇宙みたいな空間に、怪獣のような微生物が無数に浮遊している。私が思い描いたのはそんなイメージだ。

その叔父は、のちに「この国は、俺には狭過ぎる」と言い、米国へと旅立っていった。

当時住んでいた家には縁側があった。まあまあの広さの庭もあった。小学校低学年までは友達もよく遊びに来たがったし、私もできれば家に呼びたかったのだが、祖父がそれを嫌がった。庭には盆栽だの鉢植えだのが並べられており、それらを壊されたらと懸念するのは致し方ないところだったろう。
一、二回そんなことがあれば、もう次はない。さすがに祖父が直接子供たちを叱ることはなかったが、それでも、祖父の意を汲んだ母に叱られるのは私も嫌だったし、友達だって、野球のボールが枝に当たっただけで注意されるくらいなら、もう「他所《よそ》で遊ぼうぜ」ということになる。私自身、それが賢明な判断だと思った。そのせいで私は、小学生の間は祖父のことが嫌いだった。
だが、私も友達と同様、他所に遊びに行くようになったのかというと、それは少し違った。元来、外遊びが好きな性質《たち》ではなかったし、どちらかというと室内で本を読んだり、叔父の真似事ではないが、何かの図を書き写したりする方が好きだった私は、次第に家で過ごす時間が多くなっていった。またそれを、さして苦にも思わなかった。

ただ、商売をやっている家の子を、少し羨《うらや》ましくは思っていた。

幼馴染《おさななじ》みの一人に、魚屋の息子がいた。遊びに行くと、いつも炙《あぶ》った小魚をおやつ代わりに食べさせてくれた。これがやたらと美味だった。たぶん、そのときどきで魚の種類は違ったと思う。干物のときも、そうでないときもあったと思う。たまにはイカのゲソ、ということもあったように記憶している。

神社の子もいた。兄と妹のきょうだいで、その兄が私と同学年だった。他にも何人か集まり、よく境内で「かくれんぼ」や「鬼ごっこ」をして遊んだ。縁日や祭りのときは、その兄妹と一緒にいると何かと得をした。水飴がタダでもらえたり、射的の弾をオマケしてもらえたり。癒着の構図としてはごく小さなものだったが、ある種の「関係性」を構築するには充分なスキームだった。実際、その兄妹はなんとなく、常に周りから尊敬の念をもって扱われていた。

一つ年上だったが、床屋の息子もいた。客がいないときは待合室の椅子で、そこにある漫画雑誌を好きなだけ読んでよかった。店が混んできたら、その脇にあるトタン屋根の架かった路地に出なければならなかったが、それでも一冊ずつは持って出てよかった。我が家に漫画本はほとんどなかったので、ここで得る情報は非常に貴重だった。

そう。当時の我が家に、漫画本の類《たぐい》はないに等しかった。かろうじて、日本史や世界史を扱った「まんが歴史全集」みたいなものはあったが、私が床屋で読ませてもらうような週刊漫画雑誌や、単行本は皆無だった。

だがそれも、私は特に不満には思わなかった。

幼い頃、私は祖父や父の職業について全く知らなかった。祖父は家にいる日と出かける日とが半々くらい、父は毎日どこかに出かけていく。のちに、祖父は大学教授、父は国家公務員であると知るが、子供だった私には「お店の人ではない大人」と認識するのがせいぜいだった。

それでいて、優越感のようなものは漠然と感じていた。

ゴムのエプロンを着けた魚屋さんより、作務衣《さむえ》姿で境内を掃き掃除する神主さんより、短い白衣を着た床屋さんより、背広を着て、ネクタイを締めて出かけていく祖父や父の方が「高級」に見えたのだ。「立派」と言い替えてもいい。

もし、祖父や父の勤め先が一般企業だったら、事情は少し違ったかもしれない。幼い子供にも分かるよう、仕事内容について説明できたのかもしれない。お父さんは自動車を造っている会社で働いているんだよ、とか、ビルを建てる会社にいるんだよ、とか。食品メーカーだったらさらに分かりやすい。テレビコマーシャルでやっている、あのチョコレートを作る会社で働いているんだよ、と言われれば子供でも理解できる。

だが大学教授で、専門が行政法では、小学生には説明のしようがない。国家公務員でも、もし警察庁なら「お巡りさん」のひと言で通じるだろうが、国税専門官では説明する気にすらならなかったに違いない。

その代わり、しっかり勉強しなさい、というのは毎日のように言われた。しっかり勉強して、お祖父ちゃんやお父さんみたいな、立派な大人になりなさい——実際にそう言ったのは祖母や母だったが、同じことだった。目の前で「立派な大人」と言われて、祖父も父も否定はしなかった。

「そうだな、勉強を頑張らないと立派な大人にはなれないからな」と、二人とも私の頭をグリグリと撫《な》でた。

当然、そういうものだと私も思うようになった。

ゴムのエプロンを着けた魚屋や、作務衣の神主、白衣の床屋は立派な大人ではない。ああいう大人にはならないよう、私は頑張って勉強しなければならない。

しかし、それをそのまま口にしたら、母にこっぴどく叱られた。

「そんなこと、外で言ったら、絶対にいけませんよ」

一応、ごめんなさいと謝ってはおいたが、私は全く納得などしていなかった。

母の言う「そんなこと」とは、具体的には何を指すのか。

それについての説明は、ついぞひと言もなかった。


いいとこのお坊ちゃん、みたいな目で見られていたのは、事実だと思う。

私以外の子は、Tシャツに、ウエストがゴムになったデニムっぽい半ズボン、という恰好がほとんどだった。でも私は、黒か紺の半ズボンをサスペンダーで吊っていた。上は開襟シャツやポロシャツが多かった。

私も、襟のないTシャツを着たかった。サスペンダーなんて必要ない、ゴムの入ったズボンがよかった。そのうち、周りの子たちはベルトをするようになった。私もベルトをするようなズボンが欲しいと、母に頼んだことがあった。だが母は「あなたの穿《は》いているズボンの方が高級なのよ」と取り合わなかった。

これにも、全く納得がいかなかった。

祖父も父も、出かけるときに穿くズボンにはベルトを通している。サスペンダーを使っているのなんて見たことがない。そう言うと、母は「あなたはまだ子供だから」と言う。いや、他の子はベルトをしている、サスペンダーをしているのなんて私だけだ、と言うと、母は「その方が高級だから」と言う。だから、サスペンダーが高級なら祖父も父も使うはずだろうと言うと、また「あなたは子供だから」と元に戻ってしまう。

なぜ自分の言い分が通じないのか、全く分からなかった。仕方ないので、私はサスペンダーを腹に巻き付け、強引にベルトとして使用するようにした。

それを見た父が「なぜそんなことをしている」と訊くので、私は「本当はベルトが欲しいんですが、買ってもらえません」と正直に答えた。すると父は、すぐに「なぜベルトを買ってやらないのだ」と母に言ってくれた。

母は何も答えなかった。「なぜ」と訊かれているのに、私にベルトを買い与えない理由を父には説明しなかった。

数日後、母はベルトを買ってきてくれた。

みんながしている、カラフルなナイロン製のベルトではなく、大人がするような黒い本革のそれだった。

自分でも気づかなかったが、この頃から私は、母のことが嫌いだったのだと思う。


初めて制服を着て中学に行ったときは、本当に嬉しかった。たったそれだけで、自分だけが奇異な目で見られることはなくなった。あいつはいいとこのお坊ちゃんだから、みたいな、舐めた態度をとられることもなくなった。

服装はみんな一緒。つまり、これから個々の優劣は、その中身に備わったもので決することになる。

運動神経、腕っぷしの強さ、顔のよさ、口の上手さなんていうのも、能力の一つに数えられるのかもしれない。

私の場合は、もっぱら学力だった。

国語、数学、英語。この主要三科目で、とにかく抜きん出るよう努力に努力を重ねた。

そんなもの、苦でもなんでもなかった。

友達なんて、もともと一人か二人で充分だと思っていた。小学校の後半は、もう外に遊びに出ることなんてほとんどなくなっていた。その代わり、クイズやなぞなぞに挑む感覚で、算数の問題集を解きまくっていた。それを中学では「数学」と呼ぶようになっただけの話だ。

漫画本なんぞに手を出さず、日々、大人向けの小説やノンフィクションを読んでいたお陰で、私の読める漢字の数は同級生と比べて桁違いに多かった。むろん意味もちゃんと理解していた。分からない言葉は辞書で調べる習慣が身についていたので、語彙《ごい》力には絶対の自信があった。

だがさすがに、英語だけは小学生が独学で習得できるものではなかった。なので、中学入学後は特に英語に力を入れた。国語・数学は多少手を抜いても学年一位から陥落することはない。迷いはなかった。

狙い通り、私は英語でも学年一位の成績を修めるようになった。

祖父も父も、これを大変喜んでくれた。褒《ほ》めてくれた。

「偉いな。立派だぞ」

それもこれも、立派な大人になるため。

父は事あるごとに言った。

「男なら、大蔵省に行け」

父の言う「行け」が、単に「電車に乗って行ってこい」という意味ではないことくらい、むろん分かるようになっていた。

男なら、将来は大蔵省に入って働け。

授業でも習ったし、自力で調べもしたので、大蔵省がどのような機関であるのかは理解しているつもりだった。

それでも、私は父の口から直に聞きたかった。

なぜ「男なら」大蔵省で働くべきなのか。

大蔵省こそが「頂点」なのだと認識はしていたが、その理由まで、私は理解していなかった。

仕事から帰り、風呂に入り、浴衣《ゆかた》に着替えた父に、私は尋ねた。

父は食卓の自分の席に座り、コップに注いだビールを見つめながら、自分の後ろ首を、ぺちんと叩いてみせた。

「俺たちのここには、見えないクビキが嵌《はま》っている。これを解く鍵は、大蔵省にしかない。男なら、大蔵省に行って、その鍵を手に入れろ。そしてその鍵で、この……見えないクビキを、外すんだ」

まるで「伝説の英雄になれ」とでも言われているような気がした。

「お前なら、それができる」

この瞬間に、私は誓ったのだと思う。

私は大蔵省に行き、伝説の英雄になるのだと。

当時の住まいは東京都内だったが、私はあえて、隣の埼玉県にある高等学校を受験した。大変有名な進学校で、そこに通うことが私の人生には絶対に必要だと思ったからだ。

近い将来の目標は、大蔵省に入ること。そのためには東京大学法学部を卒業していなければならない。その東大法学部に入るためには、偏差値が七十五前後ある高校に進学するのが望ましい。これに、立地や交通の便といった付帯条件を加味し、勘案した結果、その埼玉県の高校を第一志望と定めた。

当たり前だが、結果は合格だった。

しかし入学してみて、少々イメージと違う点もあった。いや、大いに違ったというべきか。

その高校は、思ったよりも部活動が盛んだったのだ。

有名進学校だから、みんながみんな、ガリガリと勉学に邁進しているものと思いきや、バレーボール部と柔道部は毎年全国大会に出場するほどの強豪で、文化部でも吹奏楽部が全国大会の常連だということだった。他にも、高い大会実績を誇る部が複数あった。

それくらい、入学案内のパンフレットを読めば分かるだろう、と思われるかもしれないが、私はそんなもの、まるで興味がないので全く読まなかった。

私の評価基準は、一に偏差値、二に東大合格者数、三に進学クラスにおける東大合格率だった。あとは毎日家から通える範囲にあるかどうか。多少遠くても、乗り換えが少なければ乗車中は勉強に集中できる。加えて、都内から埼玉に向かう電車は朝でもさして混雑しないことは確認できていた。それでなんの問題もなかった。

とはいえ、全生徒が何かしら部活動をしなければならない、などという縛りはなかったので助かった。仮にあったとしたら、私は何部に所属しただろう。数学部か、英語部か。英語部は文化祭で英語劇をやるらしいので、そういう煩《わずら》わしさを考えたら、やはり数学部が最も無難だったろうか。

一年時は別のクラスだったが、二年、三年と進学クラスで一緒だった友人に言われたことがある。

「君は、何が楽しくて、そんなに勉強ばかりしてんの」

妙なことを訊く奴だと思った。

「行きたい大学に行くためだよ」

「行きたい大学に行って、どうするの」

「馬鹿だな。大学に入ったら、卒業するに決まってるだろう」

「大学を卒業して、どうするの」

「就きたい仕事に就くに決まっているだろう。大学の卒業証書とは、そのための通行手形に過ぎない」

次に「就きたい仕事ってなんなの」と訊いてくるであろうことは容易に想像できた。だが「大蔵省に入るためだ」というのは言いたくなかった。

この頃の、高度経済成長期から安定成長期に移行した日本には、就職するなら企業、それもできることなら大手企業、公務員なんて給料は安いし、何よりつまらない、という風潮が漠然とあった。

むろん、高い志を持って公務員を目指す者はいつの時代にもいるものだし、国家公務員なのか地方公務員なのか、都市部なのか地方なのか、キャリアなのかノンキャリアなのかでも違いはあったと思う。しかし、だとしても「中央官庁に勤めたい」と口にして感嘆の声があがることはない。「なんでまた」という顔をされるのは目に見えている。そういう時代だった。

　だから、逆に訊いてやった。

「そういう君は、なんのために勉強してるんだい。ずっと進学クラスにいるくらいだから、それなりの大学を目指しているんだろう。どこの大学のどの学部に行って、卒業後はこういう仕事に就きたいと、そういう展望があるからこそ、いま君は頑張って勉強しているんじゃないのかい」

　しかし、あろうことか彼は、肩をすくめて両手を広げてみせた。欧米人がよくやる「分かりません」のポーズだ。

「展望？　ないよ、そんなもの」

「は？　展望もなくて、じゃあ君はなんのために勉強しているんだ」

「なんのためって、可能性を広げるためだよ。可能性を……減らさないため、と言ってもいい」

　私は無意識のうちに、承服しかねる気持ちを顔に出してしまっていたのだろう。

　彼は自らの主張を続けて語った。

「強いて言えば、それは起業家かもしれないし、発明家かもしれないし、もしかしたら俳優なのかもしれないけど……とにかく僕は、世界の舞台で活躍する人間になりたいと思っている。そのために何が必要なのかなんて、今この時点ではっきりとは分からないよ。分からないから……だから、勉強するんだ。英語はもちろん、数学だって化学だって、世界史だって古代史だって、中国語だってフランス語だって、手当たり次第になんでもやるんだ……とにかく、あとで『あれを勉強しとけばよかった』なんて、そういう、惨《みじ》めな後悔だけはしたくないんでね」

私も馬鹿ではないので、彼の言い分自体は理解できた。

全く、一ミリも共感はできなかったが。


私レベルになると、東大に現役合格したくらいでは誰も驚いたりしなかった。

それよりも、その合格発表の一週間後、入学の二十六日前に、父が交通事故死したことの方が、当たり前だがよほど衝撃的だったし、驚愕したし、人生とは皮肉なものだと悲嘆に暮れもした。

あんなに自分の東大入りを楽しみにしてくれていた父を、その入学式に呼べないだなんて――。

四十そこそこで、都の税務署の統括国税調査官まで務めた人だから、ノンキャリアといえども非常に優秀な国税専門官であったことに、疑いの余地はない。

だがしかし、あまりにも若過ぎる死だった。

これから、今まさに、ここから上り詰めていく私の姿を見ていてほしかったのに、大蔵省入省という人生のスタートラインに立つ、その一歩も二歩も手前、私の東大入学直前にこの世を去るだなんて。

むしろ大蔵省に入ってから、私が何かしらの壁にぶち当たったとき、相談したい相手が父だった。徴税の現場を知り尽くすプロ中のプロに、教えを乞う場面が必ずやあるはずだったからだ。

それでも、泣いている暇はなかった。

幸い、経済面での心配はなかった。祖父はまだ存命だったし、父が貯蓄と不動産投資をしてくれていたので、生活費や学費に困ることはなかった。お陰で私は、引き続き勉学に励むことができた。

入学と同時に国家公務員Ⅰ種試験の準備を始め、確実にこれに合格し、大蔵省入省に備える。そのためには一日も無駄になどしてはいられなかった。

大蔵省。

日本国の歳入と歳出、租税、造幣、銀行、国債、国家予算の配分、財政政策に加え金融行政をも担う、最強官庁。俗に「官庁の中の官庁」と呼ばれ、その官僚は「官僚の中の官僚」と呼ばれる。それが大蔵省だ。

私は大蔵省に行き、その頂点に上り詰め、父の言う「鍵」を手に入れる。むろん「鍵」は比喩に過ぎない。その「鍵」が具体的に何を指すのかも、若い頃の私には分からなかった。むろん、父に確かめることはもうできない。

でも、それでもよかった。

父の悲願を叶《かな》えるべく、私は最強官庁の頂点に立ち、やがて伝説の英雄となる。

私は予定通り国家公務員Ⅰ種試験に合格し、大蔵省に採用された。

初年度の配属先は大臣官房。

ここから、ここからだ。

ここから全てが始まるのだ。

第二章

1

少し早かったが、佐久間は切りのいいところで取調べを中断し、久和をいったん留置場に戻した。被留置者は、留置場で昼食を摂《と》る決まりになっているのだ。

横澤が被留置者出入簿への記入を済ませ、留置係員に頭を下げる。

「では、よろしくお願いします」

「はい。お疲れさまでした」

その横澤が、廊下に出た途端、溜め息を漏らす。

「……なんなんすかね、あれ」

言いたいことは分かる。だが、佐久間の答えは「分からない」だ。

「なんなんだろうな。あの調子で煙に巻き続けりゃ、いつか無罪放免になる……なんて、思ってるわけでもないんだろうが」

「思ってんのかもしんないですよ。ああいう『専門馬鹿』は、一般常識とはかけ離れた発想をしますからね」

刑事部屋まで戻ってきた。

「お疲れさまです……」

そう声をかけると、統括係長の平中が、奥のデスクからこっちを覗く。

とりあえず、報告はしておくか。

「お疲れさまです……久和の、午前中の調べ、終わりました」

まずは「どうだった」みたいに訊かれるものと思っていたが、違った。

「なんだ、そんな難しい顔して」

そんなに顔に出ているか。

「いや……実際、難しいです」

「何が、どんなふうに」

「奴《やっこ》さん、いきなり、公務員は押し並《な》べて信用できないと、先制パンチを喰らわせてきました」

「信用できないから、なんだってんだよ」

「だから、喋らないと」

「完黙か」

「事件についてはそうですが、金の話はペラペラとよくします」

平中が首を傾げる。

「金の話？　自分の給料とか、借金の話か」

「いえ。お金とは何かという、もっと根本的な話です」

平中はさらに、盛大に眉をひそめた。

「それをお前は、黙って聞いてたのか」

「聞いてたというか、ときおりクイズみたいなのも挟まりますんで、それに答えたり、いろいろです」

「なんか、ちょっと楽しそうじゃねえか」

「ご冗談でしょう。全く調べにならないんで、こっちはイライラのし通しですよ。どうです？ 統括、調官《しらべかん》代わってみませんか」

という佐久間の提案は、全く耳に入らなかったようだ。

「その調子じゃ、あれだな……逮捕時の様子を、扱った自ら隊員に、直に聞いといた方がよさそうだな」

それから平中が第二自動車警ら隊に確認をとり、久和を逮捕した香川という警部補とも話し、十三時にアポをとった。

「じゃあそれ、中田に行かせます」

「そうだな」

佐久間が連絡をとると、中田は新宿で昼休憩中ということだった。

実は中田は、意外なくらい食べ物に対する執着が強い。全く太ってはいない、むしろ痩せている方だとは思うが、食べるときは本当によく食べる。酒もよく飲む。それでいて、ダイエットの類はしていないという。どんなに食べても飲んでも太らないタイプ、なのだろう。羨ましい限りだ。

まあ、こっちはこっちだ。

「横澤、メシ」

「はい、行きましょう」

今日も、署の食堂で日替わりランチだ。


わざわざ調書にするような話は聞けていないので、昼飯を終えて十三時には取調べを再開した。

「食事は、ちゃんと摂れましたか」

久和の様子は相変わらずだ。

「はい」

「では、あなたの所持していた、例の財布についてですが」

そう訊くと、無表情のままかぶりを振る。

「お忘れですか。私は、佐久間さんを含むあらゆる公務員を、信用しないと申し上げたはずです」

「ええ、忘れてはいません」

「その理由を、佐久間さんが知りたいと仰るから、私は私が公務員を信用しない理由を、長くなりますよとお断わりした上でお話ししていたのです。それを……それが済まないうちに、私の所持していた財布が云々と、取調べの真似事のようなことを言い出すとは、いささか礼を失してはいませんか」

礼を失した取調べとは、マル被（被疑者）の胸座《むなぐら》を摑み、テメェが殺《や》ったんだろうが、この人殺しが、などと怒鳴って締め上げるような行為を云うのだと思うが。

「まあ、しかし……どれくらい長くなるのかも確かめず、話してくださいとお願いしてしまった私も、軽率でした。その点はお詫びします」

「では、もう理由の説明は必要ありませんね」

理由の説明を不要としたら、久和は何も喋らなくなるだけだろう。

それはそれで、困る。

「いえ、説明は必要ですが、少しペースアップをお願いします。物々交換、通貨の誕生までは理解しました。でもそこから、お金とは何か……私は、貨幣と紙幣と、暗号通貨と……それでは足りないと言われましたが、そこに行き着くだけでも、まだかなり時間がかかりそうなので」

「分かりました。ではお尋ねします。日本はここ三十年近く、経済成長が停滞しています。その理由とはなんですか」

困った。いきなり五段飛ばしくらいでレベルを上げられた。

「経済成長が、停滞している、理由ですか」

「ＧＤＰは、さすがにご存じですよね」

かと思うと、ガクンと下げて揺さぶりをかけてくる。これでは、どっちが取調官か分かったものではない。

「ええ、分かります。国民総生産、ですよね」

「惜しいですね。国民総生産は『Gross National Product』、略して『ＧＮＰ』です。国民総生産だと、たとえば日本企業が海外の工場で作ったものをその国で売っても、日本の所得とカウントしてしまう面がある。なので一九八〇年頃からですかね。国内の景気を、より正確に反映しているということで、国内総生産……『Gross Domestic Product』、略して『ＧＤＰ』の方が、指標としては重要視されるようになりました」

　なるほど。

「分かりました。国『内』総生産、ですね」

「名目ＧＤＰと実質ＧＤＰについては」

　どんどん進むな、おい。

「すみません、分かりません」

「たとえば佐久間さんが、ある年に百円の物を十個作って売ったとします」

　またお伽噺か。

「……はい。一年に、十個」

「その年の年間の売り上げは？」

「千円、でしょう」

　正解、みたいな合いの手はない。

「では翌年、十円値上げして同じ数だけ売ったら、その年の売り上げは」

　百十円、掛ける十個だから。

「千百円、ですか」

「全く同じ商品を製造販売する別の会社が、値段を据え置いて販売したところ、年間で十一個売れた。この場合の年間売り上げは」

百円、掛ける十一個は。

「それも同じ、千百円ですね」

「そうです。物価変動、この場合は十円の値上げがそれに当たりますが、これを加味して算出するのが『名目ＧＤＰ』です。一方、物価変動を差し引いて考えるのが『実質ＧＤＰ』です。つまり、名目値で考えた場合、この二社の年間売り上げに差はありませんが、実質値で考えた場合、後者の、値段を据え置いた会社は……おそらく生産効率を上げ、営業努力もしたのでしょう。十個から十一個に、生産量と売り上げを伸ばしました。つまり、十パーセントの成長を実現したことになります」

ほう。

「実質ＧＤＰの方が、国内の生産能力の増減を、正確に反映しているわけですね」

久和が頷く。

「経済活動の増減を、ということですね。やっていることは同じでも、個々の値段が上がってしまえば、なおかつそれが社会全体に波及すれば、見かけ上、国内総生産は増えたようになります。でも実際には、国内で作られた物や、サービスの量は変わっていません。消費者である我々一人ひとりも、特に豊かになったようには感じませんし、満足感も得られません。むしろ、生活の内実は変わらないのに物価だけが上がっていくと、気分的にはマイナスにすら感じるかもしれない」

でも給料が上がれば、などと口を挟む余地はなかった。

「一方、物価は上がらないのに国内の生産力が上がれば、以前より市場に物が溢れることになる。

そうなると、逆に値下げ合戦が始まり、物価は下がっていく可能性が出てきます」

よしよし、分かる、分かるぞ——と喜んだのも束の間だった。

「……では、ここまでの話はいったん忘れてください」

横澤も、さすがにガクッときたのではないだろうか。座っていたパイプ椅子が、ギッと鳴った。

しかし久和は、そんなことにはまるで構わない。

「佐久間さん。流れるプールというのは、分かりますね」

「……ええ、分かります」

「あれを、思い浮かべてください」

東京サマーランドとかにある、ああいうやつのことか。

「あの、それは……学校にあるような四角いプールで、子供たちを一方向にだけ歩かせたり、泳がせたりして流れを作り出す、あれでしょうか。それとも、レジャー施設にあるような、つまり、大型の機械で水流を作り出すタイプの、流れるプールのことでしょうか」

「それは、どちらでもいいです」

なんだよ、それ。思い浮かべろっていうから、こっちだって真剣にイメージしようとしてるのに。

でもまあ、これも何かのたとえ話なのだろうから、ここはシンプルに。四角いプールに人力で流れを起こすタイプを、脳内では採用しておこう。

「……はい。流れるプールが、なんでしょう」

「形はともかく、流れるプールには、水が循環していますね？」

「ええ。循環、していますね」

「ではそれを、上から見て、時計回りに水が流れていると仮定しましょう。水は途切れることなく、十二時から三時方向に、そして六時、九時と通過して、十二時に戻ってきたら、また三時方向に流れていきます」

「ええ、時計回り……はい」

「ここで、現実には技術的にやや困難ですが、人の流れにも水の流れにも全く影響を及ぼさない、でも壁のような、網のような……とにかく、通過する水量を、面で計ることができるセンサーを、設置したとしましょう」

なんだって、今度は。

「ええと……壁のような、網のような、通過する水量を、面で計る、センサー」

「でも人の流れは妨げない」

「はい。人の流れは、妨げない」

「仮に、九時のところに、そのセンサーを仕掛けたとしましょう。ぐるっと一周してきて、水がそこを通過する、その水の量を計測するんです」

まあまあまあ、なんとかイメージはできる。

「はい、その流れるプールが、何か」

「その流れるプールが、経済です」

そうきたか。

「ほう。では、流れている水は、お金ということですか」

「その通りです。先ほどお話ししたように、仮に私たち三人だけの世界だとしても、個々が取扱品目を増やしたら、それだけで物々交換は成立しづらくなります。その面倒を解消するために生まれたのが通貨、つまりはお金です。誰もが生産者であると同時に、誰もが消費者である資本主義経済の中で、お金はぐるぐると人々の間を循環しています。まさに、今お話ししていた、流れるプールの水のようにです」

そういうことだな。

久和が続ける。

「そして今、九時のところにセンサーを設置しました。これによって、一定時間内にどれくらいの水がそこを通過するのか、が測定できるようになりました。つまり、それが」

佐久間くん、答えなさい、と言わんばかりの間が空く。

「……ＧＤＰ、ですか」

「その通りです。さきほど、日本は三十年近く経済成長が停滞している、というお話をしましたが、つまりそれはＧＤＰが上がっていない、プールの例で言えば、一定時間測定した水量にほとんど増減がない、というのと同じ状態です。たとえば一時的に、センサーのところに大量の水を流し込むことはできるかもしれない。それにはどんな方法があると思いますか」

また問題か。

「……九時のちょっと手前、八時とか七時、六時とか、その辺りに来たら、みんなで歩くスピードを上げて、センサーに流れ込む水流に、勢いをつける……みたいなこと、ですか」

「そうですね。センサーを通過する、その瞬間だけ水流を強くして数値を稼ぐことは、さして難しくはない。しかし、その水流はセンサーを通過したあと、どうなります。その先にいる人たちは、もうスピードを落としています。その人たちに当たって、水は再び勢いをなくしてしまうでしょう」

久和はいつのまにか、説明に少しずつ手振りを加えるようになっていた。

センサーを示す手。歩く人を示す二本指。

何かの幅を示す、左右の、手と手の距離。

「一定時間水量を計る、という設定にした理由は、ここにあります。一瞬だけではなく、ある程度の期間を設けて水量を計る。そうすると、誰かが一瞬だけ頑張って数値を上げても、怠けている誰かによってその数値は引き下げられてしまう。あるいはさきほどの、価格競争のようなことです。生産量が上がって市場に物が溢れたら、値下げ合戦で結局、実質値は同じになってしまう。実際、需要と供給というのは、そういう性質を持っています。多少の波はあれど、結局はあるべき速さの水量に落ち着く……では、ＧＤＰを継続的に増やしていくには、経済を衰退させないよう、成長を維持していくためには、どうしたらいいんですか。一定時間、センサーに勢いよく、水を当て続けるには」

どうしたらいいのか。

「それは……やはり、国民意識ということになりますか。全員で、一所懸命歩いて、泳いで、九時地点を通過する一瞬だけではなく、二時でも四時でも、六時でも、より強く、より速く前に出る努力を、国民全員で続けていくしか、ないんじゃないですかね」

しかし、この久和という男は、佐久間が真面目に考えて出した答えを聞いて、笑うのだ。声にこそ出しはしないが、嘲笑《あざわら》うかのように口元を歪《ゆが》め、相手にそれと分かるように鼻息を吹くのだ。教師としては、非常に嫌なタイプだと思う。学生からも嫌われていたように、ＳＮＳには書いてあるという。

しかしそうだとしても、そうだと自身が認識したとしてもなお、久和が態度を改めることはないのだろう。それは彼が、教壇という高みに立ち、「上から」ものを言うことを許された人間だからだ。

平たく言ったら「先生」だからだ。

「佐久間さんが仰るのはつまり、国民は馬車馬のように働けと、ＧＤＰを上げ続けるために、もっと速く、もっと勢いよく、前に出続けろと、そういうことですね」

どんなに丁寧な言葉遣いをしても、その内側にある「上から」な性根は隠せない。

なぜなら、それが「先生」という生き物だからだ。

「私は、別に……この喩《たと》えで、設定の範囲内で言うならば、そうならざるを得ないだろうと、そう言ったまでです」

「だったらそれは、間違いです」

この野郎ッ、と声を荒らげたいのは山々だが、今それをしてしまったら、全て台無しだ。

「間違い？　何が間違いなんですか」

「私が答えをお教えするのは簡単ですが、多くの国民が佐久間さんのように、『何が間違いなんですか』と訊くだけで正解を教えてもらえるわけではありません」

だからなんだ。もっとありがたがれってことか。首《こうべ》を垂れろとでも言うのか。

「じゃあ、多くの国民はどうしたらいいんですか」

「まずは調べることです。まずは調べて、正しい情報とそうではない情報を選《よ》り分ける術を身に付け、選り抜いた正しい情報に基づいて考え、正しい答えを導き出す努力をすべきです。そういう、癖を身に付けるべきです」

だとしてもだ。

「私もその愚かな国民の一人だとは思いますが、立場上、今ここで携帯電話を取り出して、ネット検索をするわけにはいかないんですよ」

そうかと思うと、急に態度を和《やわ》らげたりもする。

「それはまあ、そうですね」

拍子抜けしそうになるのを、なんとか堪《こら》える。

「今ここで私が導き出せる答えは、ですから……みんなで努力しようとか、せいぜい、そんなところです」

久和が、無表情のまま首を傾げる。これが小型犬なら可愛くも見えるのだろうが、痩せこけた四十代半ばのオッサンなので、むしろ与える印象は「不気味」に近い。

「そうでしょうか」

「何がですか」

「佐久間さんが出せる答えは、みんなで努力する、という以外には、あり得ないんでしょうか」

あり得ないかどうかを決めるのは、こっちだ。

「申し訳ありませんが、今はそれしか思いつきません」

「ひょっとして、佐久間さんは重要な条件を一つ、お忘れになっているんじゃありませんか」

もう、どこの時点の何を言いたいのか、さっぱり分からない。

「さあ……何か、忘れているんでしょうか」

「私は初期設定の段階で、通過する水量を『面』で計ることができるセンサーを、設置すると申し上げました。そのとき、佐久間さんはその通り、復唱もしてくださっています」

いま「面」というのを、やたらと強調したが。

「面、というのが、何か」

「ええ、まさにそこです」

「面で、計るから……水量というか、スピードが上がれば、ＧＤＰは増えますし、スピードが落ちれば、ＧＤＰも減りますよね」

「そろそろ、スピードではないところに目を向けてみましょうか」

スピードではないところで、なおかつ。

「……面」

「そう、面です」

剣道で着ける面が頭に浮かんで仕方ないが、それは違う。絶対に違う。

面で計る。でもスピードではない、他の要素。

ん、待て。なんか、分かりそうな気がしてきた。

「面、面、が……広く、なれば？」

「そうです。面が広くなれば……なんですか」

「面が広くなれば、たとえば、スピードは同じでも」

「そう。スピードが同じでも、センサーを通過するときの面積が広くなれば」

「総体として、通過する水量は増加することになる」

「そうです、その通りです。では、通過する面積を、センサーに当たる面積を広くするには、何をどうしたらいいんですか」

そんなに長い間、佐久間が答えに詰まって黙り込んでいたわけでは、なかったと思う。

むしろ久和が、痺《しび》れを切らした。

そういうことだったのでは、ないだろうか。

「……水を、足すんですよ」

相槌《あいづち》を打ちたい気持ちをぐっと堪え、もうひと節、久和に喋らせる。

「プールという経済に、水を足してやればいいんです。それだけで、人々の間を循環する水量は自然と増えます。流れる水の量は増えるんです。でも日本という国は、この約三十年間、その簡単なことを怠ってきたんです。だから日本は経済成長できなくなったんです」

プールの喩えだけなら、分かる。

でも実際に、経済に水を足すというのは、何をどうしたらいいのだ。

2

久和を逮捕した自ら隊員に話を聞いた、その帰り。

　ＪＲ埼京線の車内で、だ。

　水沢は自前の携帯電話で、おそらく「久和秀昭」と検索してみたのだろう。そこに、奇妙なネットニュースが引っ掛かってきた。

　三都に向けてきたそのディスプレイには、こうあった。

【武橋大学　久和秀昭客員教授逮捕　内閣官房参与は見送り】

　まず、久和の逮捕がネットニュースになっていること自体に三都は驚いた。その続きの【内閣官房参与は見送り】に至っては、もはや意味が分からなかった。

　これが新聞なら「ちょっと貸して」と水沢から取り上げるところだが、携帯電話なので、同じ記事を自分ので探して読んでみる。

【七月五日深夜、武橋大学の久和秀昭客員教授が東京都内の一般道で警察官から職務質問を受け、逮捕されたとの情報がＳＮＳを中心とするインターネットメディアに流れた。久和客員教授は、内閣府が設置する経済財政諮問会議に民間有識者として参加した経験もある経済政策通。近々、内閣官房参与に迎えられると見られていたが、一部では、今回の逮捕でこれはなくなったとも言われている。現時点で内閣府からの正式アナウンスはないが、政府関係者は「逮捕はマズい。容疑が何であろうと参与の話は白紙にせざるを得ない」と語った。】

　思わず、水沢に訊いてしまった。

「ねえ、経済財政諮問会議って、なに？」

　水沢は小さく首を捻《ひね》る。

「経済政策について、何かアドバイスする会議なんじゃないですか。下の方に、久和は『経済政策通』って書いてあるじゃないですか」

　その程度には三都も理解している。

「じゃあ、内閣官房参与は？」

「いま調べてるところですから、待ってください」

　分からなければネットで調べればいい。それは確かにそうだろう。だが、中にはネットに上がっていない情報もあるし、その説明自体が難しくて理解できない場合もある。一ヶ所ではよく分からなくて、二ヶ所、三ヶ所と読んでいくうちに、その説明同士が矛盾しているように感じてしまい、余計に頭が混乱してしまうことすらある。

　まあ「内閣官房参与」は、そこまで難しい話ではなかった。

「これ、ですかね」

「ありがと」

【内閣総理大臣に対して助言を行う、「首相のブレーン」ともいうべき様々な分野の専門家。立場は非常勤の国家公務員になる。】

【内閣官房に参与を置く規則
　1．内閣官房に当分の間、参与を置くことができる
　2．参与は首相の諮問に答え、意見を述べる
　3．一般職の非常勤の国家公務員である】
たとえば災害の専門家とか、外交の専門家とか、軍事の専門家とかを参与として招いて、いろいろと首相が相談に乗ってもらうと、そういうことか。久和に関していったら、経済の専門家と

して参与になってもらう案があった、というわけだ。

あれ、そういうことか？

「ねえねえ、久和はさ、経済の政策通って書かれてたじゃない」

「ええ」

「でも久和って、国際教養学部の先生なんだよねぇ」

「そう、でしたね」

「国際教養学部って、経済学を教えるところなの？」

また水沢が首を捻る。

「さあ……でも久和って、元財務省の官僚らしいじゃないですか。だから、じゃないですか」

「だから、なによ」

「経済にも、詳しいんじゃないんですか」

「経済に詳しい人が必要なら、経済産業省の官僚を連れてきた方がよくない？」

水沢が、小さく息を吐き出す。

「……まあ、そうかもしれませんね」

いるよな、こういう反応をする奴、と思った。誰って、三都のカレシ、倉田晴樹が、まさに今のとそっくり同じような溜め息のつき方をするのだ。

さも面倒臭そうに息を漏らし、議論を有耶無耶《うやむや》のうちに終わらせようとする。三都はどちらかというと、結論が出るまでその都度話し合って、一つひとつ問題を片づけたい性分なので、晴樹のそういうところは本当に嫌だった。

とはいえ、水沢は同じ男といえども年下の同僚。そもそも徹底的に話し合わなければならないようなお題でもないので、ここは三都が退くべき場面、なのだろう。

あーあ、つまんねーの。

ところが、捨てる神あれば拾う神あり――というのとは違う気もするが、水沢との議論が中途半端に終わり、なんとなく手にしたままだった携帯電話に、適当な文字を打ち込んで検索していたら、これが予想外に、面白い結果を導き出した。

適当な文字というか、「久和秀昭」で検索してニュースが出てくるくらいだから、「菊池創」と打っても何か出てくるかもしれない、と思ったのだ。

「……ん？」

むろん、同姓同名の別人ということはあり得る。検索結果に並んでいるのは、どれもＳＮＳのアカウントや簡単なプロフィールなので、それが例の財布の持ち主である菊池創かどうかは分からない。

北九州市の高校の、野球部のキャプテンを務める菊池創。沖縄県宮古島でマンゴー農園を営む菊池創。名古屋在住の、自称「伝説の地下アイドルオタク」の菊池創。長野のお坊さんの菊池創。明らかに別人と思わざるを得ない「菊池創」の中に、一人だけ興味深い職業の「菊池創」を発見した。

フリーライター、ジャーナリスト、菊池創、四十歳。

この職業だけ「興味深い」というのは失礼か。そうではなくて、パッと見このライターの「菊池創」だけは東京在住であり、しかも【中野お一人様探訪】という連載コラムを執筆している、という点に本件との関わりを感じたのだ。

「サワチョウ、これ見て」

「はい?……ん、なんすかコレ」

そこからはもう、手当たり次第に二人で検索結果を読み漁《あさ》った。

「この菊池氏は、けっこうなサッカー通みたいですね」

「ああ、この前のワールドカップも見に行ったっていう」

「車雑誌のコラムも書いてるんですね……でもこれは、もう十年も前の話か」

「『スコッチウイスキーを訪ねて』だって……基本的に、男臭い仕事ばっかだね、この人」

やがて三都と水沢は、決定的な情報に行き着いた。

それも、ほとんど同時にだった。

「中田さん、これ」

「うん、私も今、同じの見っけた」

経済専門誌のオフィシャルウェブページに掲載されているインタビュー。タイトルは【財政出動について教えてください】。

話し手はなんと【久和秀昭】。

その【聞き手・文】が【菊池創】となっているのだ。

三都の後頭部で、カチンと、小さな金具が鳴った。

たまにある。脳と脊髄が、連結器でガッチリと結合したような、そんな感覚だ。

「サワっち、ちょっと降りよう」

「その『サワっち』っていうのは、勘弁してもらえますか」

浮間舟渡駅の一つ手前、北赤羽駅で埼京線を降りた。

まだ十五時にもなっていない。やろうと思えば、もう一つくらい何かできる。

「中田さん、どうしたんですか」

「三分黙ってて」

これだけ方々で仕事をしているライターだ。三都の知り合いがいる出版社とも付き合いがある可能性はある。

まずは大学の先輩、新窓社に就職した赤川《あかがわ》啓子《けいこ》に訊いてみる。

「もしもし。ご無沙汰してます、中田です」

『あー、ミッツ、久し振りぃ。なに、どうした』

「ちょっと教えてほしいんですけど。啓子さんって今、どんな部署にいるんですか」

『あたし？　あたしは今、広告部だけど』

宣伝部みたいなものか。

「広告部、は……フリーライターの方と仕事をしたり、は？」

『しないね。こっちは出来上がった広告を、貰う方だから。なに、フリーライターがどうかした』

「じゃあじゃあ、過去に、フリーライターの方とお仕事するような部署にいたことは？」

『週刊誌にいた時期もあるから、そりゃフリーライターとも仕事したよ』

「じゃあ、菊池創ってライターの方は、ご存じですか」

『キクチ……なんだって？』

「創です。花の『キク』に『イケ』で『キクチ』、作るって意味の、『創意工夫』の『ソウ』で、『ハジメ』って読みます」

　気の抜けたような、啓子の『うーん』という唸《うな》り声。

『今すぐは、ピンとこないな。なんだったら、雑誌とか書籍の編集部に訊いてみようか』

「ぜひぜひ、お願いします」

『じゃあ、なんか分かったら折り返すわ』

　いったん切り、続けてもう一人いってみよう、と携帯電話を構えたときには、隣で水沢もどこかの誰かと話し始めていた。

「……あ、お疲れさまです、水沢です、ご無沙汰しております……いや、もう大変でしたよ。あんなに並ぶなんて思ってなくて。マジで、熱中症で死ぬかと思いましたよ……あ、すみません、実はちょっと、フリーライターをやってる方で、菊池創さんって方、ご存じないかなと思いまして」

　その、水沢が最初に電話した人も心当たりはなし。三都の二人目も営業部ということで、すぐには分からないと言われてしまった。

　だが水沢の二人目、もしかしたら三人目だったかもしれない。

「え、知ってる……ほんとですか。連載を……」

　それはでかした。

　三都はジェスチャーで「そこ」「その電話の相手」のいる場所に「行く」と示してみた。特に、両腕を振って「行く」というのを強調して、何度も試した。

なんとか、上手いこと伝わったようだった。

「あの、今からそちらに伺って、ちょっとだけお話を聞かせてもらうってのは、難しいですかね……ほんとですか、助かります。じゃあ、今すぐ向かいますんで……いま北赤羽なんで、一時間もかからないとは思うんですが……はい、ではのちほど。よろしくお願いいたします」

通話を終えた水沢に、早速訊いてみる。

「なに、どこの人」

「陽明社《ようめいしゃ》です。今の人、まさに今『週刊キンダイ』の編集部にいて、菊池はそこで契約記者をやってるそうです」

「陽明社って、どこにあるの」

「神田神保町《かんだじんぼうちょう》みたいです」

千代田区か。

とにかく、でかした。


陽明社といったら、漫画雑誌からファッション誌、様々な形態の書籍まで幅広く手掛けている、三都のイメージからしたら「最大手」といって差し支えない出版社だ。

その本社ビルとなったらさすがに大したもので、パッと見ただけでも十階以上あるのが分かるくらいの、いったら巨大な「ガラスの城」だ。道を挟んで、向かいにも似たような建物があるなと思ったら、そちらは本社第二ビル、その隣が本社第三ビルなのだそうだ。

「めっちゃ景気よさそうだね」

「いま漫画とアニメで、海外からの収益が半端ないらしいっすよ」

「なーるほど」

だが三都たちが訪ねるのは、そういった花形部署ではない。

『週刊キンダイ』は第四編集部になりますので、こちらをいったん出ていただきまして、斜め向かいにございます……」

建物でいったら、本社第三ビルだそうだ。

そっちの受付で入館証をもらって、エレベーターに乗って六階まで上がったら、廊下の壁にはポスターや広告がいっぱい貼ってあるのかと思いきや、そんな物は一枚もない。イメージ的にはむしろ警察署のそれに近い、実に殺風景で殺伐とした雰囲気のオフィスだった。

そこの「第四編集部」とプレートの掛かった大部屋を、水沢が覗く。

「恐れ入ります、シノヅカ……」

誰かに取り次いでもらうまでもなかった。

部屋の奥の方で手が挙がる。

「おおー、水沢ァ、ほいほい、こっちこっち、おうおう、よく来たよく来た」

天然パーマに黒縁メガネ、真ん丸いお腹をタプタプと揺らしながら、四十前後くらいの男性がこっちに出てくる。もう、渾名は「布袋《ほてい》様」以外にはあり得ない。

水沢が深めに頭を下げる。

「ご無沙汰しております」

三都も倣《なら》って挨拶しておく。

「お忙しいところ恐れ入ります。志村警察署の、中田と申します」

布袋様は至って上機嫌。三都と水沢を、奥にある応接セットまで案内してくれた。なんでも、布袋様は水沢が所属した大学テニス部のOBで、卒業後もコーチとして合宿等に参加しており、そのときの縁で水沢とは今も付き合いがあるということだった。ちなみに、水沢が大学時代にテニスをやっていたというのは、三都は今日初めて知った。

ここはもう、水沢に任せてしまった方がよさそうだ。

「篠塚さん、早速ですが」

篠塚則文《のりふみ》。もらった名刺の肩書は【デスク】となっている。

「ああ、菊池くんね。菊池、創さん……実は、こっちもちょっと、困ってたんだよね、連絡がとれなくて」

冷房が利き過ぎているわけでもないのに、ちょっと、ゾクッときた。

水沢が身を乗り出す。

「連絡がとれないって、どれくらいですか」

「もう、一週間以上になるかな……何しろほら、ウチは週刊誌だから。週にいっぺんはここに集まって、編集会議して、お互いネタについて話し合ったり、人員を割り振ったり、取材の進捗《しんちょく》なんかを確認し合ったりするわけだけど。その会議が、毎週水曜日。その先週の会議を、菊池くんはスッポかし……それっきり音信不通と」

今日は七月六日、木曜日。少なくとももう、八日は菊池と連絡がとれていないわけか。

水沢が「なるほど」と頷く。

「菊池さんは、こちらの契約記者なんですか」

「そう、陽明社の正社員ではない、一年ごとの契約社員」

「社員証みたいなものは」

「それは、一応ある。さっき、下の受付でパスもらったでしょう」

ストラップで首に掛けていた入館証を、水沢が摘み上げる。

「これ、ですか」

「うん。部外者の人だったらそういうのが毎回必要なんだけど、契約の人に一々パス出すのは面倒じゃない。だから、社員証とは違うんだけど、でもそれに近い、少なくとも社屋に自由に出入りできるようなパスは、渡してある」

「それに、写真は」

「ん？」

「その、契約社員用のパスに、写真の添付は」

「ああ、あるよ。なんかあったら、警備員もその写真で確認するわけだから」

「では今、こちらにも菊池創さんの顔写真は、ある？」

それには篠塚も眉をひそめた。

「顔写真か……総務が持ってるのかな」

そこまで言って、篠塚は急に三都の顔を見て、またすぐ、水沢に視線を移した。

「ちょっと待ってよ。そもそも、君らは菊池くんの、何を調べにきたの」

水沢が答える間もなく、篠塚は続ける。

「まさかあいつ、なんかやらかした？」

それには、慌てて水沢がかぶりを振る。

「いえ、そういうことではありません」

「取材で行き過ぎた行為が……たとえば、不法侵入とか」

「いえいえ」

「名誉毀損とか、器物損壊とか……あ、分かった、公務執行妨害だ」

「篠塚さん、落ち着いてください。菊池創さんは、何もやってませんから」

二人とも、ちょっと声が大きくなっていた。篠塚が、周りの目を気にするように一巡見回す。

このオフィス自体は広いが、今いる人数はさほどでもない。近くに一人、向こうの方に二人、三都たちの後ろの方にもう一人、といった具合だ。

水沢が姿勢を正す。

「まず、確認させてください。菊池創さんのお住まいはどこですか」

「菊池くんの、住まい……」

「中野では、ありませんか」

篠塚の脳内で「ピン」と鳴ったのが聞こえた気がした。

「あー、そうそう、中野中野。よっぽど中野が好きなんだろうね。引越ししないわけじゃないんだけど、なんかあの辺をグルグルしてるらしいよ。実際、中野の『街ネタ』みたいな連載も持ってたし」

それなら、さっき見た気がする。

だが水沢は、さも「いま初めて知りました」という顔をしてみせる。

「なるほど。じゃあ間違いありませんね……菊池さんは、こちらでは主に、どういったジャンルの取材をされていたんですか」

「ウチは、政治班なのね。あのほら、総理官邸とか、ああいうところに入り込んでぶら下がりで話を聞いたりする、お行儀のいい連中とは違うからさ。バイクで追っかけたり、相手が男なら、行きつけのクラブを張込んだり、愛人と噂《うわさ》されてる女のマンションを張込んだりね。まあ、いわゆる政界スキャンダルだよ。そういうのを……とはいっても、そう毎週毎週、面白いスキャンダルなんてあるわけないからね。だから、どっかのボンボン議員が、レジ袋は無駄だ、環境破壊だ、とかホザきやがったら、ガァァァーッと行くわけよ。テメェは環境保護だのなんだの言ってやがるが、本音は一族で、再エネ利権を牛耳りてえってだけじゃねえか、って。そこで火が点いたらめっけもんでね。あとはもうなんでもいいわけ。嫁の性格が悪いとか、娘が幼稚園で威張ってて嫌われてるとか、ほんとなんでもいいの。そういうので一ヶ月を二ヶ月に、二ヶ月を半年にって、ジクジクいたぶり続けて、その間に、次の誰かのスキャンダルを掘り起こしてくると……ま、そんな仕事ですよ」

三都自身はほぼ週刊誌を読まないので、そういうものかと思って聞くだけだが、一方で、この篠塚デスクはけっこうストレス溜め込んでるな、というのは感じた。仕事に対する「自虐感」が半端ない。早く別の部署に移りたいんじゃないだろうか、などと勝手な想像すらしてしまう。

だが、いきなりだ。

篠塚が、急にパキッと目を見開き、顔を突き出してきた。

「そういえばあいつ、妙なこと言ってたよ」

水沢も、合わせるように前に出る。

「ほう、どんな」

「政界ネタには繋げられないかもしれないけど、事件モノとしては、ちょっと面白いネタを摑んだ、とかなんとか」

スッ、と水沢が周辺に視線を巡らせる。

「そのネタは、原稿になってるんですか」

「どうだかな。まだ、ちゃんとは書いてないんじゃないかな」

「ちゃんとじゃなくても、下書きみたいなものだったら、あるとか」

「ある、かもしれないけど、ない、かもしれない」

「それは、ここのパソコンのどれかに、入ってるんですか」

オフィスに並んだデスクには、デスクトップパソコンが各々一台ずつ設置されている。

篠塚は小刻みにかぶりを振った。

「ここのには入ってない。契約記者は、ここには端末置いてないから」

「じゃあ、そういった原稿があるとしたら、どこですか」

「そりゃ、奴の自宅か、奴が肌身離さず持ち歩いてるかの、どっちかだろう」

つまり、あるとしたらあのマンション、ということか。

3

初日の取調べを終え、久和秀昭を留置場に戻した。

佐久間たちにはまだ、送致書とその関係書類の作成という大仕事が残っているが、久和の身柄に関してだけいえば、もう次は検察官送致になる。いわゆる「身柄送検」だ。明日の朝には巡回護送車に乗せられ、久和は東京地方検察庁に送られる。

この、送検されて最初に検察官から受ける取調べを「新件調べ」と呼ぶが、これが初犯の被疑者には、けっこうキツい経験になる。

何しろ、何十人もの被疑者が朝、いっぺんに地検（東京地方検察庁）に送り込まれ、夕方、全員の調べが終わるまで帰れないのだ。一人ひとりの取調べ所要時間は十五分、二十分、中にはもっと長くかかる場合もあるようだが、それ以外の時間は「同行室」と呼ばれる待機所で延々待たされることになる。

他の被疑者と共に、手錠をされたまま硬い木のベンチに座らされ、私語も身動きも一切許されず、半日を過ごすのだ。可哀相だとは思うが、これが案外いい「お灸」になって、それまでダンマリを決め込んでいた被疑者が、取調べ再開後は急にペラペラ喋り出したりする場合もある。さて、久和はどうだろう。ちょっと楽しみではある。

刑事部屋に戻ると、中田と水沢も戻ってきていた。

「おう、お疲れ」

「お疲れさまです」

何か収穫があったのか。ちょこんと頭を下げた中田の口元が、妙にニヤついて見える。隣にいる水沢も、表情は比較的明るめだ。

早く報告したくて仕方ないようなので、ここは上司として、ストレートに訊いてやろう。

「どうだった。ヤサ（住居）と二自らは」

佐久間が自分の席に着くと、中田も背中合わせのデスクからキャスター椅子を引っ張ってきて座った。そこは暴力団対策係の強面《こわもて》係長の席なのだが、まあいいとしよう。水沢はその後ろに立ったままだ。

中田がさらに十センチほど、椅子ごとにじり寄ってくる。

「佐久間係長、久和の逮捕がネットで話題になってるの、知ってました？」

これには、佐久間の横にいる横澤の方が早く答えた。

「ああ、見たよ。写真付きで【ヤバくないっすか】って書かれてるやつだろ」

中田は、さも不快そうに横澤を睨みつけたが、しかしそれもほんの一瞬だった。

手にしていた携帯電話を佐久間に向ける。

「……じゃあ、これは？」

文字ばかりが表示された画面。一番上にある【財政出動について教えてください】というのがタイトルだろうか。

その次の段落を数行読んで、佐久間は思わず「んっ」と唸ってしまった。

【経済政策に大変お詳しい、武橋大学国際教養学部の久和秀昭客員教授にお話を伺った。】

いかにも久和が得意そうなテーマだが、その続きを読む暇は、佐久間たちには与えられなかった。

ディスプレイを横から覗き込んだ中田が、ピューッと勢いよく表示を下に送っていく。文字群が、超高速で画面上端に吸い込まれていく。

やがて、ある場所でピタッと送るのを止める。

上下を少しだけ調整し、これ、と指差してみせる。

【聞き手・文　菊池創】

どういうことだ。

「菊池、創って……あの、菊池創か」

中田が自信ありげに頷く。

「久和と菊池は、そもそも知り合いだったんです。菊池創はジャーナリスト、フリーライターを自称してまして、実際『週刊キンダイ』の記者もやってるようです」

ひょい、と中田が後ろを指差す。

「何人か出版関係の知り合いに電話したら、『週刊キンダイ』編集部にいる水沢チョウの先輩が、菊池創なら知ってるって。『週刊キンダイ』の発行元は陽明社なんで、さっき本社まで行って話を聞いてきました」

なるほど。中田の、得意満面の源はこれだったか。

その、陽明社の先輩に聞いた話については水沢から報告があった。

「……先週水曜日の会議を無断で休んでから、連絡がとれないっていうんです。ひょっとしたら、これってちょっと、マズい状況なのかなと」

　中田も頷いて同意を示す。

「一週間以上連絡がとれていない、菊池創。その菊池の、しかも血の付いた財布を所持していた、久和秀昭。二人は経済専門誌の取材を通じて、面識があった……」

　佐久間は、あえてすぐには自身の見解を示さなかった。

　横澤も、いかにも「考え中」といった顔で口を結んでいる。

　痺れを切らしたように、中田がまた数センチにじり寄ってくる。

「係長。これ、久和が菊池を……最悪、殺してるって可能性も、あると思うんですよ」

　ほとんど反射的に、横澤が「いやァ」と仰《の》け反る。

「それはないわ。久和が菊池を……菊池かどうかはさて措《お》くとして、久和がコロシって、それはないわ」

　佐久間が口を挟む間もなく、中田が横澤に喰って掛かる。

「それ、何を根拠に言ってるんですか、ザワチョウは」

「ザワチョウはやめろっツってんだろ」

　中田が佐久間に向き直る。

「係長、菊池のヤサ、ガサ（家宅捜索）入れましょう」

　そうくるだろうと思ってはいた。

「んん……まずちょっと、状況を整理しておこうか。久和が逮捕されたのは、バン掛けた自ら隊員が菊池創の財布を、久和の車の中から発見したからだ。加えて、公務執行妨害と。だがその、財布の持ち主である菊池は一週間以上、職場の人間でも連絡がとれなくなっている。君らが訪ねたところ、菊池は自宅にもいなかった……現状、分かってるのはこんなところだよな」

　頷いてはいるが、中田の目は全く納得などしていない。

「ただ係長、その財布には血液が付着していたわけでしょう。これが菊池のものだったら、菊池はなんらかの暴行を加えられている可能性がある。最悪の場合、殺されている可能性だってある。久和が菊池になんらかの理由で……」

　ここでまた、横澤が茶々を入れる。

「だから、それはねえって言ってんのよ。久和はコロシなんてできる男じゃねえの」

「あんたさっきから、横からザワザワうるさいんだよ」

「なんだとコラ」

「よせよ二人とも」

　みんなまだ仕事してんだから。

　とりあえずここは、佐久間がまとめる。

「だから……現状分かってるのは、久和が持っていた財布の持ち主である、菊池の行方が分からなくなっていると、そこまでなわけだ。その財布に血液が付着していたのは事実だが、それに事件性があるとまでは、今のところは言えない。なんらかの出来事を経て、菊池の財布は久和の手元まで来たのだろうが、財布の血痕は、その前から付いていたのかもしれないし、ちょっと転んで掌を擦《す》り剝いて、そのときに財布も落として、慌てて擦り剝いた手で拾ったら、血が付いてしまった……そういうこと、かもしれない」

中田が「でも」と喰い付いてくる。

「久和が菊池を殺し、死体を遺棄する際に懐から財布を抜き取り、そのときに菊池の血液が付着してしまった可能性だって、等分にあるわけですよね」

横澤も、決して譲ろうとはしない。

「だからよ、久和がコロシってところに、そもそも無理があんだよ」

「なんでよ。その根拠を言えってさっきから言ってんでしょうが」

「根拠はまだねえよ。調べだって今日一日だけだし、それもほとんど、事件については話してねえし」

「なんで事件について話さないんだよ」

「公務員は一切信用しねえって言うから、まずそこから切り崩さなきゃなんねえんだよ、こっちは」

「なに言ってんの。全然ワケ分かんない」

その説明はなかなか厄介なので、後回しにしたい。

「分かった分かった。そのさ……印象だけで言ったら、俺も久和はコロシなんてしてないとは思うけれども、でも確かに、根拠はない。殺ってるにせよ殺ってないにせよ、それを示す根拠は必要だな。だから、こうしよう……明日は久和が新件調べ、明後日は勾留質問、明々後日は俺が当番だから、明けて月曜の午後に……調べができるかは微妙なところだが……でも火曜はまた俺が休みだから、確実に調べができるってなると、水曜ってことになっちゃうんだな。まあ、なんにしても間が空いちゃうけど、その、次の調べで感触がとれるまで、ちょっとお前らも待ってくれよ。今みたいにフワフワした話じゃ、ガサ状（捜索差押許可状）なんてどうせ取れないって」

佐久間なりに、丁寧に説明はしたつもりだが、中田はまだ納得がいかないようだった。

「っていうか、なんで久和に事件について訊かなかったんですか」

それな。それは正直、自分でもよく分かんないんだ。


家に帰ると、妻の優香が夕飯を作って待っていてくれた。

「お帰りなさい」

「ああ、ただいま……今日の夕飯は、魚かな」

「うん、銀だらの西京焼き。好きでしょ？」

「いいね。なかなか外じゃ、そういうもの食べないから」

とりあえずＴシャツとジャージに着替えて、手と顔を洗って、ダイニングのテーブルに着く。

優香が冷蔵庫前で振り返る。

「何か飲む？」

「何がある」

「ビールと、なんだこれ……ジンソーダか。あと他には、あなたの買ってきた焼酎……かな」

「銀だらの西京焼きだからな。焼酎の水割りにしようかな」

いま気づいたわけではないが、訊いておこう。

「詩月は」

「友達と食べてくるからいいって」

「そろそろ、期末試験じゃないのか」

「もう今日で終わりだって。だから食べてくるんでしょ……で、カラオケかなんか寄ってくるんでしょ」

そう。詩月は友達とも適当に遊んでいるようなので、そういったところは少し安心する。母親の代わりに家事ばかりやっていて、十代の頃は友達も全然いなかった、みたいな想いは、できることならしてほしくない。

しかし、それとは別に、だ。

「それは、その……女の子なのか」

「は？　何が」

「ご飯食べたり、カラオケ行ったりする相手は」

「知らない。共学なんだから、そりゃ男子と行ったっておかしくないんじゃないの」

「なんで訊かないんだよ、相手が男子なのか女子なのか」

優香が、冷蔵庫から取り出したタッパーを開ける。

「どっちだっていいじゃない。別に男子と行ったって、妊娠して帰ってくるわけじゃないんだから」

なんでいきなり、そこまで話が飛ぶんだ。

「おい、そういう相手、いるのか、詩月には」

「今は知らない。去年までは、同じクラスの子と付き合ってたみたいだけど」

待て待て。

「ちょっと、俺そんなこと、全然聞いてないぞ」

「そんなこと、イチイチ父親になんて言うわけないでしょ」

「イチイチ、ってなんだよ。交通課の、八島さんとこのお嬢ちゃんは、そういうのちゃんと話してくれて、休みの日に家に連れて来たりもするらしいぞ」

「じゃあ、八島さんとこのお嬢さんは、パパのこと大好きなんでしょ」

　どういう意味だ。

「おい……俺って、ひょっとして、詩月に……嫌われてたり、するのか？」

「そんなに好きではないかもしれないけど、嫌われてるってほどでもないと思うよ……はい、お待ちどおさま。召し上がれ」

　こうもストレートに言われると、多少は傷つく部分もないではないが、でも冷静に考えてみたら、寝室のドアを開けた途端、鼻を摘むくらい酒臭い父親に朝食を作ってくれ、今夜は飲まずに帰っておいでと、体のことまで気遣ってくれるのだから、確かに「嫌われてるってほどでもない」のかもしれない、と思うことに特段の無理はない、ということにしておこう。

　今日のところは。

「……はい、いただきます」

　それはそれとして、優香の作ってくれる料理は、基本的にどれも美味しい。手先が器用でセンスもいいのだろう。お陰で、結婚前と比べたら十キロ近く太ってしまった。優香はそれを「幸せ太り」と言い、佐久間自身は「貫禄」と呼んでいる。ちなみに詩月は、吐き捨てるように短く「デブ」と言う。可愛い奴だ。

これだけ手先が器用なのだから、優香は看護師としても優秀なのだろう、と思う。

そうだ。ちょっと、優香にも訊いてみよう。

「なあ。お金とは何か、って訊かれたら、お前、なんて答える？」

優香が、自分用に選んだのは缶ビールだった。

シパッ、とプルタブを引き開けてから答える。

「なに、いきなり……お金っていうのは、労働に対する対価でしょう」

なるほど。優香らしい、シンプルで論理的な回答だ。

「つまり、基本的には所得、ってことだな……でもそれは、お前や俺みたいな仕事ならそうかもしれないけど、製造業だと……」

いや、違うか。製造業でも、様々な過程を経て、材料費を含むコストに人件費を上乗せしてるんだから、そこに「労働の対価」も含まれているのか。

次の取調べで、これ、久和にぶつけてみるか。


七日金曜日は、久和が新件調べで一日地検に行きっ放し。よって取調べはできない。八日土曜日は勾留質問で、やはり地裁（東京地方裁判所）に丸一日行くので、この日も調べはなし。

九日日曜日は佐久間が本署当番なので、また取調べができなかった。しかしこの、日曜に当番というのが、まあまあ面倒なのだ。

地域課以外の、刑組課、警務課、交通課、警備課、生活安全課といった、いわゆる「内勤」と呼ばれる部署の署員は、当番に当たっていなければ土日は休みになる。逆にいうと土日の本署当番は、日中も夜間も、業務は全て当番員のみで回さなければならないということだ。それはそうだ。当番員以外はみんな休みなのだから、そうならざるを得ない。

とはいえ、志村署は管内に大きな繁華街を抱えているわけではないので、事件といってもそのほとんどは「非侵入窃盗」だ。要はひったくり、すり、車上荒らし、万引き、置き引き、自販機ねらい、自動車盗、自転車盗などだ。

この日も万引きが一件、自転車盗が一件あったが、幸い佐久間は担当しなくて済んだ。よって、月曜日の午前中で当番は「明け」、それ以降は「非番」となる。仮眠もちょいちょいとれたので、疲労感もさほどではない。

そうなると、刑事というのはやはり欲が出てくるもので。

二時間でも三時間でも、久和の調べをやっておこうか、という気にもなってくる。

見回すと、久和に関わった捜査員で刑事部屋にいるのは水沢だけだった。中田は当番の翌日で休み、横澤は今日が当番だから、何か事件があって出ているのかもしれない。

「水沢。ちょっと、久和の調べやるから、立会い頼むわ」

「はい、分かりました」

午後一時半。留置場まで行って、久和を引き出してくる。

「……じゃ、行きましょうか」

佐久間、久和、水沢という並びで歩き始める。

新件調べ、勾留質問を経て、久和にも何か変化があったのではと期待したが、どうしてどうして。

取調室に入るまでも、入ってからも、久和は相変わらず鉄仮面のような不愛想だった。ヒゲを剃ったばかりなのか、むしろ見た目は四日前よりスッキリしている。その分だけ、不愛想にも筋金が入ったように感じる。

「少し間が空いてしまいましたが、また、いろいろ伺っていきますので、よろしくお願いします」

そう言えば、久和も軽く頭くらいは下げる。

「ええと……前回、流れるプールのたとえ話を、したじゃないですか。ここ三十年ほど、日本は経済成長が停滞している。プールでいったら、ずっと同じ量の水しか流れていない。これを増やすためにはどうしたらいいのか。経済を成長させるにはどうしたらいいのか……あなたは、プールに水を足してやればいいと言った。これは実社会でいったら、給料を上げてやればいい、ということになるんですかね。お金っていうのは、つまり労働に対する対価じゃないですか。その対価を、国全体で増やしてやる。それがつまり、ＧＤＰを上げるということに、繋がるんじゃないですかね」

ちょっといい線を突いたのではないかと、佐久間は思っていた。久和は無表情のままだが、内心は驚いているのではないか。そんなことを期待していた。

久和の乾いた唇が、上下に剝がれる。

「……給料を上げる、そのお金は、どこから出てくるんですか」

それくらいは佐久間だって考えてきた。

「それは、製造販売をしている会社だったら、製造工程を見直したり、営業努力をして、売り上げを伸ばして……」

「製造コストをカットして、粗利率を上げる。営業努力をして、売り上げを伸ばす。でもそれで儲《もう》かるのは、その会社だけですよね。競合他社は、むしろシェアを奪われて賃上げどころではなくなる。下手をしたら一部の従業員は解雇、路頭に迷わせる結果にだってなりかねない……それがあなたにとっての、この国の経済成長なのですか」

参った。一瞬で論破されてしまった。

いや、ここで会話の流れを止めてはならない。

「まあ、そうですよね……でも、みんなでお金持ちになるっていうのは、なかなか、そんなに簡単なことでは、ないんじゃないですかね」

「みんなが努力して、みんなで売り上げを伸ばそうと考えるから、行き詰まるんです。それはですから、みんなで一所懸命プールで歩きましょう、泳ぎましょうというのと、同じ発想じゃないですか。そうではなくて、プールに水を足しましょうと、そこまで話は進んだじゃないですか。なんでまた、佐久間さんは話を逆戻りさせてしまうんですか」

もはや、面と向かって「馬鹿」と言われているも同然だとは思うが、しかし馬鹿は馬鹿なりに、次の一手を考えているのだ。

論理を超越するという、新たな戦い方を、ここでお見せしよう。

「逆戻り、ですか……ちなみに久和さんは、菊池創という人物をご存じですか」

わざと、文脈を無視してみる、という作戦だ。

久和は、警察官を含む全ての公務員を信用していないから、事件については供述しないと言った。その宣言自体を無視する。無視して、あえてこっちの質問を、勝手にぶつける。それで仮に黙り込まれたとしても、それはそれで構わない。取調べの「文脈」は言葉だけではない。表情、目の動き、呼吸の回数、速さ、全てが取調べの「文脈」になる。些細《ささい》な、ほんの微細な反応が、被疑者の本心を物語ることは、取調室ではよくあることだ。

　しかし、やはりと言うべきか、さすがと言うべきか。

　この揺さぶりに対しても、久和という男は、予想外の反応を示してきた。

「……はい、知っています」

　気持ちだけでいえば、ぽかんと口を開けて数秒、馬鹿面を晒《さら》したいところだ。おいおい、そこは認めるのかよ、と。

　いや、今はこっちの攻め処だ。

「菊池創をご存じ、なんですね」

「ええ。それがどうかしましたか」

「じゃあ、久和さんの車から出てきた、例の財布。あれの持ち主が菊池創さんだというのは、分かっていらっしゃる？」

　するとようやく、久和の無表情が崩れた。

　ちくりと、ほんの一ミリか二ミリ、眉根が寄る。

「……いえ、知りませんでした」

「逮捕した警察官との間でも、そういったやり取りはありませんでしたか」

「あの場では、私の財布ではないと申し上げたまで。誰の財布かまでは知りませんでした。それ以上でも以下でもありません」

いいだろう。

「菊池創さんとは、どういった関係で知り合われたのですか」

一つ、久和が頷いてみせる。

「それについてお話しするのは吝かではありませんが、それは私が佐久間さんという公務員を信用したから、ではないということを、先に申し上げておきましょう。佐久間さんはおそらく、ネットに上がっている私のインタビュー記事をご覧になった。去年の九月十六日に、近未来経済社の本社会議室で、『近経フォーラム』という経済専門誌のウェブページ用にお話をしました。それは『財政出動について教えてください』というタイトルで、今もネットで閲覧できる状態にあります。このときのインタビュアーが菊池創氏であり、インタビュー記事をまとめたのも菊池氏です。しかし彼の財布が私の車両内で発見されたことに関しては……お話しするつもりはありません。なぜなら、私は佐久間さんを含む警察官、警察官を含む公務員という人種を、一切信用していないからです」

また、振出しに戻ってしまった。

4

三都は今週、土日が本署当番だった。

なので佐久間とは、日曜の午前中に少しだけ話ができた。

「あの、この前もお訊きしたとは思うんですが……事件について、久和に全然訊いてないっていうのは、どういうことなんですか」

佐久間は、困りきった顔で頭を掻いた。

「それな……まず大前提として、久和は非常に頭がいい。態度にも言動にも、粗暴なところは一切ない。冷静沈着を通り越して、感情がそもそもないんじゃないかってくらい、常に落ち着き払っている。終始一貫そういう態度で……その上で、だ。一切の公務員は信用しない、むろん警察官も信用しない、だから供述は一切しないと、初っ端にそう宣言されちまったんだ。でも、なぜ公務員を信用しなくなったのか、という話ならしてもいいという……今はまだ、その段階ってわけ」

なんだそれは。

「係長は、それを大人しく聞いてたわけですか」

「そういう言い方するなよ。俺だって、いろいろ考えてんだから。まあ、もうちょっと待ってろよ。久和に『喋り癖』をつけさせて、そのうちポロッと、肝心要なところを吐かせてみせるから」

基本的に三都は、佐久間のことを「いい人」だと思っている。酒にだらしないところはあるが、でも酔ったからといってセクハラめいたことをするわけではないし、言動が荒くなったり泣き出したりすることもない。根本的に、気持ちが優しい人なのだと思う。

だが、その気持ちの優しさが今のこの状況を招いているのだとしたら、警察官として尊敬できるとは、一概にはいえなくなってくる。

三都は、久和の姿を直には見たことがない。見たのは逮捕時の、三種類のバストアップ写真だけ。しょぼくれた、薄汚れた、痩せこけた中年男。印象としてはそんなものだった。しかも、被疑内容は窃盗と公務執行妨害。そんなに手間のかかる案件だとは思っていなかった。

それを、だ。

マル被が「一切の公務員は信用しない」と言っているからといって、大人しくその理由を聞いてやる必要が、果たしてあるだろうか。直属の上司についてこんなことは思いたくもないが、さすがに手ぬるくないか。胸座を摑んで、ガックンガックン揺さぶって「テメェが盗ったんだろうが」くらいやるべき、とは三都も思わないが、大人しく大学の先生のお話を拝聴しているだけ、というのはさすがに情けなさ過ぎるだろう。

まあいい。三都はもう当番「明け」で、このあとは非番。今日の任務は完了している。

とりあえず、家に帰る。

土日が当番で「出」だったので、十日の月曜日は休み。

三都が次に通常勤務に就いたのは、十一日の火曜日だった。

その午前中に一件、下着泥棒の通報が入った。本署当番でいったらまだ横澤が残っていたのだが、下着を盗まれた挙句、横澤みたいなのに根掘り葉掘り訊かれたら、その被害女性があまりに気の毒というものだ。

「いいよ。あたしが行くから」

これの処理に三時間ほどかかったが、でもそれ以外は静かなものだった。三丁目のディスカウントストアで万引きとか、相生町《あいおいちょう》のカラオケ店で高校生同士が喧嘩、みたいな通報が入りそうな予感もなくはなかったが、実際にはなかった。

ジリジリと、モヤモヤとしながら、ようやく三都が決断したのは午後二時だった。

「サワチョウ、暇でしょ」

久和事件に関わったメンバーでいうと、佐久間は休み、横澤はさっき当番が「明け」て帰っていった。

刑事部屋にいるのは水沢だけ。

「別に、暇ではないですけど」

「中野、行ってみない？」

「菊池のヤサですか」

「うん。戻ってきてるかもしんないじゃん」

「中田さん、意外とこの件には熱心ですね」

先輩に、面と向かって「意外とこの件には熱心」と言い放つ後輩もどうかと思うが、実際「そうだな」と三都自身も思う。久和と菊池に繋がりがあると分かった瞬間に、何かこう、スイッチみたいなものが入ったような気がする。

「行くの、行かないの」

「行きます」

平中統括に「久和の件でもう一度中野に行ってきます」と断わったが、平中は分かっているのやらいないのやら。手元の書類から目も上げず、「行ってらっしゃい」と呟《つぶや》いただけだった。

今日も暑いので、駅までは日陰を選びながらの早歩き。

「サワっち、あとで『ガリガリ君』奢ってあげる」

「だったら自分は『アイスボックス』の方がいいです」

「『サワっち』のところは引っ掛からないんだ」

「中田さん、意外と面倒臭いですよね、そういうとこ」

また「意外と」って言われちゃった。

浮間舟渡駅から埼京線で新宿駅、中央・総武線に乗り換えて中野駅。ここから菊池宅までは歩いて十分弱。

駅近くの商店街を抜けると、少しずつ店舗が減っていき、五分も歩くと、周りはほとんど民家だけになる。

「中田さん、自分の『アイスボックス』は」

「帰りね」

着いた。

中野区中野五丁目▲▽-◎、エトランゼ中野1B。

前回同様、インターホンのボタンを押してみる。「ミィーッ」という耳障りな音のあとに、「ポロロン」という優しめの電子音が続くのはなぜだろう。

いずれにしても、反応は「なし」だ。

ドアレバーをガチャガチャしてみたが、当然の如く施錠されており、びくともしない。

「残念、ですね」

「諦めるのはまだ早い」

隣の住人に話を聞くことはできないかと思い、1Aのインターホンを押してみたが、こちらも留守だった。

「またまた残念、ですね」

「いや、もう少し待ってたら帰ってくるかもしれない」

「帰ってこない、かもしれませんけどね」

「とりあえず『アイスボックス』奢るよ」

「ありがとうございます」

それから駅までの道を、半分くらい戻って。

「ねえ、別に『アイスボックス』じゃなくても、いいよね」

「今さらなんなんですか」

「ほら、そこに喫茶店あるじゃん」

「まあ、レモンスカッシュでも、いいっちゃあいいですけど」

とても小さな、可愛い感じのお店があったので、そこに入って。

「私は、アイスカフェオレで」

「僕は……クリームソーダで」

二十分くらい休憩をとって。

「どうよ。生き返った？」

「はい、生き返りました」

「行ける？」

「はい、行きましょう」

再度、菊池宅を訪ねた。

少し日の傾きが変わったくらいで、１Ｂ前の様子にさしたる変化はない。

「……いい、押すよ」

「はい、お願いします」

インターホンを押してみても、先ほどと同様、反応はなし。むろん施錠もされたままだ。

「念のため、もう一回押しとくか」

「もういいですって」

結局、今日も留守だったと、そう結論付けざるを得ない状況だった。

「どうする、もう一回さっきの店で休憩する？　それとも、この近所で張込む？」

「この近所、って」

そう。この辺は完全な住宅街なので、張込みをしようにもそれに適した場所がない。むろん被疑者の行動確認をする必要があるとか、そういう事情だったら民家の庭先を借りるなり、ベランダに入らせてもらうなり、採るべき方法はいくつかある。だが現状、菊池創はそこまでの対象者ではない。盗まれた「のかもしれない」財布の持ち主で、怪我をさせられた被害者「かもしれない」人物、というのに過ぎない。

「よし、ちょっと日陰を歩きながら考えよう」

「だったら、いったんコンビニまで行きましょうよ」

そんなことをグダグダ言いながら、また駅方面に歩き始めた。

すぐに一人、小柄な女性とすれ違った。

ヒールの高さを差し引いたら、身長は百五十センチほど。黒いカットソーにブルーのデニム。薄い背中、狭い肩幅からすると、体重はあっても四十五キロ。髪色は、ちょっとラベンダーが入ったようなグレージュ。肩よりは大分長めに伸ばしている。

その女性が、だ。

なんと、エトランゼ中野の一階通路に入っていくではないか。その先にあるのは1Aと1Bのふた部屋しかない。いずれにせよ、話は聞いておきたい。

「サワっち」

「だから」

慌てて通路の入り口まで戻ると、まさに女性が、1Bのドアを開けて入っていくところだった。

「カノジョかな」

「ですかね」

これを、千載一遇のチャンスと呼ばずしてなんと呼ぼう。

足音も気にせず、1B前まで走っていった。これまで、一度として応答することのなかったインターホンのボタンを、もう、答えに絶対の自信をもって押す、クイズの「早押しボタン」くらいの勢いで——押したい気持ちをなんとか抑え込み、冷静に、優しく人差し指で、ちょこんと押してみる。

ミィーッ、のあとに、ポロロン。

想定していたリアクションは、インターホン越しの《どちら様ですか》という問いかけ。

だがそのプロセスをすっ飛ばし、いきなりドアは開いた。

「んもう、ハジメちゃ……」

最後まで言わず、ドア前にいるのが「創ちゃん」ではないと分かった途端、女の目付きは柳刃包丁の如く、鋭く尖った。今の彼女の心境を短く言い表わすとしたら、「誰だこの女」というのが最も近いのではないか。

まずは、その誤解を解いておきましょう。

「恐れ入ります。こちら、菊池創さんのお宅で、お間違いないでしょうか。私、警視庁志村警察署の、中田と申します」

後ろにもう一人男がいるというのも、分かりやすい構図だったのだと思う。

彼女の目から、柳刃包丁の鋭さが消え失せる。代わりに目を見開く。そうされてようやく、案外可愛い顔をしているのだと三都は気づいた。

二人で警察手帳を出し、身分証を提示する。

もう、誤解は完全に解けたと思ってよさそうだ。

「警視、庁……」

彼女はなおも目を見開き、もう可愛いなんてとっくに通り越して、ホラー映画の最初の犠牲者かというくらい、驚きと恐怖と絶望を、その両目に表わしてみせた。

「創ちゃん……何か、やったんですか」

菊池創は基本的に、何かされるより、何かする側の人間と認識されているようだ。少なくともこの女性と、あの陽明社の篠塚デスクには。

その誤解も、解いておきましょう。

「いえ、あの、菊池さんの所持品で、私共がお預かりしているものがありまして。それをお返ししようとご連絡差し上げたり、何度かこちらをお訪ねしたりしているのですが、今のところ……菊池さんは今、ご在宅では、ない？」

彼女が「あっ」と小さく漏らす。

「……そう、なんですね。ごめんなさい、私なんか、ちょっと勘違いしちゃいました。すみません……あの、私も今、来たばかりなんですけど、留守みたいです」

その場で横向きになり、彼女は奥まで室内を見せてくれた。廊下の先にはフローリングの洋室。彼女がカーテンを開けたのか、思っていたより中は明るい。

この娘、意外と「いい子」そうだ。

「菊池さんは、ずっとお留守なんですか？」

それには首を傾げる。

「私も、ここ何日か連絡がとれなかったので、思いきって来てみたんですけど、ご覧の通り……留守でした」

「大変不躾《ぶしつけ》なことをお伺いしますが……」

手で、やんわりと彼女のことを示す。

「今、ご自身で鍵を開けて、お部屋に入られたわけですよね」

「はい、そうです」

「この部屋の鍵を、お持ちだったということですか」

ようやく彼女も、自分が何を訊かれているのか分かったようだった。

「あ、あの……一応、付き合ってるというか、そういう、関係なので……合鍵は一つ、持たせてもらってます。はい」

「お名前、伺ってもいいですか」

「イシモリ、サワといいます」

「普通の『石』に『森』とお書きする？」

「はい、普通の『石森』です」

「サワさんは」

「早稲田の『ハヤ』の字に、平和の『ワ』で、『早和』です」

なぜこのタイミングだったのかは分からないが、彼女、石森早和は急に、玄関先で話し込むことの奇妙さに気づいたようだった。

「あの、よろしかったら中に、お入りになります、か？」

「ありがとうございます。そう、ですね……では、お言葉に甘えて、はい……お邪魔させていただきます」

中に入ると、間取りは案の定2DK。

石森早和はダイニングテーブルの席を勧めてくれた。

「なんか、飲み物とかあると、いいんですけど」

「いえ、どうぞお構いなく」

冷蔵庫を覗いても碌なものはなかったようだ。早和は「すみません」と小さくなりながら、自身も三都たちの向かいに座った。

早速、聞かせてもらおう。

「先ほど、菊池さんとは何日も連絡がとれないと仰っていましたが、正確には、何日くらいですか」

少し考えてから、早和は隣の椅子に置いてあった自身のトートバッグに手を伸ばした。携帯電話の履歴で調べるようだ。

「ええと……先月の二十七日に送ったメッセージが、既読にはなったんですが、返信が来てないです。その後は、既読にもならなくて」

菊池が休んだ「週刊キンダイ」の編集会議の、一日前か。

今日は七月十一日。

「ちょうど二週間になりますね」

「はい。ちょっと、心配で」

「菊池さんと連絡がつかなくなることは、これまでにもありましたか」

「たまにありました。彼、フリーのライターをやってるんですけど、取材内容によっては、海外まで行くこともありましたし、向こうで原稿書いて、編集部に送っちゃったら、たぶん開放的な気分になっちゃうんだと思うんですけど。一週間とか十日とか、平気で予定を延ばしちゃうところは、あります、正直。そういうときは、返信もしなくなりがちです」

もう少し突っ込んでみようか。

「ほう。取材で、海外に行ったりもするんですね」

「というか、海外に行きたいからそういう仕事を取ってくる、みたいな。サッカーのワールドカップとか、スコッチウイスキーとか、ドイツビールとか……そんなに興味ないくせに、東南アジアの鉄道を取材するとか言って。でも途中でお腹壊して、そのときは早めに帰ってきましたけど」

　やはりそうか。

「じゃあ、もうけっこう長く、お付き合いされてるんですね」

「そう、なりますかね……六年、もうすぐ七年かな」

「お仕事の内容にもお詳しいし」

　これには、笑みを浮かべて頷いてみせる。

「私、フリーのカメラマンなんです。でも、仕事量にはけっこうバラつきがあって……少ないときは、ハジ……菊池さんに、仕事回してもらったり。それもないときは、しょうがねえなって、テープ起こしのバイトとか、させてもらってるんで」

「テープ起こしっていうのは、あの、インタビュー音源とかの」

「そうです。聞いて、文字に起こしていくやつです。菊池さんも、前は全部自分でやってたんですけど、じゃあ五千円ね、とか、一万円な、みたいに値段決めて、私にやらせるようになったら、なんか自分でやるの面倒臭くなっちゃったみたいで。最近は、半分くらい私がやってたんじゃないですかね」

　ただの「カノジョ」ではないわけだ。

これは期待していいかもしれない。

「菊池さん、最近はどんなお仕事をされてたんですか？」

「メインは『週刊キンダイ』の記者ですけど、あれもいろいろ、波があるみたいで。面白いんだけど、今すぐは記事にできない、もう少し寝かせておいて、成り行きを見た方がいい、みたいなネタもあるんで。そういうのは手元に置いておいて、少しずつ書き足していって、いつかまとめてページを取ろうとか、大きく育ったら本にしようとか……全然そんな、本が出せるようなネタじゃなかったとは思うんですけど。でも野心は持ってました、それなりに」

早和は自分で喋っていて、徐々に、菊池が「過去」になっていくような感覚に囚《とら》われたのではないか。

ふいに不安そうに、眉をひそめた。

「あの、さっき……菊池さんの所持品が、警察にある、みたいお話でしたけど」

「はい」

「それって、モノはなんなんですか」

「お財布です。こういう……」

長財布の形を手で示すと、早和は「ああ」と頷いてみせた。

「ちょっと大きめの、水色のですか」

「そうです」

それとなく、確認しておこうか。

「色と大きさ以外に、そのお財布って、何か特徴はありましたか」

「色と大きさ、以外にですか」

「ええ。たとえば、どこか壊れてるとか、傷とか汚れとか」

「そういうのは、特になかった気がしますけど。ハジ……菊池さん、わりとモノを丁寧に扱う人なんで。ケータイとかも、滅多に壊さない人なんで」

じゃあの血痕は、やはり事件に際して付着したと考えた方がいいのか。

もう一つ。

「菊池さんは、『週刊キンダイ』の政治部記者なんですよね」

「まあ、正確には『政治班』ですけど。政治部なんて立派なもんじゃないって、よく彼も言ってたんで」

「なるほど、政治『班』……でもそれとは別に、政界ネタではなくて、事件モノの取材もしてたらしいという話を、編集部で伺ったんですが、それについて、石森さんは何かご存じありませんか」

そう三都が訊いたとき、早和はぽかんとしただけだった。だが徐々に、あれかな、というネタが頭に浮かんできたのだろう。

眉間の辺りに、力がこもり始める。

「んん……その、事件モノかどうかは分かりませんけど、交通事故については、調べてたみたいです」

事件と事故とでは、かなりニュアンスが変わってくるが。

「石森さんはその件について、ご存じなんですか」

「事故の内容、ですか」

「ええ」

「一応、話は聞きましたけど。世田谷《せたがや》郵便局の前辺りで、なんか、自動車が中央分離帯にぶつかった単独事故、みたいな話、だったんじゃなかったかなと」

今のところ「それだ」みたいな感覚は全くない。

「その事故、犠牲者は」

「いなかった、と思います。犠牲者云々は、言ってなかったです」

「じゃあ単独の、物損事故」

「中央分離帯がどうかなっちゃったとか、そんな話じゃないですかね」

「それ、記事としては、どこら辺に面白みがあるんですかね」

「ないと思います。ないと思うって、そのとき私も言いましたし」

でも、逆なのだ。

菊池はおそらく、その事故に何かしらの興味をそそられていた。だから、財布に血が付くような事件に巻き込まれる破目になった。

そういうことではないのか。

5

私が「彼」の存在を明確に意識し始めたのは、大蔵省入省四年目。主計局総務課に配属され、調査主任を拝命した頃だった。

当時の「彼」は総務課企画担当の主計官、いわば主計局実働部隊のエース。入省二十六年目の、大蔵官僚として最も脂が乗っていた時期だ。

この「主計」という言葉自体、一般には全く馴染みがないようだが、主計局は大蔵省でも現在の財務省でも、上から二番目に数えられる極めて重要な部局だ。ただし、筆頭とされるのは大臣官房。一般でいうところの「総務」に相当するセクションなので、省特有の仕事をする部局とは言い難い。その意味では、主計局こそが事実上の筆頭部局と考えて差し支えない。

いや、差し支えるか否かレベルの話ではない。

主計局にあらずんば人にあらず。

目を、耳を疑うような独善的文言だが、しかし、これが省内のみならず、霞が関全体に広く行き渡っている認識なのだ。

大蔵省は「官庁の中の官庁」、大蔵官僚は「官僚の中の官僚」。さらにその実働部隊のエースとなったら、もう、当時の私にとっては殿上人《てんじょうびと》にも等しい存在だった。

大蔵省主計局の、何がそんなに凄いのか。そこでエースを張るということが、なぜそこまで特別なのか。

主計局というのは、簡単にいったら国の予算編成をし、決算の作成をする部局だ。別の言い方をすると、各省庁が要求してくる予算を査定し、その可否や金額を決定する部局ということになる。その予算編成の実務責任者が、主計官だ。定員は十一名。

具体的には、各省庁の翌年度予算の概算要求が、八月末に集まってくる。当たり前だが、向こ

う は自分たちの都合で「これくらい欲しい」「これだけは絶対に必要だ」と予算を要求してくる。しかし、その全てを聞き入れていたら国家予算などいくらあっても足りない。それらを、予算案をまとめる十二月末にかけて、本当に必要か否か、厳しく査定していくのが主計官の役目だ。分かりやすくいうと、「百くれ」と頼まれたら、その内容を精査し、「五十しか出せない」と突き返す。そういう役回りだ。

通常、省庁の内外で折衝をする場合、双方の担当者は同格であることがほとんどだ。向こうが局長なら、こっちも局長を充てる。課長がやってきたら、こっちも課長が相手をする。

ところが、主計局だけは違う。

他省庁の課長が相手の場合、主計局は必ずそのワンランク下、課長補佐に相当する「主査」を充てる。向こうが部長を出してきたら、こっちは課長級の主計官を出す。局長が出てきたら、こっちは局次長。事務次官が出てきたら、仕方がないので局長が相手をする。

他省庁からしてみたら、常にワンランク下の相手に「お願いします」と頭を下げなければならないことになる。屈辱といえばそうかもしれないが、あくまでも金を出すのは大蔵省、それを受けて仕事をするのが他省庁なのだから、この構図は変えようがない。

この点だけをとっても、大蔵省が他省より上位に位置する機関であることが分かるだろう。大蔵官僚が「われら富士山、他は並びの山」と口にする、その品性の有無はさて措き、それが日本の省庁の実像であり、実態なのは事実だ。

主計官は、各省の大臣やその分野を専門とする政治家、いわゆる「族議員」への根回しも担当する。俗にいう「レク」というやつだ。案件の内容や、誰が大臣かによっては部長や局長が同席する場合もあるが、そういった幹部は「顔」に過ぎない。現場で、個別具体的に「レク」を施すのは、あくまでも主計官だ。

この仕事において、特に「彼」は抜きん出ていたといわれている。

局の自身の席を決して温めず、与野党を問わず族議員のもとに足繁く通い、企業トップとも密に連絡をとり合い、マスコミとも良好な関係を保ちつつ、今の日本に必要な政策を熱心に説いて回った。

その政策とは、むろん「財政再建」である。

高度経済成長の終焉や、バブル経済の崩壊など、その時代時代で原因や状況は異なるが、国の財政を預かり、国庫の管理を任される大蔵省が目指すべきは、常に財政再建であることに異論を挟む余地はない。

全ての国民に等しく税を納めてもらい、それを財源として国家を運営する。昭和の一般家庭でいったら、父親が稼ぐ年収で、その年の衣食住を賄う。それと同じと考えればいい。

むろん、平時はそれでいい。収入と支出の帳尻が合ってさえいれば、特に問題はない。だが多くの家計がそうであるように、国家の台所事情というのもまた、苦しいのが当たり前のようになっている。

経済状況が悪くなれば、当然のようにその後の税収は落ち込む。先の例でいえば、父親の年収が減るのと同じだ。

収入が減ったら、家計を預かる主婦は何をすべきか。まずは、無駄遣いをなくす努力をするのが普通ではないか。

　同じ食材でも、より安く売っているスーパーマーケットはどこか、新聞の折り込みチラシを見比べよく吟味する。電気、ガス、水道の無駄遣いをやめるのも有効だろう。廊下など、普段は人がいない場所の照明はこまめに消すようにする。煮炊きをする際は最初から最後まで火を点けておくのではなく、途中で消して、あとは余熱を利用するなど、できることはいくらでもある。

　財政再建も、それと全く同じだ。

　日本の隅々まで高速道路を通したい。ＧＤＰの伸び率が、当たり前のように十パーセント前後あった時代なら、そういう夢を見るのもいいだろう。だが五パーセントがせいぜいになり、さらに二パーセント、一パーセント、下手をしたらマイナス成長の年もある、そんな時代になってもなお、公共事業で経済を活性化させようなど、愚の骨頂としか言いようがない。

　とにかく、国としての支出を減らす必要がある。

　無駄な公共投資は行わない、公務員の人件費を減らすなど、やるべきことは数多《あまた》あるが、簡単なことは一つもない。そもそも国は、国民から集めた税を財源として、国民に公共サービスを提供しているのだ。基本的に「全くの無駄」というのはないに等しい。

　有効活用されていないだとか、似たような施設が同じ地区に複数あるだとか、そういうケースは確かにある。要らない方を閉鎖してしまえば、少なくとも翌年度から、その施設の運営資金は浮くだろう。しかし、跡地はどうなる。特殊な建物だと、そのままでは売却できない。取り壊しが必要になる。その予算はどうやって捻出する。施設を一つ廃止したら、そこで働いていた人たちは職を失うことになる。その責任は誰がとる。

むろん、当事者の言い分は理解している。理解していてもなお、財政再建を訴え続けなければならないのが、主計官という役人の仕事なのだ。

実際に「彼」が当時、どのような話術と論法を用い、政治家や業界団体に根回しをしていたのかは、私には分からない。何しろ、当時の私は主査にも届かない「ぺーぺー」。そんな、エースの仕事を直接見ることなどできるわけがない。その場に同席することは疎《おろ》か、外の廊下で待つことも、建物に入ることすらもない。まだ庁舎でのお留守番がせいぜいの、私は「お子ちゃま」に過ぎなかった。

だが「彼」の同期や、それに近い人物から「彼」の評判を聞くことは多々あった。

「あいつさ……民自党の吉崎《よしざき》補佐官を、カンカンに怒らせやがってさ。胸座摑まれても、補佐官は間違ってますって、頭突きでもしそうな勢いで言い続けるわけ。でも吉崎さんも、簡単には引けないじゃない。こうやって、グイッて締め上げちゃってんだから。でまた、吉崎さんってデカいじゃない。怖いから、あっちもこっちも、誰も止めに入れないわけよ。それでもあいつ、引かないんだよな……何度でも申します、補佐官の仰ることは、間違っています、いま我が国は、新規にダムを建設できるような状況にはございません、どうか、どうか、未来の国民のためと思い、件の計画は白紙撤回なさってください……ってさ。そっからだよ。そっから吉崎さん、奴を殴ったんだぜ。しかも、泣きながらグーで。黙れキサマァーッ、って……それでも、それでも奴は曲げねえんだ。血ヘド吐きながら、白紙撤回を、お願いします、って……でようやく、大臣が入ってくるわけ。野間《のま》さんが、吉崎、もういいって割って入って。最後、これに関しては、私が責任を持って、党に持ち帰るからって、奴に頭下げてさ……あの建設計画中止には、まあ、そういう経緯があったわけよ」

　むろん、そんな血生臭い話ばかりではない。

「マスコミ受けがいいんだよ、あいつの話は。なんかね、こう……財政の話をしてんだけどさ、まるで小噺でも聞くように、みんな聞き入っちゃうんだな。で、誰かが、それってこういうことですか、みたいにさ、合いの手っていうか、答えになるようなことを、差し挟んできたりするじゃない。そうすると、それッ、まさにそれッ、みたいにさ。そいつをピッと指差しながら、大袈裟に拍手したり、とにかく場を盛り上げるんだよ……ああ、だから、ベテラン芸人が司会をやってるバラエティ番組みたいなノリかな。それでいて、自分の主張はきっちり相手に呑ませる……なかなか、誰にでもできる芸当じゃないよ、あれは」

　こんなことを漏らした後輩もいた。そうはいっても、私にしてみたら大先輩ではあるが。

「そのとき、俺はまだ省に残ってたんだ。そんな、大詰めって時期でもなかったから、そろそろ帰ろうかな、くらいに思ってて……そうしたら、電話がかかってきたんだよ。このまま帰っても寝られそうにないから、三十分だけ、飲むのに付き合ってくれ、って。それから銀座で落ち合って……まあ、三十分ってわけにはいかないよな。二時間くらいはいたと思う。その間中ずっと、なんで分かってくれないんだ、って、砕けるほど、ロックグラスを握り締めてさ……相手は確か、福井が『お地元』の先生だったんじゃないかな。どこのゴロツキに吹き込まれたんだか、これからは海洋エネルギーだ、とか言って、研究予算付けろって、まずは『箱』を作るんだ、って聞かなかったらしくて。それをさ、先生の『お地元』を思うお気持ちは痛いほど分かりますが、しかし、今現在の日本の財政を考えますと、って……四時間半、ほぼずっと、土下座状態で説得したのに、とうとう『分かった』って言わせられなかった、って……ほんと、政治家なんて馬鹿ばっかりだよ。テメェの地元に利益誘導したいってだけだからね、詰まるところは」

ここまで身を粉にし、省に尽くす「彼」が出世しないわけがない。

翌年には大臣官房秘書課長、その二年後には大臣官房地方課長を兼務するようになった。

それと同じタイミングで、私は大臣官房付になった。「付」というのは、ちょっとした時間調整のための暫定的処遇である場合が多い。昇格の際にも、降格の際にも使われる方便みたいなポストだが、私の場合は研修のためだった。

三年の予定で外務省に出向、渡独し、ミュンヘンの日本国総領事館副領事を務める。そのための準備期間だった。

そんなある日、私は「彼」から呼び出しを受けた。省内ではなんだから、夜、虎ノ門駅近くの個室居酒屋で、ということだった。

直に「彼」と話をするのはこのときが初めてだった。仲介をしたのは以前、「彼」の武勇伝を聞かせてくれた先輩だったが、先輩自身はその夜、同席はしないという。

「嫌だよ、そんな。お前のトバッチリなんか喰いたくねえよ」

私は震えあがった。将来の事務次官と目される「彼」と、いきなりサシで向かい合わなければならないうえに、用件は、先輩が「トバッチリ」を喰うのも「嫌だ」というようなことなのか。自分は一体、何をしでかしてしまったのだろう。大臣官房付で、手持ちの仕事なんて何もないのに。

だが直に会ってみると、「彼」は噂以上に気さくな人柄で、私のようなペーペーにも、終始笑顔を向けてくれる温和な人物だった。

「それは、牧村《まきむら》くん一流の冗談だろう。私は最初から、彼に言っておいたんだよ。次のミュンヘン副領事ということで、私のところに回ってきた履歴書を見ていたら、なんと小学校が私と一緒じゃないか。これは奇遇だと思ったし、なんだか、妙に楽しい気分にもなってしまってね。それでつい、君と話をしてみたい、ついては一席設けてくれないかと、牧村くんに頼んだというわけだよ」

漠然と「いいとこのお坊ちゃん」扱いをされ続け、居心地の悪さしか感じなかった小学校時代が、にわかに色づくのを感じた。

文房具屋の隣に駄菓子屋があったでしょう。はい、私も通いました、きな粉飴が好きでした。三丁目のペンキ屋のヨシボウは、私の親友でね。もしかして、隣は床屋ではありませんか。そう、右隣が床屋だった。私はそこでよく、漫画雑誌を読ませてもらいました。あの近くの神社の、石を積み上げた斜面、私はあそこから落ちて、頭を八針縫ったことがある。私とあそこの長男とが、ちょうど同学年です。

楽しかった。ずっと憧れていた「彼」と、こんな話で盛り上がれるなんて。「夢にも思わない」とは、こういうことを言うのだと思った。

むろん、大蔵官僚らしい話もした。

「どうしてなんだろう。国費は税収で賄うべきだという、その根本を分かっていない人間が、あまりに多過ぎる」

「同感です」

「私が、財政法第四条に、そう書いてあるんだからと言っても、まだ分からない。『国の歳出は、公債又は借入金以外の歳入を以て、その財源としなければならない』と、六法全書を捲《めく》って読み上げてやっても、まだ納得しない。まあ、中にはいるよ。よく勉強している先生も。その続きに『但し、公共事業費、出資金及び貸付金の財源については、国会の議決を経た金額の範囲内で、公債を発行し又は借入金をなすことができる』とあるはずだ、と」

「はい」

「要は、国会の承認さえ得られれば、公債、つまり国債は、いくらでも発行できるはずだと」

「確かに、そのような誤解を招く文言では、あると思います」

溜め息を漏らしながら「彼」は頷いた。

「……まもなく、ミュンヘン副領事になろうという君に、こんな話をするのは、子供扱いしているようで誠に申し訳ないんだが」

「いえ」

「しかし、物には順序というものがある。そんなことは百も承知だと思うだろうが、どうか、腹を立てずに聞いてほしい」

「とんでもありません。ぜひ、お伺いしたいです」

酔っていても、「彼」の目には確かな義憤の炎が揺らいで見えた。

「つまるところ国債とは、国がする借金の証書だ。日本という国が、金融機関や様々なレベルの投資家に『金を借りる』ということだ。だとしても、発行されるのが建設国債ならまだいい。のちのち、道路や橋といった資産が国民に残る。長く国民生活や経済活動を支える、まさに国家の礎となってくれる。しかし、歳入の不足を補うための赤字国債は、君、絶対の『禁じ手』だよ」

「はい、もちろんです」

「そんなことを許したら、あの政治家連中は際限なく、赤字国債を乱発するよ。あらゆる政策の失敗も、自分の地元への利益誘導も、何もかも赤字国債で賄おうとするよ」

そのとき、テーブルの下にあった「彼」の手は、私の位置からは見えなかった。だがそれが、震えるほど固く握られているであろうことは、見るまでもなく分かった。あの先輩が「砕けるほど、ロックグラスを握り締めて」と言い表わしたのと同じ無念が、いま目の前で「彼」の拳を震わせているのだと思った。

「そんな借金を、将来の国民に背負わせるなんて、そんな無責任な話があるか。子供や孫の世代に、借金漬けでズタボロになった日本しか残せないなんて、そんな情けない話があるか」

「言語道断です」

「投資家にいいように喰い尽くされて、スカスカになってしまうぞ、この国は」

「それを阻止するのが、我々大蔵官僚の責務です」

実に満足そうに、「彼」は頷いてみせた。

「財政再建なんだよ、重要なのは。借金をせず、国民から預かる税の範囲で、国家を運営する。無駄遣いをせず、効率を追求すれば、それはできるんだ。いや、やらなければならないんだ」

「はいッ」

これだ、と思った。

国債という名の借金が、将来にわたって国民を縛り続ける。

それが、亡き父の言った「見えないクビキ」に違いなかった。

本来は、複数の馬や牛に車を引かせるとき、その首と首とを橋のように繋いだ「横木」を指す言葉だ。しかし、これが転じて「自由を束縛するもの」という意味を持つようになった。

【頸木】【軛】あるいは【首木】。

国債という「首木」から、国民を解放する――。

私が手に入れるべきは、その首木を外す「鍵」なのだ。

ミュンヘンから戻った私に用意されていたのは、証券局総務課調査室課長補佐というポストだった。当時の「彼」は大臣官房総括審議官。翌年、そのまま大臣官房長となる。

その後、私は念願の主計局に返り咲き、法規課課長補佐を拝命。一年後に主計局主計官補佐となるが、このときの主計局長が「彼」だった。

当時は方々で言われたものだ。お前は「彼」の秘蔵っ子だからな、と。私は「ただ卒業した小学校が一緒ってだけで、ちょっと昔話のお相手をさせてもらっているだけだよ」と返すに留めていたが、そんなことはない。それは謙遜だったし、照れ隠しでもあった。

私は間違いなく「彼」に見込まれていた。

やがて大蔵省が様々な苦難に見舞われ、その名を捨て「財務省」として生まれ変わったのち、「彼」は「官僚の中の官僚」の最高位、財務事務次官の座に就いた。

私は、全身全霊で「彼」を支えるつもりだった。

そして「彼」も、私を自身の後継者であるかのように引き立ててくれた。

「この人はね、物凄く勉強してますから、将来有望ですよ。財務省の未来を背負って立つのは、こういう男なんですよ。ここだけの話……そりゃ先生方はね、いろいろ言いますよ。選挙には負けたくないし、バッジ着けたら着けたでね、『お地元』の意向を無視できないんだから。でも、だからこそ、ですよ。選挙も損得勘定もない、我々のような志ある役人が、しっかりと手綱を握っていなければならない……そうは言ってもね、私はもう、実のところ安心しているんです。財務省にはね、こんな優秀な若者がいる。私たち世代のね、旧大蔵時代の老兵は消え去るのみ。こういう若者にね、新しい日本と、財務省を任せれば、もう……万事安泰なんですよ」

そう言って笑った「彼」に肩を叩かれ、私も、満面の笑みを浮かべてみせた。

だが心では、号泣していた。

あまりに嬉し過ぎて、謙遜することもできなかった。

ただ「彼」に付いていこう。

そう心に誓っていた。

新しい時代に「彼」の志を引き継ぐのは、この私だ。

それこそが、私の使命なのだ。

第三章

1

佐久間も、本音を言ったら「そこまでする必要はないだろう」と思ってはいる。

そもそも、他人の財布を車両内に所持していたというだけの話だ。職質を受けた際に、ちょっとした公務執行妨害があったのは事実だろうが、それにしたって、連日取調べをしなければならないような事件ではない。

それでも、どうも気になって仕方がない。

「じゃあ、やろうか」

「はい」

せめてもの救いは、立会いを務める横澤巡査部長がこれに異を唱えないことだったが、その横澤は今日、当番翌日で休んでいる。代わりに、水沢巡査部長を立会いに指名したのだが、そこでちょっとした悶着《もんちゃく》があった。

「佐久間係長。立会いなら私が」

中田三都巡査部長。彼女が取調べに加わりたいと思っているであろうことは、佐久間もひしひしと感じていた。しかし、個人個人がやりたいようにやっていては、組織捜査は成り立たない。

「そう言ってくれるのはありがたいが、君はほら、ＤＮＡ鑑定の結果待ちなんだろう」

中田は財布の持ち主、菊池創の自宅を訪ねた際、菊池と交際中という女性と遭遇し、一緒に室内に入ることに成功している。その女性の許可を得て、菊池のものと思しき毛髪とタバコの吸い殻を採取。それらと例の財布を警視庁本部の科捜研（科学捜査研究所）に持ち込み、財布の血痕が菊池創のものか否かの鑑定を依頼。目下その結果待ちという状況にある。

中田が眉をひそめる。

「別に、私が鑑定作業をしているわけではありませんから」

「そりゃまあ、そうだけど」

「鑑定結果の電話なんて、誰が受けたって一緒ですって。今日の立会いは、私にやらせてください」

ちらりと見た水沢は全くの無表情。どちらの側に付く気もないらしい。

致し方ない。

「でもまあ、今日のところはさ、水沢とやってくるよ」

「なんでですか」

「だって……お前ってなんか、怖いんだもん」

それ。その無表情が、すんごく怖いの。

かくして取調べ再開。

「では、本日の取調べを始めます」

久和は、また少しヒゲが伸びてきている。そういった意味では、最初の印象に戻った感はある。

「どこから始めたら、いいですかね……逆に私から一つ、質問させてもらうってのは、どうでしょう」

この「無反応」は「同意」と同義であると、解釈させてもらう。

「久和さんは、日本の経済成長の停滞を解消するには、水を……流れるプールの喩えでは、水を足してやればいい、つまり社会にお金を増やしてやればいいと、そのように仰いました。ここまでの私の解釈に、問題はないですか」

これにはちゃんと、頷いて同意を示す。

よしよし。

「でも具体的に、どれくらいのお金を社会に増やしてあげればいいんですかね。やっぱり、何兆円とか、何十兆円とか、そういう単位の話……なんですよね？」

無音で唸るように、久和が長い鼻息を吹き出す。深めの溜め息か。

「……その前に。日本という国に、どれくらいお金を増やせばいいのかを考えるより前に、佐久間さんは、まず日本にはどれくらいのお金があるのか、というのを疑問には思わないんですか」

いい返しだ。

「ええ、思います。思いましたので、自分で調べてみました」

「ほう。結果、いくらでしたか」

「分かりませんでした」

多少でもユーモアのある人間だったら、ガクッ、と横に体を崩してみせる場面だろうが、相手は久和秀昭なので、決してそのような事はしない。いつかそうしてくれたら、佐久間はそれだけでひと晩酒が飲めるくらい、嬉しくなると思うのだが。

久和はあくまでも、無感動に言葉を並べるだけだ。

「あまり簡単に、分からないと諦めないでください」

「簡単じゃありませんよ。私なりに、いろいろ調べました。でも、分からなかったんだから仕方ないじゃないですか」

「具体的には、何が分からなかったんですか」

「たとえば、『マネーベース』と『マネーストック』の違いからして、分かりませんでした」

「佐久間さんは、警視庁には大卒採用ですか」

「はい」

「大学での専攻は」

「哲学です」

どうだ。分からなくても仕方ないと思ったろう。

久和がまた、あの長い鼻息を吹く。

「……まず『マネーベース』という語句が間違っています。よく『マネーストック』と共に語られるのは……『マネタリーベース』です」

そう、それそれ。

「すみません、ちょっと言い間違えました」

「ではその説明をいたします」

何かこう、会話が根本的に嚙み合っていない気はするのだが、まあいい。

「お願いします」

「マネタリーベースとマネーストックの違いは、どの銀行が世の中にお金を供給しているのか、という点です。大前提として、佐久間さんは『お札』の正式名称をご存じですか。もちろん、日本のお札の話です」

　分かります。

「『紙幣』ですよね」

「違います。佐久間さんは今、お財布は持ってますか」

不正解のショックに浸る暇もありゃしない。

「……いえ。財布は、持ってきていません」

「そちらのあなたは」

前にも水沢に立会いをさせたことがあったが、そのとき自己紹介はさせなかったか。

水沢が、スッと背筋を伸ばす。

「……財布なら、あります」

「お札は入っていますか」

「はい、多少」

「なんでもいいですから、それを確認してみてください」

佐久間が振り返り、ひとつ頷いてみせると、水沢は尻のポケットから二つ折りのそれを出し、開いて中を確認した。

「……ああ、『日本銀行券』ってことですか」

「その通りです。もうしまってけっこうです」

聞けば佐久間も、ああ、と思い当たる。

「なるほど、『日本銀行券』ね。そういえば、そう書いてありますね」

「そういえば、じゃありません。その紙切れがなぜ通貨として通用しているのか、佐久間さんは考えたことがないんですか。そうじゃなくたって、毎日毎日使っているんだから、正式名称くらい頭に入れておくべきでしょう」

警察官はね、あなたみたいに毎日毎日お金のことばかり考えてたら務まらない仕事なんですよ、と、できることなら言ってやりたい。

「すみません、不勉強で。でも日本銀行券というのは、知ってました。分かってました。嘘じゃありません」

「では、日本銀行券を作っているのはどこか、もうお分かりになりますね」

「はい。日本銀行ですよね」

「その通りです。よく分かりましたね。大正解です」

久和でも、これくらいの冗談というか、嫌味は言うんだ、という新発見。

「……恐れ入ります」

「一方、コイン、貨幣ですが、あれらの刻印は『日本國』となっています。即《すなわ》ち日本国政府です。たまに記念通貨というのが造られるでしょう。あれは政府が決めて造ることができるものです。

つまり、紙幣は日本銀行が、貨幣は日本国政府が出すもの、ということです……次にいきます」

　急にピッチが上がってきたな。

「紙幣と貨幣、これがいわゆる現金です。手にすることができる、実体を伴ったお金です。しかし、そうでないものもある」

「デジタル通貨、ですか」

　さも不愉快そうに、久和が眉をひそめる。

「佐久間さんは、昨今の暗号通貨のイメージで仰っているんでしょうが、暗号通貨の誕生以前から、現金ではないお金は存在し、流通しています。佐久間さんも日頃から普通に使っていますし、なんなら東京都からのお給料だって、その形で支給されているはずです」

　なんか、分かってきた気がする。

「……振り込み、ですか」

「銀行振り込みというのは、単なる処理方法ですね。おそらく警視庁は、東京都からまとめて振り込んでもらって、それを各々の警察官の口座に振り分けているのだと思いますが、そうやって振り込んでもらって、佐久間さんは何を手にしたのですか」

　何を、手に。

「お金、ですよね」

「どんな」

「お札とか、貨幣とか」

「本当ですか？」

　本当かどうか、を考える間も与えられない。

「佐久間さんは、振り込んでもらったお給料を、毎月毎月、全額引き出すんですか」

「いえ、さすがにそれはしません」

「じゃあ、引き出さなかった残りはどうなります」

「口座に、そのまま残りますね」

「口座。どんな口座ですか」

「普通のです」

「普通、なんですか。正確にお願いします」

「普通……預金、ですか」

「そう、それです」

　それ、ってなに。

「……預金、ってことですか」

「そうです。キャッシュカードでも、クレジットカードでもいいです。現金を持ち歩かなくても、近頃はたいていのお店で支払いができますよね。警視庁からお給料を受け取るのも、レストランで食事をしたときの支払いも、やろうと思えば一切お金を見ずに、触らずに、済ませることができる。なぜそんなことが可能なのかといえば、カード会社の存在を省いて考えると、銀行と銀行が、それぞれの預金のやり取りで決済してくれているからです。警視庁の口座にある預金を五十万減らして、佐久間さんの口座の預金を五十万増やす。これで、警視庁が佐久間さんに五十万支払ったことになります。正確に言うと、多くの場合は日銀当座預金を使っての決済が介在しているのですが、それはのちほどご説明いたします……いいですよ、五十万より多いとか少ないとか、そんなことは仰らなくて。単なるたとえ話ですから」

畜生。ツッコミも簡単には入れさせないつもりか。

「今ここで重要なのは、現金とは違うお金が、世の中には存在している、という事実を理解することです。実際銀行の窓口に行って、現金で百億円引き出したいと言っても、そうできないことは分かるでしょう。なんとなく」

「ええ。それだけの現金が、その支店にあるとは限らないですからね」

「果たして、それだけが理由でしょうか。では銀行側にも配慮し、充分な期間を設けたうえで、日本の全国民が、企業も官公庁も全てが一致団結して、市中銀行から預金を全額引き出そうとしたら、どうなると思います」

理由は分からないが、答えはたぶん、こうだ。

「できない、んですか」

「ええ、確実に断わられます。なぜなら、全国民分の預金を現物で現金化できるほど、日本には現物の現金がないからです。ちなみに、日本のＧＤＰがおおよそどれくらいかは、分かりますか」

それは調べてこなかった。

「なん、なん……何兆……何十兆円、とかですか」

「名目ＧＤＰか実質ＧＤＰか、何年度かで多少は違ってきますが、このところは五百五十兆円辺りを推移していると思ってください」

もはや、多いんだか少ないんだかも、一警察官にはピンとこない。

久和が続ける。

「では話を現金に戻します。これもおおよその話になりますが、日本銀行が発行する日本銀行券、政府が発行する日本国硬貨、合わせていくら分あると思いますか」

これもたぶんだが、五百五十兆円には、全然届かないのだろう。

「……三百兆円、くらいですか」

「百二十五兆円ほどです」

水沢が、右後ろで「えっ」と漏らし、すぐに「すみません」と言い添える。

まあ、驚いたのは佐久間も同じだ。

「現金って……ＧＤＰの、四分の一にも、満たないんですか」

「ええ。ですから、この国の経済活動は、決してあの現金に、見て触《さわ》れる現物の通貨だけに支えられているわけではない、ということです。姿も形もない『預金』という状態で、もっと言ったら、銀行に通帳を持っていって記載してもらう、あの数字の形でしか、多くのお金は存在していないということです」

えー、そんなぁ、と言いたいところだが、佐久間も疑問に思ったことがないわけではない。この通帳の数字が、本当に自分の持ち金を表わしているのかな、とか。こんな数字、ちょっとくらい書き替えても、実は誰にも迷惑なんてかけないんじゃないのかな、とか。

さらに久和は続ける。

「ここでようやく、マネタリーベースとマネーストックが出てきます。続けてよろしいですか」

「はい……お願いします」

「まずマネーストックからいきましょう。これは、見て触れる現物現金と、世の中に出回っている預金額を足したものです。世の中に出回っている『預金』ですから、先ほど申しました銀行預金ということです。市中銀行の扱っている預金の総額と、硬貨と紙幣を足した額。さて、いくらくらいだと思いますか」

「あれ……硬貨と紙幣って、足していくらあるんでしたっけ」

「先ほどは、百二十五兆円程度と申し上げました」

「ＧＤＰは」

「約五百五十兆円と申しましたが、いまＧＤＰは関係ないので考えなくていいです」

「あ、そうなんですか」

すると、なんだ。どうしたらいい。

現金が百二十五兆円しかなくても、五百五十兆円のＧＤＰは、つまり日本経済は回すことができる。久和は関係ないと言ったが、でも全体として、五百五十兆円は間違いなくあるのだろう。でも、ぴったりだとお釣りも出せないし、あと日本人は貯金が好きだから、その分も多めに見ておいた方がいい。

特に根拠はないが、百二十五と五百五十を足して、六百七十五。もう少し水増ししたくらい、でいいか。

「七百兆円くらい、ですか」

「いま佐久間さん、百二十五兆円と五百五十兆円を足して、端数を繰り上げましたね」

そういうこと見透かしてさ、部下の前でバラさないでよ。

「……まあ、一概に、そういうわけでも」

「これも分かりやすく単純化して、という額ですが、正解は、およそ千六百兆円です」

今度は「ぐげっ」と聞こえた。

水沢。よく分かるぞ、その気持ち。

「じゅ、十倍以上、ですか」

「そうです。現金に対して、そのおよそ十三倍もの額が、銀行預金として存在している。つまり、この国にあるお金のほとんどは、実体のない、数字の上だけの、預金通帳と銀行のコンピュータの中にしか存在しない、お金……でもそれも、立派な『通貨』なのです」

久和は止まらない。

「間を空けるとまたおさらいが面倒なので、このままお話しします……というわけで、マネーストックとは、現金と市中銀行預金を合わせた額、と分かりましたね。そして私は最初に、マネタリーベースとマネーストックの違いは、どの銀行が世の中にお金を供給しているかという点にある、と申しました。結論から申しますと、マネタリーベースというのは、現金と、日本銀行の預金額の合計です。でも『日本銀行の預金』というのだと、やや正確性を欠きます。民間金融機関が、日銀に置いている当座預金の合計金額、と言った方が、誤解がなくていいでしょう」

なんかもう、チンプンカンプンだ。

「ええと、マネタリーベース、が……」

「まず日本銀行とは何か、をご理解いただく必要がありそうですね。これまで私は『市中銀行』

という言葉を使ってきました。ＵＦＣ銀行とか、そういう民間銀行を意味する一般名称です。それと対になる言い方をすると、日本銀行は『中央銀行』となります。中央銀行というのは、その国の金融制度の中心をなす、銀行券の独占的発行権を与えられた銀行のことをいいます。イギリスならイングランド銀行、アメリカなら連邦準備制度理事会。『ＦＲＢ』という略称の方が、ニュースなどで耳馴染みがあるかもしれません」

　確かに。

「『ＦＲＢ』というのは、よく聞く気がします」

「日本ではそれが、日本銀行だということです。先ほどから何度か申している通り、日銀には銀行券の発行という役割があります。しかしそれとは別に、銀行同士の決済をするという役割もあります。それこそが、日銀が『銀行の銀行』と呼ばれる所以《ゆえん》です」

　それもなんか、聞いたことがある。

「たとえば佐久間さんと……あなた」

「すみません、申し遅れました。水沢です」

「水沢さん。お二人が同じ銀行に口座を持っていれば、たとえ取扱支店が違っていても、その銀行内で決済することが可能ですよね。しかしこれが、別の銀行となると、簡単にはいかなくなる。その仲立ちをするのが、日銀というわけです」

　うん、分かりやすい。

「市中銀行はそれぞれ、日銀に当座預金の口座を持っています。本当は、準備預金制度についても説明すべきなのですが、今は省きます。とにかく、市中銀行は日銀に当座預金口座を持っている。A銀行もB銀行も、C銀行も持っている。これを利用すれば、A銀行とB銀行の決済は容易にできる。日銀にあるA銀行の当座預金残高を三億円減らし、B銀行の残高を三億増やせば、A銀行からB銀行に三億円の支払いがなされたことになる。この、日銀当座預金での決済を可能にするため、市中銀行はそれぞれ日銀に口座を持ち、一定割合の預金を置いていると思ってください」

　まさに「銀行の銀行」だ。

「なるほど。よく分かります」

「つまりマネタリーベースとは、現金と、民間金融機関の日銀当座預金の合計。マネーストックとは、現金と、市中銀行にある預金の合計。さて、ここまでお聞きになって、マネタリーベースはいくらくらいあると思いましたか」

　そりゃ、市中銀行より中央銀行の方が、扱い額は大きいだろう。なんたって「銀行の銀行」なんだから。

　さっき、マネーストックは約千六百兆円と言っていたから、その倍くらいはあってもいいだろう。

「ざっと……三千兆円くらいですか」

「そんなにはありません。ここでは切りのいいところで、六百五十兆円ほど、としておきましょうか」

　妙に少ないな。

「なぜ、マネタリーベースの方が少ないんですか」

「それは今どうでもいいです。それよりも本題です」

おいおい。いくらなんでも、もうちょっと言い方ってもんがあるだろう。

「……はい、本題」

「日本には一体全体、どれくらいのお金があるのか」

おお、そうだった。すっかり忘れていた。

「ですよね。日本には、一体いくらお金があるのか、って話でしたね」

「そのための、マネタリーベースとマネーストックの説明ですから」

「はい。一体いくら、あるんですか」

「それはご自分で計算なさってください」

畜生、面倒臭え。

「ですよ、ね……ええと、マネタリーベースが、いくらでしたっけ」

「六百五十兆円と仮定しました」

「マネーストックが……」

「約千六百兆円」

「足したら……二千、二百……五十兆円？」

「単純に足したら駄目ですね。現金は両方に算入されていますから」

そうか、現金は、両方に——。

「佐久間さん、算数は苦手ですか」

ええい、うるさい。

「現金は、確か……」

「百二十五兆円といたしました」

「では、その、百二十五兆円を……」

「ええ」

「二千二百五十兆円……に」

久和が眉をひそめる。

「に？」

「いや……から」

「はい、から」

「二千二百五十兆円から、百二十五兆円を……引く？」

「暗算でできますか」

馬鹿にしやがって。これくらいの桁ならできるわ。

「引く、と……百、二十五……二千と、百二十五兆円ですか」

「はい、正解です。よくできました」

よかった。合ってた。

それでも久和はニコリともしない。

「長らく低迷する日本経済を活性化させるために、どれほどのお金を投入したらいいのか。それ自体は、非常に難しい問題です。考えるべき要素は、マネタリーベースとマネーストックの他にも、金利や為替の水準、税収の金額、出動すべき財政の規模、バランスシート、プライマリーバランス、他にもまだまだ山のようにあります。しかし、これだけははっきりしています……いいですか、佐久間さん」

なんだよ、今度は。

「はい、なんでしょう」

「今、日本という国がどれくらいの借金をしているか、見聞きしたことはありますか」

それなら分かる。

「確か、一千兆円を超えたとか」

「ほう。そこだけは比較的、正確に覚えていらっしゃるんですね」

知ってたら知ってたで、やっぱり馬鹿にされるわけか。

「……恐れ入ります」

「すでに一千二百兆円に達するとか、国民一人当たりに換算すると一千万円の借金だとか、いろいろ言われていますが、これだけは断言しておきます」

なんだ。急にそんな、おっかない顔をして。

「日本という国は借金漬けだとか、このままだと日本という国は破綻《はたん》するだとか、この借金を残すと子供や孫の世代が大変な思いをするとか、いろいろ言われていますが……あの手の話は、全部間違っています。その多くは、財務省が意図的に流している、デマです」

なんだって。

2

佐久間たちが取調室にこもって、三十分くらいした頃だろうか。

刑組課の直通番号に架電があったので、三都は「これだ」との確信をもって受話器を上げた。

「はい、志村警察署刑組課です」

『お疲れさまです。科捜研の、増岡《ますおか》と申しますが』

やはり、左頬に刀傷のような痕がある、あの増岡主査だった。三都は「任侠」とインプットしていたが、むろん、そこまで彼が極悪な風貌をしているわけではない。

「お疲れさまです、中田です。お願いしてた件ですか」

『はい。ＤＮＡ型、一致しました。例の財布に付着していた血液と、吸い殻と毛髪から採取した細胞は、同一人物のものです。吸い殻に残留していた唾液と、毛髪が間違いなく菊池創のものであるならば、財布に付着していた血液も菊池創のもの、と断言できます……鑑定書、お急ぎならファックスかメールでお送りしますが』

結果だけ聞ければ、三都は充分だ。

「いえ、現物を郵送していただけたら、それでけっこうです」

『了解です。では、お送りしておきます』

「よろしくお願いします……失礼します」

さて、と。これで菊池創が、極めて暴力的な手段で財布を奪われた可能性が、一段と高まったわけだが、では誰が菊池から財布を奪ったのかというと、これが実は全く分かっていない。
財布に入っていた現金、三万五千二百四十四円。キャッシュカードが三枚、クレジットカードも三枚。各種会員証、ポイントカードの類が七枚。レシートや領収書が合計二十七枚、十二万円相当。あと、何に使うのか分からない小さな鍵と、白いボタンと、細くて短いチェーンも入っていた。

　これらから、菊池創のものであろう指紋は採取できている。ちなみに前科はなし。しかし、それ以外の人物の指紋があったかというと、現時点では「たぶんない」としか言いようがない。

　事前に菊池創の指、十本全ての指紋が採れているのなら、自信を持って「ない」と言えるのだが、紙幣やカード類から採取できたのは右手の人差し指、中指、と親指。財布から採れたのは同じ右手の三本に加えて薬指、それと同一人物の左手と思しき中指、薬指、親指。それ以外にも不完全な指紋が数種類採れているのだが、これが左手の人差し指や小指だったり、歪んだ右手の指だったりする可能性も、ないとは言いきれない。よって、財布から菊池以外の人物の指紋が出たとは断言できない、というのが今のところの結論になる。指紋採取をしたのは志村署の鑑識係員だ。

　逆に確定したこともある。菊池の財布から久和の指紋は出なかった、ということだ。久和の指紋は逮捕時に十指全て採取してあるので、これだけは間違いない。

　菊池の財布に、久和の指紋は付いていなかった。

　だからといって、久和は菊池の財布には触っていない、と考えるのは早計だ。犯行時に手袋をしていた可能性もあるので、容疑が晴れたわけでは全くない。

まあ、血痕も指紋もＤＮＡも、菊池のは採れているということで、これはこれで一歩前進だ。

次は、菊池が取材していたという交通事故だ。

菊池の交際相手、石森早和――これも、菊池宅に現われた女性の自己申告に過ぎないので、本当に交際していたか否かは分からない。ただ早和は、三都の求めに応じて運転免許証を提示してくれたし、携帯電話に入れている自分のお気に入り写真も見せてくれた。あとで調べてみると、同じ写真が【Photo by Sawa Ishimori】や【© Sawa Ishimori】といったクレジット表記と共に、ネットにアップされていることも確認できた。それだけで彼女を「信頼のおける人物」とするわけではないが、「とんでもない嘘つきクソ女」でもない、と三都は思っている。総合すると「まあまあいい子」ということになるだろうか。


　その石森早和が言うことにゃ。

「菊池さん、いわゆる『パソコン』って使わないし、持ってもいないんですよ」

　いきなりガッカリだった。

「パソコン使わないで、ライターの仕事なんてできるんですか」

「はい。原稿はタブレットに、折り畳み式キーボードを繋いで書くんです。それがまた、異様に上手いんですよ。ちっちゃなキーを、カチャカチャカチャって、ブラインドタッチで」

　そういう、手先が器用なところも菊池創という男の魅力の一つ、なのかもしれない。三都にはどうでもいいことだが。

「ちなみに今、この部屋にタブレットは」

「はい？」

「いつも菊池さんが使っている、タブレットは」

「え……だって、それは……菊池さんがいつも、持ち歩いているものなので」

「この部屋には、ない？」

「ええ。肌身離さず、彼が持ってるんで」

普通はそうだ。

というわけで、菊池が調べていたことを原稿から知ることは、現状「不可能」となってしまった。そもそも主人がいない間に、タブレットに保存されている原稿を盗み読みしようだなんて、そんな浅ましい真似は三都だってしたくなかった。いや、全くするつもりはなかった、と言っても過言ではない。

なので、もっと警察官らしい、正攻法で捜査を進めたいと思う。

「統括。さっきお願いしてた件、先方に伝えてくださいましたか」

平中統括が、これ以上はないというくらいスッ惚《とぼ》けた面を、三都に向ける。

「ん……なんだっけ、それ」

「世田谷署ですよ」

「あ、ああ……世田谷署、ね。世田谷の、生安（生活安全課）だっけ」

「違います。世田谷署の交通捜査係です」

「ああ、そうそう、交通捜査ね。うん、分かってるよ。連絡……した。したよ」

「ほんとですか？」

こんな昼行灯《ひるあんどん》でも、疑いの目を向けられるのは不本意らしい。

「なんだよ。俺が嘘ついてるってのかよ」

「それはどっちでもいいです。連絡してくださっていたなら、ありがとうございます。でももし、まだしてないんだったら、私が先方に着くまでにしといてください。よろしくお願いします」

　平中はまだゴニョゴニョ言っていたが、三都は「よろしくお願いします」と念を押し、刑事部屋を出た。

　石森早和は、菊池が書こうとしていたのは「世田谷郵便局の前辺りで、なんか、自動車が中央分離帯にぶつかった単独事故、みたいな話」だと言っていた。世田谷郵便局の所在地は、世田谷区三軒茶屋二丁目。三軒茶屋は世田谷署の管轄なので、知りたければ世田谷署に行けばいいという、至ってシンプルな発想だ。

　志村署から、いつもの浮間舟渡駅とは反対方向に進み、蓮根《はすね》駅から都営地下鉄三田線に乗る。神保町駅で、田園都市線直通の半蔵門《はんぞうもん》線に乗り換え、三軒茶屋《さんげんぢゃや》駅で下車。あとは徒歩。

　志村署は東京二十三区でも最北端に近い場所にあり、一方、世田谷署のある三軒茶屋は、真ん中よりは南寄りに位置している。電車移動だと一時間と十数分。都内にしてはけっこう離れている。

　警視庁管内に百二ある警察署には、正直、大きさや築年数にかなりのバラつきがある。志村署のように、つい最近建て替えられた庁舎もあれば、昭和に建てられて今なお現役、という庁舎も少なからずある。

　おそらく、この世田谷署も建てられたのは昭和なのだと思うが、でも全然、古臭い感じはしない。正面から見ると完全なる真四角、という設計がいいのか、あるいは庁舎前の広い駐車場が優雅さを醸し出しているのか。おそらくその両方なのだと思うが、とにかく「さすが世田谷」と思わせるものがある。板橋区の外れ、埼玉県の一歩手前に位置する志村署とは、何かが違う。

「失礼いたします、志村警察署の中田と申します」

受付で身分証を提示し、中に入る許可を得る。交通課は二階にあるようなので、階段で上がっていく。

「失礼いたします」

まあ、入ってしまえば警察署なんてどこも似たようなものだ。デスクの島と書棚、様々な事務機器がひしめく灰色の世界。でも、所々にオフホワイトとネイビーブルー。あと黄色。あれ、よく見たら意外とカラフルなのか。

入ってすぐの所。「はい」とこっちを向いてくれた、若い制服女子に訊いてみよう。

「恐れ入ります。私、志村署刑組課の、中田と申しますが、交通捜査係は……」

この部屋の、どのブロックが交通捜査なのか、を三都は知りたかったのだが、

「はい、こちらが交通捜査ですが」

それなら好都合です。

「あそうですか。さきほど、ウチから連絡が行っていると思うのですが、交通捜査係長に……」

だが、用件を言う前に、ちょっと先のデスクで反応があった。

壁みたいに大きくて、平たい体付きの男性が椅子から立ち上がる。

「あの、志村署の方?」

「はい、中田と申します」

「郵便局前の、事故の件で」

「はい」

「伺ってます。こっちにどうぞ……ゴトウも、ちょっと来て」

その、壁みたいな男性が交通捜査係の生田《いくた》統括係長で、最初の制服女子が後藤《ごとう》巡査長、ということだった。

生田係長が後藤に命ずる。

「あそこに、関係書類はまとめてあるから。それ、隣にお運びして、そこで読んでいただく……ということで、よろしいですか、中田さん」

はい、ありがとうございます。


少人数用の会議室を借りて、用意してもらった関係書類を読むことになった。

後藤が、書類の山を丁寧にテーブルに置き、ふうとひと息つく。

「……では、これで全部、ということで。他にも、分からないこととか、足りないものとかありましたら、仰ってください」

「ありがとうございます」

ちょこんと頭を下げ、後藤が会議室を出ていく。

残ったのは三都と、書類の山。でもそんなに多くはない。十センチくらいの小山が三つだ。

「さてと、何からいきますか……」

まずは事故の全体像を知りたい。

送致書、弁解録取書、身上調書、被疑者供述調書、実況見分調書、写真撮影報告書、診断書、取調べ状況報告書、逮捕状請求書、逮捕状、などなど。小山三つといえども、まあまあ量はある。ちなみに全て「控え」であり、あくまでも原本ではない。

まずは送致書、弁解録取書、身上調書辺りから攻めていくか。

被疑者は藤木優人《ふじきゆうと》。事故当時四十歳。誕生日は六月十二日だから、今現在は四十一歳ということになる。

事故はまさにすぐそこ、「世田谷警察署前」という交差点で起きている。とはいっても、本当に署の真ん前というわけではない。

国道二四六号と駒留《こまどめ》通りとが交差するそこに、直に面しているのはむしろ世田谷郵便局であり、世田谷署はその先隣ということになる。位置関係でいうと、交差点、郵便局、警察署という並びになる。

事故があったのは昨年、十一月二十六日土曜日、午後二時二十分頃。藤木優人は世田谷区上馬《かみうま》五丁目にある自宅に帰ろうと、渋谷方面から国道二四六号を走ってきた。乗っていたのは白色のＢＭＷ、Ｍ３だそうだ。三都自身は自動車にまるで興味がないので、その車種の価値はさっぱり分からない。添付されている写真では、もう前面がグシャグシャになっているので、カッコいいのかどうかも判別できない。でも、無傷のところはわりとピカピカしているので、大切に乗ってたんだろうな、とは思う。いや、ただ新しかっただけという可能性もあるか。どっちにしろ気の毒な破損状態だ。

藤木は、世田谷警察署前交差点の右側レーンに入り、右に寄って信号待ちをした。やがて右折信号が出たので右折を始めたが、ハンドル操作を誤ったか、充分右には曲がりきれず、ほぼ正面といっていい中央分離帯のガードレールに衝突した。

三都は、現場写真と見比べながら調書を読んでいるのだが、正直、馬鹿としか言いようがない、下らない事故だ。事故原因は【ハンドル操作の誤り】みたいに書かれているが、そんな、ハンドルを切り損ねたからぶつかったとか、そんなことはまずあり得ないような、広くて見通しもいい、事故なんて起こりようのない交差点に見える。あとで後藤に訊いてみようか。あそこってそんなに事故起こるんですか、って。

まあ、たぶん、超ド級の下手糞なんだと思う。藤木優人という人が。

その顔写真を見てみると、これがまた、四十にしては幼いというか、甘ったれたお坊ちゃん面というか、あんた事故の瞬間にオシッコ漏らしたでしょ、と言いたくなるような優男だった。名は体を表わす、ということか。

さらに情けないのは、その写真を見て「嫌いじゃない」と、三都自身が思ってしまったことだ。なんでだろう。どうしてなんだろう。晴樹も、あと何年かしたらこんなふうになってしまうのだろうか。

それはいいとして、事故の概要はそういうことだ。

甘ったれお坊ちゃんの起こした、馬鹿馬鹿しいとしか言いようがない、単独物損事故——。

そう心の中で呟いてみて、待て待てと思った。藤木ってそもそも、どんな奴なんだ。

身上調書を読んでいくと、これまたいろいろと分かってくる。

藤木は、杉並区高円寺《こうえんじ》で「マーベラス・ペパーズ」という古着屋を営んでいるらしい。三十二歳のときに始めたというが、携帯電話で検索してみたところ、今この時点では【営業時間外】となっている。

続けてＳＮＳでも調べてみると、

【ずっと閉まってる。】

【やってるの見たことない。】

【この店、やってんの？　潰れてんの？】

【今日、初めて開いてるの見たから、入ってみたら、なんか臭かった。】

【店内が異様にカビ臭い。ダメだありゃ。】

評判は散々だった。

何か他に仕事を持っているなら別だが、ないのだとしたら、藤木はなぜＢＭＷなんて乗り回していられたのだろう。別に車に興味がなくても、ＢＭＷが高級外車だということくらいは、三都だって知っている。あれでしょ、イタリアとかドイツとか、あの辺りのメーカーなんでしょ。

となると、あれか。親が金持ちなのか。その可能性は高い気がする。なんたって、住んでるのが世田谷区上馬五丁目ですから。

ついでに携帯電話の地図アプリに藤木宅住所を打ち込んでみると、案の定だった。上空からの写真も見られたので間違いない。パッと見、病院か何かかと思うような大きな建物だが、よく見ると違う。窓の大きさがバラバラで、広いベランダには仕切りがなく、建物の大きさに比べて駐車場が少ない。それっぽいエントランスもない。代わりに庭が異様に広い。

これは病院でも、集合住宅でもない。れっきとした一軒家だ。

親は一体、何者なんだろう。

身上調書を捲っていくと、それについてもちゃんと書いてあった。

父親は【藤木洋人《ひろと》　元財務省事務次官】。

ひょっとして、これか――。

久和秀昭は元財務官僚。その久和が持っていた財布の持ち主、菊池創が取材していたのが、藤木優人の交通事故。藤木優人の父親は、元財務省事務次官。

なんとなく、ぼんやりと「財務省」というキーワードで各人が繋がっているのが見えてきた。

だが、だとしてもこの一件がつまらない単独物損事故であることに変わりはない。

菊池はこれの、どこにニュースバリューを感じていたのだろうか。

そもそも、こんな小さな事故を菊池はどうやって知ったのだろう。偶然、事故現場を目撃したとか、そういうことか。しかし、事故からすでに半年以上が経過している。事故直後に記事にするのならともかく、こんなに時間が経ってしまったら、ますます面白みなんてなくなっていくだけではないのか。

逆に、菊池はもともと藤木優人のことを知っていた、としたらどうだろう。実は藤木には前々から目を付けており、この事故を入り口に、何かもっと大きな裏側を書こうとしていた、という可能性もあるのではないか。

待て。菊池って、何歳だったっけ。

確か、四十歳だったような。

すると、藤木優人とは一歳違い。優人の誕生日は六月十二日だが、菊池の誕生日がもっと遅ければ、今年四十一歳。同学年という可能性が出てくる。

実は、二人は同じ学校のクラスメートだった、とか。

3

借金大国である日本は、このままだと破綻する、という話は。

「……デマ？　財務省が、意図的に流している？」

「はい」

「なんでですか。なんで、財務省がそんなことするんですか」

そう訊くと、久和の眉間に力がこもるのが分かった。

決して、佐久間を睨んでいるのではない。ただ、物凄い集中力をもって、佐久間を見ている。

ここで「佐久間さん、鼻毛が出てますよ」くらい言ってくれたら、佐久間は久和という男を、ある意味見直すかもしれない。

だが、残念ながらそういう人間ではない。

この、久和秀昭という男は。

「まず、日本の借金が一千二百兆円に達した、と……そこは、大きくは間違っていないと申し上げておきましょう。しかし、ここで言う『日本』とは、日本国政府を意味します。日本国政府は、国民から選挙で選ばれた国会議員……一部、民間から大臣が登用された例もなくはないですが、それはごく稀《まれ》なケースであり、二十年の間に十人、いるかいないかという話なので、今は割愛します……政府は、国民に選ばれた国会議員で構成されている。その政府が、国家を運営するためにした借金です。それを、どうして国民が返済しなければならないんですか。国民一人当たり一千万円の借金になる、などと脅されなければならないんですか」

借金とはそういうものだから、ではないのか。

「……政府の借金だから、その政府を、つまりは国会議員を選んだ、国民の側にも責任はある……そういうことでは、ないんですか。選んだのは、あくまでも国民なわけですから」

「責任はあります。国民にも責任はありますが、だからといって、政府の借金を国民が肩代わりしなければならないという話にはなりません。株式会社でいったら、国民一人ひとりは株を持たない平社員です。会社が潰れそうだからといって、その負債を平社員まで等分に引き受けなければならないなんて、そんな理屈はありません。そもそも、政府の借金という表現が、ある種の『誤解』をさせるための『装置』なのです」

装置？　誤解をさせるための？

「とはいえ、借金というのは事実なんですよね」

「政府の借金というのは嘘ではありませんが、それを一般家庭の借金と同質のものと思わせる、いわばトリックに使われている……いいでしょう。では、一般家庭の借金を例にとって、これが全くのデタラメであることをご説明します」

何度も、いや、常にだ。

自分は何をやっているんだ。久和秀昭という被疑者を取調べているのではないのか。その疑問は常々、頭の中に渦巻いてはいる。しかし佐久間は、到底この会話の流れを止める気になれない。

むしろ、続きを聞きたいとすら思っている自分がいる。

そのことを、どうしても否定できない。

「……はい、伺います」

「先ほど佐久間さんは、ご自身で計算した結果、日本にはどれくらいのお金があると結論付けましたか」

あ、と思わず言ってしまった。

「……二千、二百」

「約二千『百』二十五兆円という結果でした。今さっき、日本の借金はいくらという話でしたか」

「一千二百兆円」

「もう一度伺います。日本にはいくらのお金がありますか」

「二千百二十五兆円です」

「日本国政府の借金は」

「一千二百兆円です」

「はい。仮に、佐久間さんが千二百万円の借金をしたとします。それで、高級な自動車を買ったとしましょう。その千二百万円はローンで返済していく予定ですが、しかしその時点でも、二千百二十五万円の貯えはある……この状況を想像して佐久間さんは、佐久間家の家計は破綻の危機に瀕《ひん》していると、お感じになりますか」

ここは自信を持って答えていいだろう。

「いいえ、全く思いません。むしろ、一千万以上する車を乗り回すことで、とてもリッチな気分になれると思います」

「そうです。普通はそうです。しかも、佐久間家の年収は五百五十万……言うまでもなく、これは日本のGDPを五百五十兆円と仮定したことに起因しています。全ての数値を一億分の一にして、一般家庭レベルの話にスライドさせているだけです……年収五百五十万の佐久間さんが、千二百万円の借金をすることは、そんなに非難されるべきことでしょうか。年収が五百五十万円あれば、むしろローンを組んで三千万、四千万の家を買う、それくらいが普通なのではありませんか」

　そりゃそうだ。

「全く、仰る通りです」

　なんだろう。また、久和が眉をひそめる。

「……ほら、またすぐそうやって、安易に納得する」

　無茶を言わんでほしい。

「いやいや、久和さんの分かりやすい説明のお陰で、私は納得できた、と言ってるんですよ」

「それが駄目だと言っているんです。もし、私がマネタリーベースやマネーストックの説明で挙げた数値が大きく間違っていたら、あるいは私が意図的に盛り込んだ虚偽の数値だったら、今のたとえ話も全て成立しなくなってしまうではありませんか」

「それは、そうでしょうけど……じゃあ、私はどうしたらいいんですか」

「納得した振りだけして、あとでネットで数値を照合したり、私の説明が正しいかどうかを、他の文献に当たって検証し直さなければなりません。それをしなければ、何かを分かった気になってはいけません」

　面倒臭い。面倒臭いが、しかしそれが正論なのだろう、とも思う。

　久和が「それと」と続ける。

「今お話ししたことには、実は全く意味がありません」

　ハァ？　と声を裏返して訊き返したいのを、かろうじて堪える。

「……それはまた、どういう」

「私は、財務省が国家財政を一般家庭に置き換えて国民の不安を煽《あお》るなら、こっちは同じ方法でそれを否定してみせよう、と思っただけです。あくまでも『あえて』の話です。そんな小手先の、口先だけの論戦でも私は全く負ける気がしませんが、そこに事の本質は微塵《みじん》もありません」

　論戦で負ける気は、しない？　久和は一体、今どこの誰と戦っているつもりなのだ。逮捕、勾留されている被疑者が戦うべきは、目の前にいる取調官ではないのか。

「あのぉ、論戦とか、勝つとか負けるとか……」

「すみません、口が滑りました。今の発言を取り消すと同時に、国家財政を一般家庭のローンに喩えたことを、いったん忘れてください」

　自分で調べろとか、すぐ忘れろとか。

「久和さんは前にも、プールの喩えを忘れろと……」

「はい。あれと同様に忘れてください」

「でしたら、その……次辺りは、今後も継続的に使える喩えにしていただけると、助かるんですが」

久和は無表情。苛立《いらだ》ちも怒りも、そこからは一切読み取れない。

「だったらせめて、ホワイトボードと黒、赤、青のマーカーくらい用意してください。そうしたらグラフも書けますし、数値も書き留めておけます。それもなしで説明しているのですから、喩えに用いるモチーフが都度変わるくらいはご勘弁いただきたい。それとも、私が公務員を信用しない理由にたどり着く前に、完全黙秘に入っても構わないんですか。いいんですよ、私は。いくらなんでも、他人の財布が車内から出てきたくらいで死刑になることはないでしょうから。今の流れだと、勾留が延長されたとしても通算二十三日。それでこの件に関する取調べはお終いです。私が黙っていようが雑談に費やそうが、時間は全ての者に等しい速さで過ぎていきます。我々は、地球人という意味では全くの平等なのです」

一瞬で、話が宇宙規模にまで膨張してしまった。

「分かりました。喩えは……適宜、変更していただいてけっこうです」

「ご理解いただいたついでに……さきほど佐久間さんには、簡単に納得しないで、ロジックや数値はあとで調べ直してください、ご自身で確認してください、と申し上げました」

「はい」

「おやりになりますか、ちゃんと」

「……はい」

久和が、今の佐久間の返事を信じたかどうかは分からない。

むしろ、軽く流されたように感じた。

「ではそのとき、ついでに『財務省』『財政破綻』『ワニの口』と検索してみてください。とある元財務事務次官が雑誌に寄稿した、あれは……なんですかね。論文なんていえる代物ではありません。学術的価値はゼロですから。まあ、コラムとか、手記みたいな、何かそんな駄文が出てくると思います。テキストがそのまま出てこなかったら、電子書籍か何かを購入して読んでください。とにかくそこに、『一般会計税収、歳出総額及び公債発行額の推移』と題された、有名な折れ線グラフが出てきます。俗に『ワニの口理論』と呼ばれる、財政破綻論の根拠としてよく使われる図です。縦軸が金額、横軸が時間、一九七五年から、二〇二一年辺りまでを表わしていて、要は、図の左から右に行くに従って、一般会計税収と、一般会計歳出が、こんなふうに乖離《かいり》していく……」

　久和はまるで、特撮ヒーローの変身ポーズのように、二本の腕を大きく横に、「く」の字に開いてみせた。その形が「ワニの口」に似ている、ということなのだと思う。

「日本は一九九〇年辺りから、税収が上がらないのに歳出ばかりがどんどん増えていく、それを国債の乱発でかろうじて埋め合わせするようになった。日本とはそういう、とんでもない借金大国なのだと、破綻という名の氷山に向かってひた走るタイタニック号のようなものなのだと、その元次官は警笛を鳴らしています……今の話を聞いて、佐久間さんはどう思いましたか」

　どう、ってそんな。

「久和さんの話を伺った今となっては、おそらくどこかに、我々一般人には分からないような、何かこう……」

「トリックですか」

「とまで、言っていいかどうかは分かりませんが、何か、数字のマジックじみたものが、仕込まれているのかな、と」

「マジックは魔術、奇術の意味で、トリックは人を騙《だま》すためのカラクリですから、どっちにしろタチの悪い、一種の詐欺行為であることに変わりはありません」

　それは言っていて、自分でも思った。

　久和の勢いは止まらない。

「ただですね、佐久間さん。我々一般人には分からないような、と諦めてしまうのは、はっきり言って、あなたの悪い癖です。さきほど、マネタリーベースとマネーストックの話をし、日本にどれだけのお金があるのかを認識したら、一千二百兆円の借金が国家破綻の呼び水になるかどうかは、ご自身で判断できたじゃないですか。あの発想です。当たり前のことを、当たり前のように積み上げていけば、当たり前の答えにたどり着くんです。答えは出せるんです、誰にでも。それを、自分には分からない、分かるはずがない、分かりたくもないと、最初から諦めてしまうから、あんな陳腐な妄言に騙されるんです。誤魔化されるんです……いくら注意喚起をしても、特殊詐欺に騙される人はなかなか減りませんよね」

　これはさすがに、頷いていい話だろう。

「ええ……」

「なんであんなのに騙されるんだ、怪しいと思えよ、いい加減自分で気づけよ、これじゃいつまで経ってもイタチごっこだ、とは思いませんか。警察官として」

「まあ、撲滅はできなくても、もう少し下火になってくれてもいいんじゃないか、とは思います。特殊詐欺に関しては」

　久和が頷く。

「大変申し訳ありませんが、私からしてみたら、日本は借金大国だから増税やむなし、と思い込まされている国民も、政治家も、特殊詐欺の被害者と大差ありません。自分自身で理解しようとしない、怠惰で愚かな被害者です」

　そこまで言わなくても、と口を挟む余地もない。

「先ほど申し上げた『ワニの口理論』とは、税収だけでは歳出を賄えていない点を問題視し、是正することで国家破綻を回避しようと訴えるロジックです。しかし、もうこの時点で大嘘が交ぜ込まれています。なんだか分かりますか」

　分かるわけないだろう、と思ってはいけない、と叱られたばかりではあるが。

「いえ、分かりません」

「歳出の反対は、なんですか」

　それは、かろうじて答えられそうだ。

「歳入、ですか」

「その通りです。歳入が歳出を、明らかに下回っている……税収や公債金、その他の収入の合計である『歳入』が、一般歳出や地方交付税、国債費といった項目を合計した『歳出』を、大きく下回っている、というのなら、それは大問題です。収入に見合わない支出を続けていたら、国家だろうが一般家庭だろうが、それはいずれ破綻するでしょう。しかし、日本の歳入と歳出は、年によっては歳入が上だったり、逆に歳出が上になったりしますが、概ねトントンといったレベルです。そういった意味でいえば、『ワニの口』はなかった、あるいは『ワニの口は、実は閉じていた』と言うべきです。そもそも『ワニなんていなかった』でもいい」

ちょっと、聞き慣れない単語がいっぺんに出てきて分からなくなった。

「あのぉ……」

「分かりやすく言うと、財務省は『歳入と歳出』を比べるべき場面で、『税収と歳出』を比べている、ということです。国の収入は他にもあるのに、その一つに過ぎない税収だけを取り出して、それと支出の合計である歳出を比較して、ほら歳出の方が過剰に多くなっているでしょう、だから日本は危ないんですよ、と国民を恫喝《どうかつ》しているのです」

全ッ然、分からない。

「それは一体、なんのために？」

「財務省は、コクサイが大嫌いだからです」

ここで言う「コクサイ」は、当然「国債」のことだろう。

「……国債が、嫌い」

「ええ。財務省は、国債を邪悪なもの、この世にあってはならない卑《いや》しきもの、というくらい忌避しています」

「その理由を、伺ってもよろしいですか」

ふいに、肩を叩かれた。

水沢が腕時計を示している。

そうか、もう昼飯の時間か。

それぞれ昼食を摂り、午後一時半には取調べを再開した。

それぞれが元の椅子に座るなり、切り出してきたのは久和だった。

「財務省は国債を嫌っている、というところまでお話ししましたが」

「はい」

「その前に」

もう、さすがにこのパターンにも慣れてきた。

「……はい、その前に」

「佐久間さんは国債とはなんなのか、説明できますか」

大丈夫。今さっき勉強してきた。

「ごく、大雑把にではありますが……要は、国が歳入不足を補うために出す、債券ということですよね。つまりは借金と。実際には有価証券みたいなもので、短期国債とか、長期国債とかがあって、それぞれ利率も違っていて、まあ、リスクの少ない投資対象、というか……」

「けっこうです。概ね仰る通りです」

よかった。合ってた。

だが、それだけで終わるはずがない。

「今まで言ってきた『国の借金』とは、つまりは国債のことです。佐久間さんは投資対象と仰いましたが、まさにその通りで。日本がお金を貸してください、二年満期から四十年満期まで、長さによって利率は違いますが、それなりの利息をお支払いします、という、ごく一般的な債券の体裁をとっています。発行元が国だから、元本割れがなくて安心というのも、ほぼほぼ事実と言っていいでしょう」

　珍しく、久和が右手の人差し指を立てる。

「一つ、日本の国債は国際的にも非常に信頼度が高い金融商品として認知されていますが、それは、日本国債が『円建て』で発行されているからです。あくまでも『円』で売り出されて、利息も『円』で付く。そこに『ドル』や『ユーロ』は介在しない。『人民元』なんてものは視野にも入らない。別の言い方をすれば、日本国政府は多額の『円』を借りているだけで、『ドル』や『ユーロ』を借りているわけではない、ということです。即ち、日本は事実上、外国にお金を借りているのではなく、通貨の流通範囲で考えれば、借金は日本国内で回っているに過ぎない、日本は日本にお金を借りているだけ、と言うことができるわけです」

　なんだ。難しい単語は一つも出てきていないのに、なぜだか理解できない。

「日本が、日本に、お金を借り……」

「もう少し具体的に、国債の仕組みをご説明しましょう……日本国政府が発行する国債は、ＵＦＣ銀行などの市中銀行が引き受け手になります。投資家や個人は市中銀行から日本国債を買います。なぜなら、日銀は原則として、国債を直接引き受けてはいけないことになっているからです。財政法第五条に、そのように規定されています。しかし、そんなものはただの原則です。償還期限のきた国債については『借換え』と称し、市中銀行から引き受けることができる……そうは言っても、すでに日銀による国債の保有率は五〇％を超えています。直接だろうが迂回しようが、日銀が国債の半数以上を保有しているのは事実です」

　まだ難しい。

「えーと……」

「何が言いたいかというと、政府の借金、即ち国債、その半分以上を持っているのは、日銀だということです。平たく言うと、政府に最もお金を多く貸しているのは日銀、ということです」

　これは分かりやすい。

「ああ、外国の投資家とか、大手企業とかじゃないってことですね」

「それも決して少なくはありませんが、過半数を持っているのは日銀、そこが重要なのであり、そこにこそ、意味があるのです」

　しばし、久和が間を置く。

「……続けて、よろしいですか」

「はい、お願いします」

「ここまでの話は、きちんと理解されましたか」

「はい。政府の借金である国債の、半分以上を持っているのは日銀だ、ということですよね」

「はい、それでけっこうです。では、また一つ質問をさせていただきます……ＵＦＣ銀行のような市中銀行と、日本の中央銀行である日本銀行。両方とも銀行ではありますが、大きな違いと言ったら、なんでしたか」

　これも出ると思って、さっき確認しておいたから分かるぞ、と思わされている時点で、自分は取調官失格なのだと思う。

完全に久和教室の、いち生徒に成り下がっている。

「中央銀行とは……その国の、金融の中心で、銀行券の発行権を持っている……」

「ちょいちょい、重要なワードが抜けてますね。中央銀行とは、その国の『金融制度』の中心をなし、さらに銀行券の『独占的』発行権を有する、銀行のことです」

一緒いっしょ。合ってる合ってる。

「はい。独占的、発行権」

「そうです。日銀は『日本銀行券』を独占的に発行する能力を持っている。だからこそ、国債を安易に引き受けてはいけないし、しかし同時に、大量に引き受けなければならないのです」

分かりません。やっぱり、全然分かりません。

4

人と人とが出会うきっかけなんて、昔も今もこれからも、そんなには変わらないのだろう、と三都は思っている。

現代では主に、インターネットを介して人々は出会う。

確かに、そんなものは一九九〇年代の終わりまでなかっただろう。しかし、代わりに雑誌を通じて出会う文化があった。それは、両親から聞いたりして知っている。同じ趣味の文通相手を募集するページなどがあり、そこには自宅住所や電話番号が、当たり前のように掲載されていたという。

そこでもう一つ、母親が「思い出した」と手を叩いたのも思い出した。母親の兄、三都の伯父は若い頃バンドマンだったそうで、バンドのメンバー探しでもそういうのあったわ、と彼女は懐かしんだ。自宅の電話番号が雑誌に載っているので、よく『工藤《くどう》公彦《きみひこ》さん、いらっしゃいますか』みたいな電話がかかってきたのだそうだ。

そういう空中戦で出会うケースには、時代性が顕著に現われる。だがそれ以外というのは、けっこう普遍的なのではないか。

近所に住んでいた、幼馴染みだった、同じ学校で同級生だった。スポーツの地区予選やブロック予選、全国大会なんかで出会う場合だってあるだろう。就職したら社内、取引先、学生時代の友人の紹介なんてケースも出てくる。

でも、逆に言ったらそんなものだ。

陽明社の、あの「週刊キンダイ」のデスク。布袋様によく似た、あれはなんて人だっけ。

そうそう、篠塚則文。

篠塚氏は水沢巡査部長の大学の先輩に当たる人物なので、可能なら水沢から問い合わせてもらう方がいいのだが、いま彼は佐久間に命じられて久和秀昭の取調べの立会いをしている。わざわざ電話して呼び出し、篠塚さんに訊いてほしいんだけど、と頼むのは、さすがに気が引ける。

なので、自分で直接問い合わせてみる。

「……あ、もしもし。私、警視庁志村警察署の、中田と申しますが、デスクの篠塚さんは今、いらっしゃいますでしょうか」

『はい、お待ちください』

篠塚はすぐに出てくれた。

『はいもしもし代わりました、篠塚です』

「お忙しいところ申し訳ありません。先日お伺いいたしました……」

『はいはい、水沢の先輩の、中田さん。はい』

そんなに先輩風吹かせてたっけなぁ、と思わなくもない。

「あの、また菊池創さんに関してなんですが」

『はいはい』

「菊池さんの履歴書って、そちらに提出されてたりしませんか」

『履歴書？　いや、フリーライターに履歴書は、さすがに書かせませんね、ウチでは』

「あ、そうなんですね……承知しました。お忙しいところ、申し訳ありませんでした」

『え、それだけで、よろしいんですか』

「はい、それだけなんです……すみません」

『いえ、こちらこそお役に立てず、申し訳ない』

丁重に礼を言って切る。

さすがに、そんなに上手くはいかないか。

身上調書を見る限り、藤木優人は生まれてからずっと、世田谷区上馬五丁目の実家住まいだったようだ。小学校は地元の公立校だが、中学受験をして、渋谷区にある葵学園中等部に入学。そのままエスカレーター式に高校、大学と進学し、卒業後、一度はアパレルメーカーに就職するも、二年半で退職。二十七歳のときに、アメリカに語学留学——というところを読み直していたら、電話がかかってきた。

なんと、布袋様からだった。

「はい、もしもし」

『あー、先ほどお電話いただきました「週刊キンダイ」の篠塚です』

「はい、お疲れさまです」

『なんか、すみません。さっきは「ないない」みたいに軽く言っちゃったんですけど、総務に確認したら、総務が提出してもらって保管してました、菊池くんの履歴書。入館証みたいなのを作るときに、書かせてたみたいで』

超ラッキー。

「それで、その履歴書は今」

『はい、コピーしてきました』

「ありがとうございます。じゃあその、学歴のところを見ていただいてもいいですか」

『学歴……はい学歴』

「小学校から、順番に読み上げていただけますか」

『小学校から、ですね……はい、江戸川区立、江戸川第二小学校』

菊池は江戸川区生まれだったのだろうか。なんにせよハズレだ。

「……はい」

『江戸川区立ミズエ東中学校』

ミズエは「瑞江」だったか。どっち道ハズレだ。

「はい」

『葵学園高等部』

お、きたッ。

「すみません、それ、入学は何年になってます？」

読み上げてもらうと、バッチリ。藤木優人が入学した年と一緒だった。

藤木優人と菊池創は、葵学園高等部の同窓生だったのか。

「篠塚さん、大ッ変、参考になりました。ありがとうございました」

『え、もういいんですか？』

「はい、けっこうです。完璧です。最高です」

『あ、そうなんですね……』

さっきの三割増しくらい丁重に礼を言い、その電話を切った。

よしよし、よしよしよしよし。いいぞ。いい感じだ。

ちょっと、図にして整理してみるか。

ここにあるのは全て「控え」とはいえ、世田谷署の管理する書類に落書きをするわけにはいかないので、自分の手帳を開いてペンを構える。

まず、藤木優人。これと菊池創が、葵学園高等部の同窓生。この菊池創と久和秀昭は、取材を通して面識があった。で、元財務官僚の久和は、優人の父親、元財務省事務次官の藤木洋人と、財務省時代に面識がある可能性が、ある。

謎の四角関係。

じゃあこれの、対角線関係はどうだろう。

藤木優人と、久和秀昭。

菊池創と、藤木洋人。

久和が大学の客員教授になったのって最近のことだから、優人が学生時代に久和の講義を受けていた、みたいなことはないはず。そもそも大学が違うし。じゃあ、久和が優人の店の客だったとか。久和に古着を着る趣味があるかどうか、署に帰ったら訊いてみるか。

一方、菊池にしてみたら、藤木洋人は元財務事務次官なんだから、それなりに話を聞いてみたい対象ではあるだろう。もしかして、これもネットに記事が残ってたりして。

残念ながら、それはなかった。本当はあるのかもしれないけど、ちょっと調べたくらいでは出てこなかった。

でもこれで、菊池が優人に目を付ける可能性があったことは、説明可能になった。二人は同窓生同士なのだから、共通の友人だって大勢いるはず。

そんな中の誰かが、だ。

なあ、覚えてる？　藤木、藤木優人。あいつ生意気に、高円寺で古着屋やってるらしいぜ。いやいや、働いてんじゃなくて、奴が店のオーナーなんだって。奴のオヤジって、確か財務省の幹部だったろ。きっと天下りでさ、退職金とかガッポガッポだったんだよ。じゃなかったら、優人みてえに使えねえ奴が、高円寺に店なんて持てるわけねえって。

優人が「使えねえ奴」というのは三都のオリジナル設定だが、そんな話を耳にした菊池が、へえ、官僚の息子が高円寺に古着屋ねぇ、と興味を持ったとしても不思議はない。そこから、もうちょっと何か、ゴニョゴニョッとあって、世田谷郵便局前の事故を取材しようと思った、みたいなことではないのか。

「なーんで、かなぁ……なーんで菊池は、優人の取材なんて、してたの、かなぁ……本当にしてたかは、分からない、けどもぉ……」

人生に無駄なことなどない、と言う人がいる。

三都自身は、そこまで自信を持って断言することはできないが、でも捜査中、たとえば移動のときとかに、ブツブツ言っていると頭の中が整理できて、実はこうなんじゃないか？ みたいに、急に事件の「スジ」が読めたりすることが、過去に、一回か二回はあった気がする。

なので今の鼻歌も、ニットに何かが引っ掛かって、知らずにそれをピーッと引っ張ってしまって、ほつれさせてしまうみたいに、何かの糸口になったり――いやいや、ニットのほつれは洒落《しゃれ》にならんでしょう。

「なーんか、ないかなァ……」

しかし。こんなフザケた鼻歌を唄っていられるのも、ここが他所の署の空き部屋だからに他ならない。志村署だったら、なんだかんだ誰かが覗きにくる。佐久間辺りが、雑用を言い付けにくることもあるだろう。それが横澤だったりしたら最悪だ。あんた、なんの権利があってあたしに雑用押し付けけんのよ。あんたが自分でやんなさいよ。バリバリ仕事して、その弛《たる》んだ腹をちったァ引っ込めたらどうだって言ってんのよ。

「……あ」

いいもん見つけちゃった、かも。

同じ身上調書にあった記述だが、藤木優人はなんと、九年前にも事故を起こしていたようだ。正確な日付は書かれていないので分からないが、単純計算でいったらその当時は三十一歳。古着屋を始める直前か、もう準備を始めていたくらいの頃か。

事故現場はまさに上馬五丁目。世田谷郵便局よりさらに藤木宅に近い。しかも、歩行者を巻き込んでの――。

「ヤバ。死亡事故じゃん」

ところが身上調書には、不起訴になったと書かれている。

ガッツリ死亡事故なのに、不起訴。これは興味深い。興味深いが、九年前というのは上手くない。

終結した不起訴処分事故・事件の送致書類は、原則としてその件を扱った地方検察庁が保管することになっている。しかし、保管期間は一年から二十五年と、かなり幅がある。地検まで行ってみて、調べてもらったけどすでに廃棄されていたとか、諸般の事情により閲覧不可になっている、とかだったら骨折り損もいいところだ。

「んー、やだ……めんどい」

行きたくない、けど知りたい。どんな事故だったのか、大体でいいから知りたい。

同じ世田谷署管内で起こった事故なのだから、この事故もここで調べられたら一番いいのだが、それはさすがに無理というものだ。九年も経ってしまっていては、控えももう署内には残っていまい。この手の控えは、保管したとしてもせいぜい終結後の一年間だ。

署員についても同じ。一つの警察署や本部の部署にいられるのは、原則五年。九年も経ったら、署員はもう二巡近く「総入れ替え」になっている。当時を知る者など一人も残ってはいまい。

「地検か……やだな、行くの……嫌いなんだよな、あいつら……真面目腐ってっから」

そんなことを呟いたのと、同時だった。

ココン、と軽めのノックがあった。

「……はい」

「すみません、交通捜査の、後藤です」

「はい、どうぞ」

なんだ。いつまでもダラダラやってんじゃねえよ、終わったらさっさと帰れよ、みたいなことを言いにきたのか。

いや。ドア口に覗いた後藤の表情は、この上なく朗《ほが》らかだ。

「失礼いたします……」

こっちも一応、立ち上がって頭を下げておく。

「なんか、すみません。長々と占拠する感じになっちゃって」

「いえ、全然。むしろ、何もお手伝いしないで申し訳ないです」

逆に頭を下げ返されてしまった。

この娘、意外といい子かも。

ダメモトで訊いてみようか。

「あの、変なことを伺うようですけど……こちらって、保管期間の過ぎた書類って、けっこうマメに処理しちゃう方ですか」

コクン、後藤が頷く。

「はい。大体月イチですかね。業者さんが回ってきて、持っていってくれるんで、その前になると、みんなでガサーッと、期限切れのを選り出して、まとめてお願いしてます」

そりゃそうだよな。そんなの、どこも事情は一緒だよな。

後藤が若干、同情気味に覗き込んでくる。

「あのぉ……何か、お困りのことでも？」

「ええ、まあ、ちょっと」

「私で、お役に立てるようなことであれば、お伺いしますが」

「いやぁ、でも……九年前の事故のことなんて、しかも不起訴になってる件なんて、もう控えもないでしょうし、どうしようもないですよね」

すると、なんだろう。後藤が、パチクリと目を瞬かせる。

「何を、お調べですって？」

「ああ、ここに書いてある交通事故について、知りたいんです。これは……その、身上調書なんですけど、この人、九年前にもここの管内で事故を起こしてるみたいなんですよ。その九年前の事故について知りたいんですが、さすがに……ねえ？」

後藤が、両手を使って何か数え始める。

数え終わったら、今度は二回連続でパチクリ。

「……それ、分かるかもしれないです」

「え、なんで？」

「ちょっと、ちょっと待っててください」

ノブを、引っこ抜かんばかりの勢いでドアを開け、後藤は出ていった。

なんだろう。彼女がその控えを、ピンポイントで個人所有していたとか、そういうことだろうか。でもそれって、違法なんじゃないだろうか。刑事訴訟法、じゃないかもしれないけど、なんか似たような名前の法律があって、そういうので駄目ってなってるんじゃなかったっけ。
一、二分すると、パタタパタタ、という複雑なリズムの足音と、ヒソヒソ声が聞こえてきた。
もう、二度目はノックもなし。

「すみません、後藤です」

「どうぞ」

ドアが開くと、入ってきたのは二人。後藤と、三都と同じくらいか、ひょっとしたらちょっと上くらいの女性。

「あの、こちら、私の先輩で」

「お疲れさまです、交通捜査のウチノです」

あれよあれよ、という間に名刺交換。

かろうじて【巡査部長　内野《うちの》和泉《いずみ》】というのは確認したが、もうその瞬間には内野が喋り始めていた。

「いやなんか、後藤が九年前の事故がどうたらこうたら言うもんですから、それがどうしたのって訊いたら志村署から来てる方がそれを調べてるって言うんで、それならそうと早く言いなさいよ、そんなの私の出番でしょって、そういうときしか私の出番なんてないでしょって言って、もうお尻ペーンなんですけど」

ご丁寧にも、実際に後藤のお尻を「ペーン」してみせる。

「あの……」

「なんで九年前のことで私の出番なのかって話を先にしときますと、私これでも二児の母なんですよ。そう見えますけど、とか言われちゃうと返す言葉もないんですけど。まあ実際に言われたら何かしら言い返しますけど。それはだから、あれですよ、この署に来たのがちょうど十年前で、一年で地域から交通捜査に配転になったんですけど、そしたら一年後に子供ができちゃって。それが初めての子で。男の子でユウマっていうんですけど」

三都が「おめでとうございます」と言ったのを、内野はちゃんと聞いていただろうか。

「そっからほら、育休は三年もらえるじゃないですか。なんで、じゃあ失礼しまーすって育休に入って、そしたらなんと二年二ヶ月したら二人目ができちゃって。できちゃったんですよォって当時の係長に報告したら、お前そんな上手い話があるか、嘘だろって言われたんですけども、そんな子供なんてできるかどうか分かんないのが普通なのに、ちょうど育休終わりにもう一人産まれるようになんて妊娠できませんって……電話だったからしませんでしたけど、面と向かって言われたんだったらペーンッて係長にやってましたよ確実に、ええ」

今だ、このタイミングしかない、と思ったが、出遅れた。しくじった。

「そんなこんなで、だから通算六年育休もらって、復帰してもまだ任期が三年残ってるわけですから、今がその復帰二年目ってわけなんです。ん？　二年目？　まあいいか。とにかく九年前のことだったら私、もう昨日のことのようによく覚えてますからなんでも訊いてください。何しろほら、間の六年ごっそり働いてないから、全体としては取扱件数がガクーンと少ないわけですよ」

もう、いい加減いいだろう。

「こ、この……藤木優人という、当時三十一、二歳の男が起こした、人身事故についてはご記憶ですか」

内野が、元から丸っこい目を最大限に見開く。

「中田さんって、物凄い早口なんですね」

あんたには言われたくない。

「恐縮です。で、ご記憶は」

「もちろん覚えてますよ。真っ赤なアルファロメオで前方・左右不確認。自宅に戻る途中、酒屋の前の交差点で左折する際に八十二歳の男性……八十三、だったっけな。まあいいか。巻き込んでしまい被害男性は三日後に死亡。当日の扱いはナカムラ巡査部長で安全運転義務違反の方向で捜査を始めてたのが、係全体でやるようになって二週間くらい経つとカガワ巡査部長がこれは被害者の過失が大きいだろうという見解を示し始めて、それで調べていくと確かに被害男性は認知症も入っている上に血圧の薬を服用し……」

ん、今なんて言った。

「ちょ、ちょっと待ってください」

「はい？」

「今、なに巡査部長って仰いました？」

「ナカムラ」

「いえ、その次」

「カガワ」

まさか。

「その方、下のお名前は」

「タカシ」

「こう、盛り上がるという意味の、『隆起』の『リュウ』ですか」

「そうです」

「その、香川隆巡査部長の年齢は」

「当時三十七歳、ですから……今は四十六とか」

確かにそれくらいだった。

「身長は」

「百七十くらいですか。そこは聞いたことがないので正確には分かりませんが、わりとガタイのいいラグビーでもやってそうな感じの人でした。あくまでも当時はですが」

たぶん間違いない。

二自らの弁慶だ。

藤木優人が起こした九年前の事故。

その捜査には、香川隆巡査部長も関わっていたのだ。

5

まだ終わったわけではないが、ほぼほぼ、自分でも納得のいく財務官僚人生だったと思っている。

四十歳直前で大臣官房企画官を経験し、四十一歳で東京国税局に出向して査察部長。四十三でまた大臣官房に戻り、翌年からは主計局主計企画官。

そして四十六で、念願の主計局主計官に任命された。

丸三年、主計官を務めた。他省庁の上級幹部相手に、省務の最前線を戦い抜き、守り抜いたという自負があった。

あんなに充実した日々は、それまでの人生になかった。激しい戦争を生き抜いた兵士が、また戦場に戻りたいと願う気持ちが痛いほど分かった。脳内に溢れ出るアドレナリンが、さらなる戦闘を欲するのだ。相手の言葉が、自分の言葉が、銃声となり爆発音となり、全身を揺さぶるのだ。

次のポストは、大臣官房文書課長と決まっていた。

それを知った「彼」が、お祝いをしようと自宅に誘ってくれた。

あの藤木洋人元事務次官が、直々にだ。

「本日は、お招きありがとうございます」

「そんな硬い挨拶はいいから、ほら、座って」

絢子《あやこ》夫人の手料理をご馳走になりながら、この三年間をよくよく振り返った。また藤木元次官の、主計官時代の話も改めて伺った。絢子夫人はこの手の話が好きらしく、終始、満足そうに笑みを浮かべていた。

「本当に……こんなにもお国に尽くしたお役人は、いないんじゃないかと思います。私は」

絢子夫人がそう言うと、藤木元次官は「よさないか」と手で払うような仕草をしたが、顔は全く嫌がっていなかった。むしろ、照れ笑いが浮かんでいた。

「役人が国に尽くすのは当たり前のことだよ。先生方には、そりゃお地元だってあるし、業界団体とのお付き合いだってある。利害関係はどうしたって……良い悪いの問題ではなく、どうしても付きまとう。だが我々は違う。選挙もない。支持団体もない。ただひたすら国のため、国民のため、お預かりした税金を無駄なく差配し、国策の完遂に邁進《まいしん》する。そのことのみに命を懸けるのが、財務官僚の本懐……違うかね」

最後の「違うかね」は、私に向けてだった。だが全体としては、絢子夫人に聞かせているようなところがあった。

自身は財務事務次官にまで上り詰め、すでに官僚人生を終えてはいるが、ひと声かければ、こうやって現役世代が馳《は》せ参じ、自身の言葉に耳を傾ける。藤木元次官はそういう姿を、絢子夫人に見せたかったのではないか。

私にとっては、この上なく穏やかな、まるで別世界だった。

ゆっくりと流れる時間。

下界の喧騒も、ここまでは届いてこない。

だからこそ、だったのかもしれない。

私は思わず、本音を漏らしてしまった。

「長年目指してきた、主計官を務め上げたことは、私自身、誇りに思っております。しかし、何かこう……ある面では、気が抜けてしまったというか、もう、人生が半ば終わってしまったかのような、そんな気も、しておりまして」

藤木元次官は、それを大いに笑い飛ばした。

「何を言ってるんだね。主計官なんてのは君、まだまだヒヨッコ。言ったら、弾避けの兵隊だよ。これから君には、次長、局長、ゆくゆくは事務次官と、天辺《てっぺん》にまで上り詰めてもらわなきゃならないんだから。こんなところで、君に膝崩れみたいになってもらったら、何より私が恥を掻くんだから。どうやらとんだ見込み違いだったなと、穴井《あない》や越塚《こしづか》に、好き放題陰口を叩かれるに決まってるんだから」

穴井、越塚というのは、かつて事務次官のポストを巡って熾烈《しれつ》な出世争いを繰り広げた、藤木元次官の同期たちだ。

むろん、勝ったのは藤木元次官だった。

「我々はね、国の財務を預かる……私はもう、その立場にはないけれども」

「いえ、そのようなことは決して」

何十回でも、何百回でも、たとえ聞き飽きた話でも、ありがたく拝聴する。

藤木元次官も酒が回って、かなり饒舌《じょうぜつ》になっていた。

「うん、まあ……私のような老兵でも、国を想う心は一緒なんだから。こんな言い方をしたら、腹を立てられる、お歴々もおられるだろうけど、でもやはりね、バッジを着けた先生方は、ありゃアマチュアだから。一年いるかいないかも分からない、失言でもしようものならふた月もしないで省を去る、そういう、留学生みたいなものなんだから。そういう方には、ちゃんと噛んで含めるようにね、如何に財政再建が重要なのか、国債なんていう……あれはね、一種の麻薬だよ。そのときは潤ったような気になって、公共投資で、利益を誘導してやったお地元には感謝されてね、さすが先生だって持ち上げられて、ぽーっと気持ちよくなってさ……しかし、それでは済まないんだから。将来世代に、子や孫の時代にまで、負の遺産を残すことになるんだから。そんなことはね、絶対にさせちゃいけないんですよ」

「もちろんです。そのご意思だけは、必ずやこの私が」

「うん、頼むよ。君だけが、頼りなんだから」

そんな藤木元次官がある日、やけに慌てた様子で電話をかけてきた。

『……頼む、谷口《たにぐち》くん。た、助けてくれ』

「どう、されました」

『息子が、優人が、ひ、ひ……人を、轢《ひ》いてしまった』

大量の冷たい砂を、頭から浴びせられたような気がした。

「優人くんが……」

『世田谷署だ。今、世田谷署に勾留されてる。どうにか、どうにかならんか』

「どうにか、と申されましても」

その私のひと言が、よくなかったのだと思う。

『私が、どうにかしてくれと、君に頼んでいるんじゃないか。私がどうにかしてくれと言ったら、どうにかするんだよ、君はッ……いいか、警察庁には手を回すな。こういうときは、できるだけコンパクトに、広げても警視庁止まりで収まるようにするんだ。まずは世田谷署の、交通課にどんな人間がいるかから始めなさい。それから、警視庁本部の、警務部にいる人間に……主計官の、今の警察担当のを使えば、その辺の情報はいくらでも出てくるだろう。それくらい、君なら言われなくても分かるだろう』

むろん分かる。財務省主計局は、あらゆる省庁の、どの部署の誰がどんな仕事をし、それについていくらの予算を使い、どれだけの成果を挙げたのかまで全て、完璧に把握している。地方の、ほんの数人しかいない出先機関の仕事でも、一円単位まで承知している。

『……警視庁の人事は警務部だから。あそこの連中は、常にケイシンのデータをチェックしているから』

ケイシン。警視庁職員信用組合。

『警察官なんてのは、酒に、金に、女に汚いのばっかりなんだから。ちょっと口座を洗えば、ボロボロそういうのが出てくる。できればその、捜査関係者に、まあ……穴の開いた奴がいれば一番いいんだが、いなかったら、交通課の幹部でもいい。最悪、世田谷署長でもいい。とにかく、交渉に乗ってくる相手を見つけて、上手くやりなさい』

言っていることは、分かる。だがそれが何を意味するのかは、正直、分かりたくなかった。

「……上手くやる、というのは」

『そういうことはね、君、一々、聞き返すもんじゃないよ』

「そう、仰られましても、具体的に、何をどうすればいいのか、私には」

『君は、ときどきそういう、鈍いことを言うね……じゃあ何か、君は優人が、刑務所に入ればいいとでも言うのかね』

　なんなんだ、それは。

「いえ、そのようなことは、断じて」

『だったら分かるだろう。やるべきことは一つだよ。優人は悪くないんだから。無罪なんだから……いや、起訴、させないんだ。裁判なんて以ての外だよ。不起訴、不起訴にするんだ。不起訴に……』

　最後は振り絞るように、藤木元次官は言った。

『不起訴になるように、するんだよ、君がッ』

　私はいつの間にか、顎の下まで、冷たい砂に埋まっていた。

　同時に、なぜだろう。

　藤木元次官の隣にへたり込み、嗚咽《おえつ》を漏らす絢子夫人の姿が、目に浮かんで仕方がなかった。


　結果として、藤木元次官が言ったことは正しかった、ということになるだろうか。

　関係者に手を回して調べると、世田谷警察署交通課交通捜査係の主任で、香川隆という巡査部長が、金銭面でかなり追い詰められていることが分かった。あまり筋のよくない消費者金融から、二百五十万円ほど借りていることも分かった。ギャンブルで負けが込み、自棄酒を飲んで、風俗で憂さ晴らし。まさに、絵に描いたような負のスパイラルに嵌っていた。

　当初、香川隆巡査部長は藤木優人の事故捜査には関わっていなかった。だが被害男性が死亡し、課内での扱いが大きくなったからだろう。捜査班は大幅に増員され、そこに香川隆巡査部長も加わるようになった。

　これほど打って付けの人物はいないと思った。

　ここに至るまでに、私は妙な問い合わせをあちこちにしてしまっていた。なぜそんなことが知りたいんですか、そんなことを知ってどうするんですか、と何度も訊き返された。そのたびに私は、用意してきた餌を一つずつ、相手の鼻先にぶら下げた。

　そちらの庁舎の三階のトイレ、今のままだと男性用か女性用、どちらか一方の修繕費しか出そうにないですね。でもそれじゃ、お困りになりますでしょう。

　もっと細かい話をしたこともあった。

　複合機が一台故障して、仕事が全然回らないそうですね。しかも動いている方も紙詰まりが酷いとか。しかし概算要求では、再リースの予定ということになっている。それだと、複合機自体は古いまま、ということになりますよね。あと一年半、今の状態のままというのでは、何かと業務に差し障るのではありませんか。

　それ以上は言わない。言わなくても、みんな分かってくれた。分かりました、と呑み込んで、香川隆巡査部長について教えてくれた。

　お陰で情報は出揃った。もう、あとは本人に直当たりするしかない。小細工はなしだ。代理人も立てない。間に誰か入れて下手を打たれたら困るというのもあるが、何しろ時間がなかった。警察による藤木優人の事故の捜査が終了してしまったら、次の相手は東京地方検察庁。また最初から情報収集のやり直しになってしまう。しかも人数が少ない分、警察より遥かに懐柔は困難になることが予想される。

香川隆巡査部長の携帯電話番号は分かっていたので、直接かけ、勤務終了後に会う約束を取り付けた。場所は、署から遠いのも近過ぎるのもよくないと思い、駅一つ離れた池尻大橋《いけじりおおはし》の、料理屋の個室を予約した。

写真でその風貌は分かっているつもりだったが、直に相対してみると、写真のそれとはかなり印象が違った。

印象というか、迫力だ。短く刈り込んだ頭、分厚い胸板、太い四肢。勤務後だからだと思うが、薄《うっす》らと生えたヒゲがなんとも野性的だった。目付きも、想定していたのより数段鋭い。ヤクザ、とまでは言わないが、しかし、イメージ的にはかなりそれに近い。

香川隆巡査部長は、飲み物を決めるより前に、切り出してきた。

「……別に、おたくが身分を明かさないのは構わないが、こっちも二十年近く、コレで飯食ってるんでね。大抵のことは、調べれば分かるんですよ」

香川隆巡査部長は「コレ」と言いながら、自分の額に、右手で丸を作ってみせた。形としては「ＯＫ」と同じだが、意味するところは全く違う。

旭日章。もしくは「桜の代紋」だ。香川隆巡査部長は、警察の制帽に入っているエンブレムを、手で真似てみせたわけだ。

私が「はい」と頷くと、香川隆巡査部長は、ニヤリと頬を持ち上げた。

「あなたも、公務員なんですね」

しまった。「コレ」を、すんなり理解するべきではなかったか。

香川隆巡査部長が浅く頷く。

「……とはいっても、俺たちみたいな『地べた』じゃない。ぽーんと頭の上を飛び越えていく、国家公務員のキャリア様だ」

一度頷いただけで、「はい」と答えただけで、警察官という人種はそこまで読み取るのか。

まだ、香川隆巡査部長は続ける。

「そんなに狼狽えなさんな。警察官慣れしてないのが、バレちまいますよ。俺みたいなのに慣れてないってことは、サッチョウの人間じゃないってことだ。コウチョウでもない」

「サッチョウ」は警察庁、「コウチョウ」は公安調査庁の略称。

「検察とも違う。だとすると、あとはどの辺ですかね……とりあえず、生ビールでももらいましょうか」

たっぷり、嫌な汗を掻いていた。

主計官時代に培《つちか》った交渉術など、なんの役にも立たなかった。だが考えてみれば当たり前だ。私が相手をしてきたのは、格上とはいえみな公務員。折り目正しい紳士淑女ばかりだった。

しかし、香川隆巡査部長が相手をしてきた人間は違う。交番勤務を振り出しに、刑事や組織犯罪対策を経験している彼は、窃盗犯も殺人犯も、暴力団構成員も相手にしてきたに違いない。中には薬物中毒者などもいたかもしれない。

どうする。どうしたらいい。

だが意外なことに、香川隆巡査部長の方から助け舟を出してきた。

助け舟というか、水を向けてきた。

「……私に何か、やってほしいことが、あるんでしょう」

思わず、溜め息のように吐き出してしまった。

「はい……」

「見返りは」

一応、五百万で納めてもらいたいと、藤木元次官からは言われていた。

「三百万で、いかがですか」

「あなたそれ、私の借金の額を知ってて言ってるでしょう」

まただ。また私は、しくじってしまった。

「そんなことまで調べられるのは、警察と、内調《ないちょう》をはじめとする情報機関以外では、財務省しかあり得ない……まあ、いいですけどね。言いたくないなら言わないでも。あなたが正体不明の高級官僚のままでも、用件を伺うことはできますし、裏仕事をすることも、私にはできますから……ただし、もう少しの上乗せはしてもらいますよ」

これはこれで一つ、交渉を成立させたと、言っていいのだろうか。


香川隆巡査部長は見事、藤木優人の事故を不起訴処分に導いてくれた。謝礼は最終的に五百万円。藤木元次官もそれで納得してくれていた。

だが、それから三ヶ月もしないうちにだ。

また藤木元次官から、今度は怒りの電話がかかってきた。

『あの、クワという課長補佐を黙らせなさいッ』

そのときまだ、私は「久和秀昭」の名前を知らなかったし、課長補佐というだけでは見当も付けられなかった。

「えっと、その……もう少し詳しく、お伺いできますか」

『クワヒデアキという、主税局調査課の、課長補佐だそうだが、なんの得があってそんなことを書いとるんだか、インターネットにだよ、「ワニの口」なんてデタラメだと、そう書いているらしいぞ。あと、歳入庁の創設が急務だとか』

藤木元次官が、自分で読んだわけではないようだ。

「藤木さんはそれを、どのようにお知りになったのですか」

『越塚だよ。奴が、とんでもないことをネットに書いている現役官僚がいると、即刻黙らせろと、私が怒鳴られたんだ』

それでも、藤木優人の事故を揉み消すよりは簡単だと思った。話を聞くにしても、省内の人間に当たれば済むからだ。

幸い、当時の主税局調査課長が私の一期後輩だったので、探りは入れやすかった。

「河島《かわしま》。君の所にいる……」

「久和秀昭のことですか」

すでに、他からもお叱りが入っているようだった。

「うん、その久和くんだけどさ」

「あれですか、藤木元次官のラインですか」

「……まあ、ね」

「黙らせろとか潰せとか、首にしろとか言われましたか」

「いや、そこまでは言われてないけど」

　河島課長は口を尖らせ、小さく頷いてみせた。

「じゃあ、なんて言われたんですか」

「まあ……黙らせろ、みたいなことかな」

「谷口さんは、どう思うんです」

「俺が？　久和くんのこと？」

「俺のところに来るくらいですから、久和がネットに何を書いたのかくらいは、読んでいらしたんでしょう」

「まあ、ね」

「どう思ったんです。率直なご感想をお伺いしたい」

　私は、相手を怒鳴り付けて捻じ伏せる性分ではないので、こういうことも、訊かれたらできるだけ答えようと思ってしまう。

「まあ……いわゆる、積極財政派の論調だよね。緊縮財政には真向反対、『ワニの口』なんてそもそも存在しない、歳入庁の創設は絶対に必要、とまで言いきっている。彼の言う『歳入庁』ってのは、財務省から主税局を独立させ、国税局と統合した上で年金機構もこれに組み込むという……つまりは、財務省から税制という片翼を捥《も》ぎ取ろうって話だろ。ちょっと、我が省に置いておくのは、マズいタイプだな、あれは」

　河島が、フッと鼻から息を漏らす。

笑ったのか。

「だったら……谷口さんが直に話してみたらいいじゃないですか。久和と直接、財政について議論してみたらいいじゃないですか。昔はよくやってたでしょう。若い連中集めて、財政再建について、熱っぽく語ってたじゃないですか」

そんな時代も、確かにあった。

「今さら俺に、他所の課長補佐に、喧嘩売りに行けってのか」

「喧嘩しなきゃいいじゃないですか。一方的に論破して、ボコボコに潰してやりゃあいいじゃないですか……そうできれば、の話ではありますけどね」

なんだ、その言い草は。

「君は、その久和くんのことを、買ってるのか」

「俺如きが、買うとか買わないとかの話じゃないんですよ。俺なんかじゃ、まるで相手になりませんから。だから、面白くないとお思いになるんでしたら、どうぞご自分で。俺を巻き込むのはやめてください。そんな、二度も三度も……大勢の部下の前で、恥を掻かされるのは真っ平ご免なんですよ」

久和、秀昭。

一体、何者なんだ。

第四章

1

少し分かった気になると、すぐにピシャリと窘《たしな》められる。それでもなんとか理解しようとし、ようやく追いついたと思った途端、今度はバッサリ切り捨てられる。

久和秀昭客員教授の講義を受けていた学生たちは、みんな日々、こんな思いをしていたのだろうか。そうではなくて、あくまでもこれが取調べだから、久和は小難しいことを言って佐久間を煙に巻こうとしているだけなのだろうか。

「国債を安易に引き受けてはいけないし、しかし同時に、大量に引き受けなければならないのです」

　お聞きしましょう。

「……そりゃまた、どういう？」

「財務省が国債を忌み嫌うのには、それなりに理由と根拠があります。警察の方にはあまり馴染みがないでしょうが、その根拠となっているのは、財政法第四条です」

たぶん、警視庁本部の捜査二課知能犯捜査係の人間でも、財政法の条文までは頭に入っていないのではないか。

「財政法、第四条、ですか」

「そこには、『国の歳出は、公債又は借入金以外の歳入を以て、その財源としなければならない。但し、公共事業費、出資金及び貸付金の財源については、国会の議決を経た金額の範囲内で、公債を発行し又は借入金をなすことができる』、と書いてあります」

もう少し分かりやすく、と佐久間が要望するまでもなかった。

「簡単に言うと、国家予算の財源として、公債、イコール『国債』は当てにするな、ということです。ただし、公共事業云々……俗に『建設国債』と呼ばれるものですが、そういうのは、国会の承認を得た範囲でなら発行しても構わない、ということです」

また、ずいぶんと分かりやすくしてくれたものだ。

「じゃあ国債も、アリと言えばアリ、なわけですね」

「はい、大アリです。また、財政法第四条第二項には、『公債を発行し又は借入金をなす場合においては、その償還の計画を国会に提出しなければならない』、とあります。要は、借金をするなら返済計画もちゃんと考えておけと。これを根拠に財務省は『六十年償還ルール』というのを設けています。この六十年償還についてはあとでお話ししますので、まずは国債の発行をどこまで認めるべきか、というお話をします」

これって取調べだよな、という疑問がまた脳裏に湧き上がってきたが、ぐっと奥歯を噛み締めて打ち消す。

「……はい」

「一千二百兆円分ある国債の、半分以上を持っているのは？」

それは分かる。

「日銀」

「でしたね。日銀による直接引き受けは可能とか不可能とか、そこはいったん措いておきます。実質六百兆円以上、日銀が政府にお金を貸している状況は変わりませんから。では、政府が日銀に直接国債を引き受けてもらえるものと仮定して、それをしたらどうなるか、を考えてみましょう」

ぜひ、やってみてください。

「まず、国債を発行するのは政府です。国会の承認を経て、政府があるとき、百兆円分の国債を発行したとしましょう。それを丸々日銀に……それは駄目だと財務省は言うでしょうが、論理を単純化するために、あえて直接引き受けたら、という手順で続けます」

そこ、凄い拘るな、とは思ったが口は挟まない。

「百兆円分の国債を引き受けた日銀は、政府の当座預金口座に、百兆円の入金を、書き込みます……いいですか。日銀がするのは、政府の通帳に、百兆円の数字を、書き込むだけです」

ん？

「……日銀の預金口座から、政府の口座に百兆円、振り込むのではなく？」

「違います。先ほど確認しましたよね。日本の中央銀行である日銀は、あることを独占的に行うことができますよね」

それも分かる。

「日本銀行券を、独占的に発行できる」

「そうです。つまりお札、お金を、日銀だけは自力で生み出すことができるのです。ただし、手で触れられる現物のお金は、百二十五兆円ほどしかありませんでしたよね。それ以外の、二千兆円にも上る『円』は、通帳や台帳に記載されている数字に過ぎない……でも、それでいいんです。日銀だけは、台帳に『百兆円』と書き込むだけで、実際にお金を百兆円、生み出していいのです」

斜め後ろにいる水沢が「あ」と漏らした。

だが、佐久間は心の中で、エェェーッ、と叫んでいた。

水沢よ。「あ」じゃ済まないだろ、これは。

「……お金を、生み出すって、そんなに、簡単なことなんですか」

「そうです。日銀が、百兆円『ある』と言ったら……別に口で言うわけではありませんが、そう台帳に書き込めば、そこに百兆円が出現するんです。二百兆円と書けば、二百兆円。五千兆円と書けば、五千兆円生まれるんです。それが中央銀行というものです」

なんか、段々怖くなってきた。

「じゃあ、日銀は、好きなだけ、円を……」

「理屈の上ではそうです。とはいえ、お金というのは、現代の通貨というものは、あくまでも信用のもとに成り立っている『約束事』です。一万円札だって、物体としてはただの紙切れです。でもそれを、おいそれとは偽造できない高度な技術を用いて印刷し、それに一万円の価値があると日本政府が保証してくれているから、我々はそれを信用し、あの紙切れに一万円の価値を認めているわけでしょう。あの一万円札を差し出したら、お店側も一万円の商品を渡してくれるわけでしょう。そういう共通認識があるから、その価値を政府が保証してくれているから、『円』という通貨は安全に運用されているのです」

それは分かる、が。

「でも、台帳に、書き込むだけって……」

「ですから、手で触れられる現金はいくらありますか、という話を事前にしたのです。もはや大半の『円』は、印刷してお札の形にする必要すらない。その、日銀の管理する台帳に数字を書き込むことによって、億とか兆とかの単位でお金が『生み出される』んです。あとはそれを、国民が信用するかどうかの問題です。国民が政府を信任し、日銀の台帳を信用し、その管理能力を信頼しているから、給料日にＡＴＭに行って記帳し、会社と取り決めた月給と同額の数字が印字されているのを見て、ああ、今月も頑張ってよかった、と安心できるわけです」

久和が、ゆっくりと瞬《まばた》きをする。

「通貨はもともと、金貨や銀貨でした。それそのものに価値があった。でもそれが、金や銀に交換可能なアイテムである『硬貨』になった。硬貨を銀行に持っていけば、いつでも金や銀に交換してくれる、そういう『約束』だった。それが『金本位制』や『銀本位制』ということですよね。金銀本位制の時代は、各国の政府が実際に、通貨に見合うだけの金銀を保有していた。しかしその後、世界恐慌というきっかけはあったにしろ、人類は気づくわけです。何も、実際に金や銀を保有しておかなくても、政府がきちんと管理し、保証すれば、通貨というシステムは機能するし、問題なく流通する、国民も利用してくれるのだと」

　そう、か。

「重要なのは、政府による保証だと」

「その通りです。金貨銀貨がその他の金属でできた貨幣になろうが、特殊印刷を施した紙幣になろうが、政府が保証さえすれば、それは通貨として通用するわけです。そして今は、実体すらないデータになってしまったけれど、でもそれも政府が保証すれば、通貨としては成立するのです。現に成立しています」

　ちょっと待て。

「じゃあ、千二百兆円の借金も、台帳に記入して相殺してしまえばいいんじゃないですか？」

「誰の口座に、千二百兆円を書き込むんです？」

「政府の」

「そういうことをすると、国内経済が急激に『インフレ』に振れますし、国際的には『円』が一気に信用を失くし……」

　久和の目が、くるりと宙を一巡する。

「……たぶん、一ドル二百三十円近くまで、円が暴落します」

　今の、一瞬の「くるり」の間に、久和は暗算したのか。

　それはそれで、凄いと思うが。

「一ドル、二百三十円というのは、洒落になりませんが、それは一体、どういう理屈なんですか」

「これは私が説明しなくても、佐久間さんならいずれ、ご自分で計算できるようになります。そんなに難しい話ではありませんから。それよりも、財務省はなぜ国債を忌み嫌うのか、という話です」

今、ちょっと褒められたように感じたのは気のせいか。

まあいい。

「はい、財務省は……でも、いま伺った限り、国債って物凄く便利そうですよね」

「ある面では、仰る通りです。ところが財政法は、国の歳出は国債以外の歳入で賄うべし、としている。国の歳入とは何かというと、本当に大雑把にですが、税収が大体六割くらい、国債による借金が三割強、残りの数パーセントは雑収入です。雑収入とは、税以外の収入や、前年度剰余金の繰り越しです。なのでやはり、主たるは税収と国債ということになります」

ふう、と久和がひと息つく。

「……先の『ワニの口』理論において、財務省は歳入と歳出を比べるのではなく、税収と歳出を比べて、大変だ大変だ、日本は国家破綻にまっしぐらだ、と騒いでいるわけですが、その発想のネタ元は、この財政法第四条なのです。国の財政は税収で賄われるべきであって、国債なんぞに頼ってはならない、よしんば頼るにしても、建設国債なら百歩譲って許すが、赤字国債は断じてならん、というのが、財務省の基本姿勢です」

ほほう。

「財務省の言い分にも、一理あったわけですね」

「そう思わされた時点で、佐久間さんは騙されています」

いやいや。

「でも、根拠は法律だったわけでしょう？」

「法律の全てが正しいとは限りません。そんなことは、警察官である佐久間さんなら、よくお分かりなのではありませんか？　かつて殺人罪には時効がありました。二十五年経ったら、いくら人殺しでも反省し、改心しているだろう、という性善説に基づいたものだったのでしょう。しかし現在、殺人罪に時効はありません。逃げた人殺しは二十五年くらいで改心なんぞしない、死ぬまで追い回して、必ず罰を受けさせてやる、というのが現代の考え方です。厳しい言い方をすれば、二十五年経てば人殺しも改心するだろう、だったら見逃してやろうじゃないか、なんて考えは甘かった、間違っていた、とも言えるわけです」

「それは、正しいとか間違いとか……」

「いいえ、全ての法律が正しいのなら、法改正なんて一文字も必要ないはずです。しかし、現実はそうではない。あくまでも人が作ったものですから、ある時代の人たちが、そのときは良かれと思って作ったのだとしても、時代を経て、社会構造が変わってしまったら、前言を撤回してでも、法律は作り直さなければならないのです」

　これか、と感じるものが、久和の表情にあった。

　今までの、マネタリーベースがどうとか、国債の仕組みを説明しているときとは、明らかに目の色が違う。

　久和は、まさに自分が主張したいこと、その核心に今、近づきつつあるのではないか。

いいだろう。拝聴しよう、その主張を。

「……つまり、財政法を改正しなければならない、と？」

「いえ、重要なのは法改正ではありません。その法律を盾にとって、言ったら悪用して、税収のみで国費を賄うのを是とする、そう国民に刷り込もうとする、財務省の『企《たくら》み』自体を暴かねばなりません」

そっちか。

「ズバリ、その財務省の企みとは」

久和が、ニヤリと左頬を持ち上げる。

「佐久間さんだって、ご存じのことですよ。ただ、そこまで怖ろしいことだとは、お気づきになっていないだけです」

また、よく分からなくなってきた。

だが、今回は安易に解答を求めまい。

おそらく、ヒントはそこかしこに撒かれている。よく考えれば、佐久間にも答えが分かるように。

久和が、ぐっと覗き込むように佐久間を見る。

「……先ほど私は、法律は、ある時代の人たちが、そのときは良かれと思って作ったのだとしても、と申し上げました。どんな法律も、誰かが、いつかの時点で、作ったのです」

なるほど、そういう話か。

「財政法とは、いつ、できた法律なのですか」

久和が、視線を佐久間に固定したまま、頷いてみせる。

「一九四七年。昭和二十二年の、三月三十一日です」

終戦の、二年後――。

太平洋戦争に敗れた日本が主権を回復したのが、確か終戦の七年後。だから、一九五二年。戦後七年間、日本は連合国軍の占領下にあり、主権を失った状態だった。

財政法とは、その連合国占領下で作られた法律だったのか。

「ということは、財政法には連合国側の、つまりはアメリカの意向が、色濃く反映されていると」

「反映というか、憲法同様、アメリカ様に作ってもらった法律と言った方が正しいでしょう。でもそう考えると、いろいろなことに納得がいくのではありませんか?……戦時中、日本は戦費を調達するために国債を乱発した。それを『戦時国債』などと呼びますが、要は、湯水のようにお金を生み出し、そのお金で国民を動かし、戦争を続けたわけです。ただ、そんなことはどこの国でもやることなので、別に当時の大日本帝国政府が悪いとか、そんなことは、私は言いません。むしろ、問題はそのあとです……憲法九条で戦力の不保持を義務付けたのと同様に、アメリカは財政法によって、日本に、国債による戦費の調達をできなくしたのです。それくらい、アメリカは日本軍の復活を、心底恐れていたのです」

後ろから、バットか何かで頭部を殴られた気分だった。

事の始まりはあの、昭和二十年の敗戦だったというのか。

久和は続ける。

「だからといって、アメリカが悪いとも、私は思わない。なぜなら、法律なんて変えればいいのだし、むしろその時代、その社会にフィットするように変えていく方が健全なのです。日本国民には、その権利も自由もある。むしろ問題なのは……憲法もそうですが、日本人には、なんでも『キンカギョクジョウ』として守り通そうとする、おかしな癖がある、という点です」

よく分からない熟語みたいなのが聞こえたが、尋ねる暇もない。

「遵法精神と言ったら聞こえはいいですが、要は、一度決めたら変えたがらない、変えようとしない、怠惰で愚かな民族なのです」

また出た。怠惰で愚か。

「そんなに、我々は愚かですか」

「はい。世界を知らない、自分で考えようとしない、という点においては愚かです……が、先を続けます。アメリカが、戦時国債を打てないように仕込んでいった財政法を、いま最も有効活用しているのは、財務省です。政府が国債を適切に発行し、日銀がそれを引き受けて現金化すれば、政府は毎年五十兆円でも、百兆円でも、国家予算を多く得ることができます。その、政府が得たプラス五十兆、百兆というお金は、主に公共投資に回されます。橋を造ったりダムを造ったり、新規に高速鉄道を通したっていい。そうすれば雇用が生まれ、何万人、何十万人、何百万人かも分からない人々が収入を得ます。雇用された人々は家賃を払い、食料品や衣料品を購入し、車やガソリンを買う『消費者』でもあります。そうやって、政府が発行した国債は現金となり、公共投資を通じて社会に……社会を、潤すのです」

そういうことか。

「つまり、それが……プールの水」

「その通りです。日本社会はこの三十年余り、経済成長が停滞したままだった。原因は多々あります。企業が安価な労働力を求めて、海外にごっそり生産拠点を持っていってしまったのも、原因の一つでしょう。日本で作ればいいものを、海外で作るようになる。雇用されるのはその国の現地民であり、日本人ではない。その給料も現地で使われる。日本国内には回らない……むろんバブルの崩壊もありました。たびたび大きな災害にも見舞われた。様々な悪条件が日本の国力を削いできたわけですが、そんなときは本来、緊縮財政などと言っていてはいけないのです……国債なんてのは借金です、子々孫々まで地獄の苦しみを味わうことになります、それは避けなければなりません、なのでまずは無駄遣いを徹底的になくします、それでも足らないときは増税させていただきます、プライマリーバランスの黒字化こそが国を救うのです……などと、そんな絵空事を言っていては駄目なんです」

　小さな机に載せた、久和の両拳に力がこもる。

「本当は、こういうときこそ国債をガンガン発行して、公共事業を通じて雇用を生み出し、世の中にお金を回すのです。そうすれば、増税なんてしなくても税収は自然と上がってきます。政府が需要を作り出せば、日本国民はそれに応え、期待以上の製品を、サービスを、必ず供給してくれますから。そうしたら、GDPだってぐいぐい上がってきます。こういうのを『積極的財政出動』と言いますが、悲しいかなこれが、財務省では一番嫌われるロジックです」

　目の前を、幾重にも覆っていた幕が取り払われるような、そんな感覚があった。

　政治家でもない久和に、しかも警察署の取調室で、この国はこうすれば必ずよくなると言われ、なぜか興奮している自分がいる。

ただ一つ、分からないこともある。

「でも、千二百兆円の国債を発行して、現金化してしまったら、円が暴落するんですよね」

「その可能性は多分にありますし、そもそも無制限に国債を発行するべきだなどとは、私は一度も言っていませんし、思ったこともありません。国債をどれくらい発行すべきかというのには、それなりの指針があります」

んんっ、と久和が咳払いを挟む。

「……これは『リフレ派』と呼ばれる経済学派の人たちが言っていたり、よく『ＭＭＴ』と略される『現代貨幣理論』を唱える人たちも言っていることですが、今の日本のように、デフレーション、いわゆる『デフレ』状態にあるときは、思いきって国債を発行し続け、積極的財政出動によって、インフレーション、『インフレ』状態に経済を誘導していく……お分かりとは思いますが、デフレとは、物価の下落が続いて経済が縮小した状態、インフレとは、物価が上昇して経済が膨張していく状態です。財政出動によってインフレ傾向に経済が振れてきたら、今度は国債の発行は控えめにしていきます。金融政策も引き締め方向に転換します。具体的には……」

久和が右手で「Ｖ」サインを作る。

「失業率が二パーセントまで下がるのが理想です。失業率というのは、二パーセントより下にはなかなか下がらないという統計結果があります。それはそうですよね。人気の職業、不人気の職業、個人的な向き不向き、倒産や固有の産業の衰退など、失業者が全くいない社会というのは、ちょっと現実的には考えづらい。労働人口の二パーセントくらいは、失業者が随時いても仕方がない。そう考える方が現実的です。なので、失業率二パーセントというのを、一つの目標とする。

あとは『インフレターゲット』です。物価上昇率が、これまた概ね二パーセント程度になるように、中央銀行が金融政策を打つことが重要です。緩やかに物価が上昇し続ける、そういう状態をキープすることが、経済的には理想であると、近年では考えられています」

しかし、ということか。

「それなのに、財務省は国債を忌み嫌い、遠ざけてきたと」

「はい。実際には、いわゆる『赤字国債』の発行はゼロではありませんが、財務省はとにかくこれを嫌います。低く低く抑えようと、あの手この手を使って政治家を懐柔します。あるときは地元への利益誘導を餌に、あるときは握った弱みをチラつかせて脅し、なんなら書類を改竄《かいざん》してでも、とにかく政府の国債発行を、削って削って、事実上なきものにしようとします。それが国民のためである、国のためである……というのは、真っ赤な嘘です」

その理由を、尋ねるタイミングではないと、佐久間自身が思ってしまった。

それくらい、久和の目は焦点を失っている。

違うか。目の前にいる佐久間ではない、もっともっと大きな敵を睨んでいる、ということか。

「……財務官僚は、分かってないんじゃないんですよ。分かってるんです。『ワニの口』理論なんてデタラメだって、『ワニ』なんてそもそもいない、財政法第四条なんて国益を損ねる駄文に過ぎないと、分かってるんです。分かっているのに、でもそれを否定できない」

水沢が、また腕時計をはめた左手首を差し出してくる。

いやいや、いま時間がどうとか、そういうこと言うなよ。

2

世田谷署で仕入れてきた情報が、三都の頭の中をぐるぐると回っている。夕方、ビルの上を旋回する鳥の群のように、黒い小さなものが、ビャービャーと喧《やかま》しく飛び回っている。

「んん……」

九年前の、藤木優人の事故を捜査したチームには、香川隆警部補がいた。久和秀昭を逮捕した、あの二自らの香川だ。当時は巡査部長だったようだが、同一人物と考えて差し支えないと思う。

そして現在、香川が久和の逮捕要件としたのは、久和の車両から出てきた菊池創の財布と、公務執行妨害。その菊池創と藤木優人は、高校の同窓生。藤木優人の父親は、元財務事務次官の藤木洋人で、久和もまた、かつては財務官僚だった。

「んん……ん？　どゆこと……」

大丈夫。声が出てることとは、ちゃんと自覚している。蓮根駅を出て蓮根駅前通りを歩きつつ、周りに人がいないのを確認してから、声に出すようにしている。

なんだろう。この飛び回っている小さいのが、ちょっとしたきっかけでグワッと寄り集まり、ひと固まりになって、そこに巨大な怪物が姿を現わしそうな予感はあるのに、そのきっかけがない。ハンバーグでいったら「つなぎ」が足りない。

「……あー、お腹空いた。味噌ラーメン食べたい」

とりあえず署に戻って、ササッと報告書を書いたら今日は帰ろう、と思っていたのだが、いざ刑事部屋に入ってみると、何やらおかしなことになっている。

　三都のデスクの隣に、デカい尻がある。

「……何やってんすか、そんなとこで」

　正確に言うと、誰かが横澤のデスクの下にもぐり、何かモゾモゾとやっている。探し物か、あるいは配線の不具合でも直そうとしているのか。

　そのデカい尻の主とは、むろん横澤本人だ。

　ズズッと後ろに下がって、半分くらい顔を出す。

「……おう。お疲れ、サントス」

　また言いやがったな、この野郎。

「ザワチョウ、今日って休みじゃなかったでしたっけ」

「ああ、休みだよ」

「じゃあ、なんでいるんすか」

「ちょっと……忘れもんしたんだよ」

「そんなん、明日でいいでしょうが」

「そういうわけには、いかねえの」

　それでも、一応スーツは着てきたわけだ。

「なに忘れたんすか」

「別に……そんな、大したもんじゃねえよ」

「だったら、なおさら明日でいいでしょうが」

三都が自分の席に座ると、横澤はまた机の下にもぐろうとする。

なぜだろう。無性に腹立たしい。

「何したら、そんなとこに忘れもんなんてするんすか」

「いいだろ、別に。うるせえな」

気持ちワリいんだよ、カバみてえにデケえケツ出して、ゴソゴソやってやがってよ、とまでは、さすがに言えない。

「ザワチョウって、やっぱ尻もデカいんすね」

「ああ、もう……カギだよ、鍵。部屋の鍵」

横澤が当番明けで帰宅したのは、昨日の午後。それなのに、いま部屋の鍵を探している。

ということは。

「鍵忘れたんじゃ、部屋入れないじゃないですか」

「そうだよ。だから探しに来たんだよ」

「じゃあ、昨夜はどうしてたんすか」

それに対する回答は、なし。

「……どうしてたんですか、って、訊いてんですけど」

尻の動きが止まる。しかし、依然として回答はなし。

「ザワチョウの場合、女のところに泊まったって可能性はないわけですから」

ガンッ、と机が鳴る。頭でもぶつけたか。

再び尻が後退し、横澤の全身が現われる。

「お前、ゴチャゴチャうるせえよ」

「なんすか、心配してあげてんのに。感じワル」

「悪意しか感じねえんだよ、オメェの言い方には」

「悪意じゃないです。嫌悪感です」

「なおさら腹立つわ」

そんなところに、佐久間と水沢が帰ってきた。

「……あれ、横澤、どうした」

床にベタ座りしたまま、横澤が頭を下げる。

「お疲れさまです。ちょっと、忘れ物というか、探し物というか」

「ああ、鍵だったら平中統括に預けといたけど」

全員で見回したが、いま刑事部屋に平中の姿はない。

佐久間が横澤を見下ろす。

「平中統括から、電話なかった？」

「いえ、ありませんでした」

「なんだ……じゃあ、俺が直接電話してやりゃよかったな。拾ったの、俺なんだから」

一回言ったくらいで平中統括が何かしてくれると思ったら大間違いですよ、とは思ったが、それは言わずにおいた。

なんてことはない。横澤の鍵は平中統括の机の上にあった。持って帰らなかっただけ、あの統括にしては気が利いている。

それから、水沢が四人分お茶を淹れてくれたので、それを飲んで、ひと息ついて。

そろそろいいかな、と思ったので、三都から訊いてみた。

「どうでした。今日の、久和の調べは」

一瞬、佐久間が固まる。水沢は、目だけを動かして佐久間と三都を見比べている。

どうした。今日、久和の取調べで何があった。

佐久間が、呪縛が解けたように一つ頷き、話し始める。

「まあ、相変わらず、と言えば相変わらずなんだが、それでもけっこう、見えてきたものはあってね」

「はあ。ぜひ、聞かせてください」

「うん……ちなみに中田は、マネタリーベースってなんだか、説明できる？」

「いいえ」

「言葉は知ってる？」

「いいえ」

なんだこの空気は。なんでみんな黙る。

「……なんか、あれですよね、経済用語ですよね」

「まあ、そうね。カテゴリーとしては、経済かな」

「それがどうかしましたか」

「じゃあ、マネーストックは？」

「こうやって、両手に持って漕ぐように……」

ちゃんと、動きも付けてみせる。

「それは、スキーのストックね。『スキーストック』ね。そういうダジャレは挟まなくていいから。じゃあコクサイは」

「インターナショナル」

「……流れで、文脈で悟ってよ。そっちじゃないコクサイだよ」

ひょっとして「国債」の方か。

「個人向け国債とか、そういうのですか」

「うん、そう……で、どう」

「現状、そこまでの余裕はありませんね」

かくん、と佐久間がうな垂れる。

「勧誘してんじゃないんだよ。なんで、どうして俺が君に個人向け国債を勧めてると思っちゃうんだよ。そうじゃなくて、仕組みを説明できるか、って訊いてんの」

「私に、そんな知識があるとお思いですか」

佐久間、再び固まる。

「……いや、思わない」

「じゃあ訊かないでください。要らん恥は掻きたくない年頃なので」

「いくつだよ」

横澤、うるさい。

佐久間が「まあまあ」と中途半端に宥《なだ》める。

「いやね……取調べがどうだったかと訊かれたら、恥ずかしながら、進んだとは言えない状況ですよ。決して進んだとは言い難い、が、でもいろいろ、面白いことも分かってきたわけ。たとえば……」

滑稽なほど得意げに、佐久間が身振り手振りを交えて話し始める。

「プールを、まず思い浮かべてくれ。それをさ、全員で時計回りに歩いたり、泳いだりするとさ、流れるプールになるじゃない」

この時点で、横澤は「あっ」という顔をした。水沢は、若干馬鹿にしたような薄ら笑いを浮かべつつ、佐久間の後ろで説明を聞いている。

でも、三都には一つもピンとこないので、黙って聞くしかない。

「そこに、水を足す……って話なんだけどね」

いや、やっぱり黙ってられない。

「……係長、それって、なんの話ですか」

「え、いやまだ、始まったばかりだからさ、もうちょっと……」

水沢が仲裁するように、するっと入ってくる。

「係長。もう、そこは思いきって、水を足すというのは、国債の発行を意味している、というところまで飛ばしてみては、どうでしょうか」

どう考えても、水沢の方がよく理解していそうだ。

「あ、そうね。あえて、そこまで行っちゃっても、いいかもね……つまり、だよ」

そこからまた、ワニの口は閉じていたとか、お金はいくらでも作り出せるとか、法改正よりは財務省の企みを暴くんだ、とか。

でも、聞くだけは聞いてみて、よかったのかもしれない。

「……ン」

いま急に、何か引っ掛かってきた。

なんだ、これは。なんだなんだ。

また鳥の群が、三都の脳内を旋回し始める。

何か、繋がりそうな予感がする。

そんな三都の、微妙な女心の変化になどとんと気づくことのない、鈍感力だけで百キロのバーベルが上げられそうな横澤が、何を勘違いしたのか得意げに言い始める。

「意外ですね。久和は元財務官僚だというのに、主張はあくまでも『積極財政』なんですね」

「そうッ。横澤、まさにそういうことなんだよ」

なんだそりゃ。

横澤が背もたれに踏ん反り返る。

「それじゃあ、財務省には居づらかったでしょうね。財務省はなんたって『緊縮財政』一本槍ですから……だから財務省辞めて、大学教授に転身したってことですか」

あ、分かった。

悔しいけど、横澤、ナイスアシスト。

「あの、すみません、ちょっといいですか……今日あの、世田谷署に行ってですね、私の方も、いろいろ分かったことがありまして」

ここはできるだけ手短に説明する。

逮捕された久和秀昭、財布の持ち主である菊池創、菊池の同窓生で交通事故常習犯の藤木優人、その父親は元財務事務次官の藤木洋人。

そして優人の、九年前の事故の捜査班にいたのは——。

「久和を逮捕した香川警部補が、その藤木優人の事故の、捜査班にもいたんです。しかも、どうやら香川が加わった辺りから、事故は被害者の過失が大きいという見方に傾き始め、最終的には不起訴になっている。これって、妙だと思いませんか」

三人はまだ気づいていないのか。それとも、気づいているのに黙っているのか。

いずれにせよ、三都のスジ読みはこうだ。

「香川は久和を逮捕した。そりゃ、公妨《こうぼう》（公務執行妨害）があったのは事実なんでしょうが、それだって、本当に逮捕要件を満たしてたかどうかなんて怪しいもんです。ほとんど『転び』みたいなもんだったかもしれないじゃないですか」

転び公妨。警察官の方からわざと転んでおいて、「公務執行妨害だァ」と騒いで無理やり逮捕するという、古臭い昭和の裏技だ。

佐久間が眉をひそめる。

「久和のアレが『転び公妨』だってのか」

「かどうかは分かりませんけど、でもですよ、香川は九年前に、藤木優人の事故を、揉み消しに近い状態で不起訴に持ち込んでるんです……持ち込んでいる、可能性があるんです」

横澤が「そんな」と口を挟もうとしたが、そうはさせない。

「私、分かんなかったんです。久和と菊池、優人と洋人、この四人に対して、香川はどういった役回りだったのか。でも今の話で、分かった気がするんです」

さっき自分の手帳に書いた、四人の関係図をみんなにも見せる。

「香川は強引にも久和を逮捕し、その一方で、藤木優人の事故は不起訴に誘導している。それって誰の意思かって言ったら、両方とも藤木洋人、ってことですよね。洋人による、香川への要望、もしかしたら要求か、命令に近い依頼、だったのかもしれない」

佐久間は「ん」と眉をひそめた。

横澤は、固く目を閉じている。

水沢は、三都の手帳を凝視している。

もうひと押しか。

「藤木洋人にとって、優人は息子なんだから、可愛くて当たり前です。死亡事故も、どうにか、なかったことにしてやりたかったでしょう。対して久和はどうだったかと言うと、藤木洋人が、その……なんだっけ。さっき財務省は、なんとか一本槍って」

横澤が目を開ける。

「ああ、緊縮財政な」

「うん、洋人がそういう考えの人かどうかは知らないけど、でも事務次官にまでなったんだから、基本的には財務官僚の典型みたいな考え方をする人、と思っていいわけですよね」

これには佐久間が頷いてくれた。

「というより、やっぱり久和が異端だったんだと思うよ。さっきも言ったけど、元事務次官が書いた手記みたいなのを、『駄文』って言いきってたからね。財務省の言い分は片っ端から否定して……そうそう、論戦になっても全く負ける気はしない、とも言ってたな。だから、現役時代なんて、相当トンガってたんじゃないの」

なんだって？

「あれ、今の……その『ワニの口』を書いた元事務次官って、藤木洋人とは違うんですか」

「さあ、それは……」

「まあ、いいです。でもとにかく、久和が財務省と対立する意見の持ち主なのは間違いないんですよね？　そんな久和が、ですよ。近々、内閣官房参与になるかもしれない、という話が持ち上がってたわけですよ」

佐久間が「あっ」と漏らす。

横澤も水沢も目を見開く。

でもここは、最後まで三都が言わせてもらう。

「財務省にとって、それは絶対に赦《ゆる》せないことだった。久和みたいな男が政治に関わるなんて、絶対にあってはならないことだった。むろん、その思いは藤木洋人も同じ……ああいうところって、天下りだなんだで、ＯＢとの繋がりが強固だって言うじゃないですか。そこで動いたのが、藤木洋人だった……裏取りはもちろん、あとでしますけど、藤木洋人は九年前から、ひょっとしたらそれ以前から、香川隆のことを知っていたのかもしれない。洋人にとって香川は、汚れ仕事をさせられる便利な手駒だった。なんとかして、久和の内閣官房入りを阻止したい。警察沙汰にして、上手いこと逮捕でもされれば、内閣官房参与就任の話は白紙撤回される可能性が高い。おい、お前がどうにかしろ……みたいに密命を受けた香川は、久和を逮捕する算段を整えた。それがなぜ、菊池の財布になったのかは、分かりませんけど」

どうよ。この、三都さまの名推理は。

とっくに勤務終了時間を過ぎていたので、四人で、近所の居酒屋に移動した。

先頭の佐久間が、暖簾《のれん》をくぐりながら格子戸《こうしど》を開ける。

「こんばんは……奥、空いてる？」

「いらっしゃいませ。はい、奥。すぐにご用意いたします」

志村署員御用達のこの店は、ＶＩＰルームというほどではないけれど、奥に四畳半くらいの座敷があって、頼めばいつでもそこを使わせてもらえる。しかも、息子二人が揃って警視庁の警察官ということで、なんというか、他の店とは違う「安心感」みたいなものがある。店主は口が堅いし、あとから来た客についても、それとなく教えてくれる。たとえば「これから署長さんが、本部の方とお見えになりますよ」みたいに、だ。

三都は、横澤の隣だけは絶対に嫌だったので、いち早く佐久間の隣を確保した。そうすれば自動的に、向かいは水沢になる。完璧だ。

最初は全員生ビール。料理もいくつかオーダーしたら、早速さっきの話の続きだ。

「ところで……」

三都が切り出すと、佐久間は真剣な面持ちで頷いてみせた。

「香川小隊長には、ちょっと話を聞いてみる必要がありそうだな」

ちょっとどころではないだろう。

「具体的には、どうします？」

そう訊くと、水沢が携帯電話で何やら調べ始めた。

なるほど。カレンダーで勤務状況の確認か。

「自分らが香川警部補に話を聞きにいったのって、先週の木曜じゃないですか。ということは、金曜が休みで、一当《いっとう》、二当《にとう》、明け、休み、一当、二当、明け、休み……今日が第一当番ですから、明日は二当、明後日が明け、になりますね」

どうなんだろう、こういう場合。

佐久間がうな垂れる。

「どういう理由で接触するか、だよな……中田が言うように、仮に香川が、藤木洋人に頼まれて、あたかも久和を事件の容疑者のように仕立て上げたのだとしても、だ。そんなの、直接行って、藤木元次官に頼まれたんですか、って訊いたって、うんとは言わないだろう」

それは分かっている。

「ですから、とりあえずですよ。九年前の事故について教えてください、藤木優人の事故の記録はもう残っていないので、覚えてる範囲で聞かせてください、みたいな」

「そんな昔のことは覚えてない、って言われたらどうすんだ」

「そこは……私の、巧みな話術で……ゴニョゴニョっと」

残念ながら、その場ではこれという方策には行き着かなかった。

だが、翌日の午前中だ。

佐久間が第二自動車警ら隊に連絡をとり、香川警部補にもう一度話を聞きたい旨を申し入れたところ、向こうの対応が全く要領を得ず、とにかく香川とは話せないと断わられてしまったという。

それから十分とか、十五分くらいしてからだ。

どこかから辻本刑組課長に内線が入り、そのまま課長は席を外し、まもなく平中統括と佐久間係長も呼ばれ、そこからしばらく帰ってこない。三都たちは、佐久間が段取りを付けてくれたらすぐに動けるよう待機していたのだが、その佐久間がいなくなってしまったのでは動きようがない。

一時間ほどして佐久間は帰ってきたが、

「ちょっと、横澤と……みんな、来て」

今度は三都たちまで呼ばれる始末。

行き先は、なんと署長室。当たり前だが中には署長がおり、さらに副署長と、先に呼ばれていた辻本と平中も並んで座っていた。

「入って……ドア閉めて」

「はい、失礼いたします」

応接セットのソファはお偉いさん四人で埋まっているので、三都たちは立ったまま話を聞くことになったが、それでよかったと思う。

どうせ座っても、あまりの驚きに飛び上がって、やはり立ってしまっていただろうから。

話をしたのは、署長の鶴岡《つるおか》だ。

「端的に言うと、だな……君たちが話を聞こうとしている香川隆警部補は、一昨日の夜、浅草署管内で逮捕され、その身柄は今現在、東京地検にあるということだ」

うっそ、と言えないことが、こんなにも苦しいだなんて。

鶴岡が続ける。

「事件の処理も香川の処分方針も、まだ何も決まっていない。マスコミへの発表もこれからだ。よって、情報漏洩に細心の注意を払わなければならないのは当然だが、いま扱っている事件に香川が関与しているのではないかと、そう考えている君らにしてみれば、結論が出るのをただ指を咥《くわ》えて待っているわけにはいかない……というのが、正直なところだろう」

つまり、どういうことだ。

鶴岡が、三都たち三人の顔を順繰りに見る。

「香川は……千束《せんぞく》四丁目の風俗店内で従業員と悶着を起こし、その場で暴行を働いた。女性スタッフではなく、男性スタッフを殴り飛ばしたらしい。なんにせよ、こっちは当面、聴取も面会も不可能、なのだが……」

風俗で暴れるとか、最低。

鶴岡が佐久間に訊く。

「担当係長としては、端的に言うと、どうしたい」

佐久間が「はい」と同時に、鶴岡に向き直る。

「明日、明後日は難しいかもしれませんが、先方の都合のいいタイミングで、やはり話は聞きたいです。形は調室での聴取でも、面会でもいいです。捜査員の立会い、留置係員の立会い、いずれも先方にお任せします。ただ、我々のスジ読み通りであるならば、こちらの本命は香川ではありません。香川も、不問では済まないでしょうが、我々としては、香川の先にいる者を炙り出したい。そのための聴取、面会です。その点を何卒、考慮していただきたい」

鶴岡が静かに頷く。

「……分かった。できるだけ、手を尽くすと約束しよう」

意外。

今まで訓授くらいしか話を聞いたことがなかったけど、いいかも。

さすがは署長。課長や統括よりは、頼りになりそう。

3

香川警部補逮捕という状況を頭の隅に置きながら、久和の取調べをするのは非常に難しかった。

「昨日もお話ししましたが、国債には二年満期、五年満期、十年満期、さらに二十年、三十年、四十年満期まであります。これらは利子が固定で、他に変動利子ものであったり、中途換金が可能な個人向け三年満期など、様々な形のものが用意されています」

駄目だ。言葉が、全然頭に入ってこない。

しかし、そんなことに頓着する久和ではない。

「国債が有価証券の形をした債券である以上、約束した利率で利子は払わなければならない。それはもちろん、政府が払います。一方、満期が来た国債は市中銀行を通じて日銀が引き受けます。

それが今現在では、国債全体の五十パーセント、累計六百兆円を超えるようになった、ということです。ここまでで何か気になった点は」

何も気にならないくらい、全体的に理解が及ばない。

「……いえ、今のところは」

「横澤さんもよろしいですか」

今日の立会いは、また横澤に戻っている。

「はい、大丈夫です」

「では続けます。昨日の段階では、財務省は財政法第四条第二項に基づき、『六十年償還ルール』というのを設けている、とお話ししましたが、詳しい説明は致しませんでした。いま簡単に申し上げますと、政府は満期が来た国債の全額を償還、つまり返済するのではなく、そのごく一部を償還し、残りは『カリカエサイ』という、新たに発行する国債によって再び債券化し、売りに出す……つまり、借金で借金を返している、というわけです」

カリカエサイ、を漢字変換する間もなく、脳内はより大きな疑問に占められてしまった。

「……借金で、借金を返す？」

「はい」

「借金で首が回らなくなった奴が、さらにスジの悪い闇金から、法外な利子と知りながらまた借りてしまう、みたいなことですか」

こんなことは、初めてではないだろうか。

久和が急に、泣き顔をしてみせた。

「佐久間さん……今日は、どうされたんですか。昨日までにお聞きになった話は、理解されたロジックは、どこに行ってしまったんですか」

そうか。そんなに自分は、トンチンカンな質問をしてしまったのか。

全く、情けない限りである。

「……すみません」

「借金で借金を返すと言っても、借りているのは日本国政府です。最終的にその借金を引き受けているのは日本銀行です。日本銀行は唯一、独占的に『円』を作り出せる機関です。そこらの闇金とは違います」

いいですか、と久和が身を乗り出してくる。

「日銀は政府の子会社である、という考え方もあるくらいです。今ここで、会社法云々まで語るつもりはありませんが、もし日銀が政府のコントロールを受け付けなくなったら、その方がよほど問題だとは思いませんか」

そう言われれば、もちろん問題なのだろう、とは思う。

「……です、よね」

「政府が経済政策、金融政策の方針を打ち出しても、日銀はそれに従わず、独自の方針でオペレーションを実行する。金利の上げ下げや国債の購入、売却を、自らの考えで進める。国民の信任なんぞ一つも得ていない、日本銀行というイチ機関がですよ、金融制度を自在に操り、通貨を独自の考えで、しかも独占的に発行するようになったら、それがどれほど絶大な権力を握ることになるかなんて、ちょっと考えれば分かることでしょう。許されませんよ、そんなことは、絶対に……日銀は、通貨と金融の調節における『自主性』を尊重されているに過ぎません。法的にも、業務運営における『自主性は、十分配慮』せよ、とされているだけです。それを以て日銀を、政府とは全くの別働隊と定義し、独立した機関であると考える方が、私は間違っていると思います」

そう、なのか。

すると、久和の気配が急に遠退いた。

背筋を伸ばして、少し高い位置から佐久間を見下ろす。

「……今日は、六十年償還ルールについてご説明しようと思っていましたが、やめます」

なんでですか、と訊くまでもなかった。

「今日の佐久間さんは、どうも別のことが気になって仕方がないように、お見受けします。昨日までのように、私の話を理解するようには、頭が回っておられない……私は構いませんので、このまま黙って過ごしましょう。もしお気が変わられましたら、お声かけください。また、六十年償還ルールからお話しいたしますので」

参った。先生は、全てお見通しというわけか。

かなり早いが、今日の取調べはここで打ち切った方が、いいのかもしれない。

佐久間たちが刑事部屋に入るのと、ほぼ同時だったのではないか。

辻本刑組課長が、自身の席から立ち上がるのが見えた。

たまたまタイミングが合ってしまっただけかと思ったが、そうではなかった。

「佐久間係長、ちょっと、ちょっと」

手招きしつつ、なのに自分からこっちに近づいてくる。机の角をスイスイと腰で避けながら、佐久間の前まで出てくる。

「ちょっと、ちょっとこっち」

「はい、なんでしょう」

そのまま、さっきまで久和の調べをやっていた部屋に連れ込まれた。

椅子に座る間もなく、辻本が顔を寄せてくる。

「浅草署が、香川と面会させてもいいと言ってきた」

「えっ」

シッ、と辻本が人差し指を立てる。

「……すみません」

「ただし、今日の夜、十九時からだそうだ。たぶん、香川は今日、地検に単独護送されたんだろう。それで、一人だけチャチャッと調べてもらって、また浅草に戻されてきた。そのときに、こっちの話をしたんだと思う。向こうの口振りでは、香川自身が話をしてもいいと言っているから、夕食を済ませて、ちょっとしてからってことだろう。十九時からだったら、会わせてもいいと」

時間なんて、二十時でも午前零時でも構わない。

「そうですか。それは……ありがとうございます」

取調室から出て見回すと、中田と水沢も刑事部屋にいた。むろん横澤もだ。

取調べの経験や胆力といった点を考慮すれば、今回も立会いは横澤とするのが無難なように思うが、しかしあえて、ここは一度話を聞きに行っている中田を充てる、というのはどうだろう。

「中田チョウ、ちょっと」

ピクン、と跳ねるようにして、中田が席から立つ。そこからは両腕を小さく振っての駆け足。

なんでだろう。なんでこの娘はいつも、ちょっとだけフザケてしまうのだろう。

「はい、なんでしょう」

「今夜、十九時から香川に話を聞けることになった」

パカッ、と口を開けた時点で、中田が本気で驚いているのではないことが分かる。

「もしかして、私？」

「ああ。俺と君で……それが聴取の形になるのか、面会という形になるのかは分からないが、とにかく香川に話を聞きに行こう。それで……いいよな、横澤」

横澤が頷く。

「自分も、中田でいいと思います。ただ、面会ではなく、もし聴取の形にできるのでしたら、調室の外で、話を聞くことはできます。自分と水沢も、同行させてもらうことはできませんか」

こういうところだ。佐久間は横澤の、こういうところが好きなのだ。信頼もしている。

「ありがとう。じゃあ、君らも一緒に来てくれ」

しかし水沢だけは、キョトンというか、若干驚いたような顔をしている。

ひょっとして今夜、デートの予定でもあったのか。


十八時過ぎには浅草署に着いた。

実は、佐久間が志村署の前の前に勤務していたのが、この浅草署だった。だからもう、玄関を入る前から懐かしさで一杯だった。

窓口カウンターに置いてある案内板が新しくなっていたりとか、申請書類の記入台の位置が変わっていたりとか、そんな間違い探しレベルの変化はあるものの、それ以外は全く当時のまま。階段室の照明の位置とか、廊下の幅といった変わりようのない部分が、十年くらい前の気分を鮮明に蘇らせてくれる。

あの頃は、まだ詩月も小さかった。今の官舎に移る前で、部屋数も少なく、かつ狭かったので大変だった。でも家族関係は、今よりむしろ濃密だった気がする。そう、あの頃はあの頃で、けっこう楽しかった――などと、呑気な感慨に耽《ふけ》っていられたのは、刑事部屋に入るまでだった。

「失礼いたします」

中にいた数名が、一斉に佐久間たちを見る。

浅草署は、警視正が署長を務める「大規模署」に分類されるが、実際の規模は、志村署と大きくは変わらない。刑事課が独立しているわけではなく、やはり組織犯罪対策課と統合されて「刑事組織犯罪対策課」となっている。署員数も、三百名ちょっとだったのではないか。ちなみに志村署は二百七十名ほどだ。

係長席から立ち上がり、こっちに来てくれた男性と挨拶を交わす。

「お疲れさまです。強行班、担当係長のオオタです」

差し出された名刺には【警部補　太田宗一《おおたそういち》】とある。

「志村署刑組課、強行犯係の佐久間です。ご連絡、ありがとうございました」

そこにいた数名と、あとから来た宮内《みやうち》刑組課長にも挨拶をし、少し、段取りについて話し合うことになった。

空いている席に適当に座り、まずは佐久間が頭を下げる。

「急なお願いにも拘らず、こんなに早く聴取の機会を作っていただき、ありがとうございます」

太田係長が「いやいや」と、小さく扇ぐような手振りをみせる。

「こっちも、ただの傷害事件だと思って連行してみたら、警察官だって言うでしょう。調べてみると、まだ余罪もありそうだ。これは、厄介なことになったなと思ってたんですが、まさか、誤認逮捕までやらかしてるとは……そうなったら、相手もあることですから、早く対処するに越したことはないと思いまして」

実に賢明な判断だ。

「そう言っていただけると、こちらも助かります……で、具体的にはどうでしょう。調室をお借りして、聴取という形でお願いできるのか、あくまでも面会という形式に留めるのか」

それには宮内課長が頷いてくれた。

「そこはもう、聴取でいいと思いますよ。とにかく今は、警視庁としてのダメージを最小に抑えることを、考えましょう」

かくして、十九時から「事情聴取」という体裁で、香川から話を聞くことになった。

留置場から、手錠・腰縄付きで連れてこられた香川隆は、中田が「イメージ的には弁慶」と言うだけあって、がっしりとした体軀の、警察官として勤務している分には頼り甲斐のありそうな男だった。

ただ、これが暴れ出したら手が付けられなかっただろう、とも思った。

先に、香川を連れた浅草署刑組課の係員が取調室に入り、香川をパイプ椅子に座らせ、腰縄をそれに結わえる。

そうしてから、手錠を外す。

香川は、手錠のなくなった手首をしばし見て、ぽとんと、両手を腿に落とした。

佐久間は、香川の正面に陣取った。

「……初めまして。志村署刑組課強行班の、佐久間です。彼女のことは、覚えていますか」

それとなく左隣を示すと、香川はほんの小さくだが頷いた。

「中田巡査部長、でしたよね。わざわざ、滝野川まで話を聞きに来てくれたのに、悪かったね……面倒なことに巻き込んじゃって」

反省の情は、最初から示すわけか。

なら話は早い。

「こちらでは、傷害事件ということで、調べを受けていると聞きましたが、私どもが無理を言って、あなたに話を聞かせてもらいたいと、お願いしました。それをあなたが、受けると、我々に話をすると言ってくれたと、聞いてるんですが、それに間違いはありませんか」

再び、香川が頷く。

「その後、あの久和って男がどうなったかは知らなかったんですが、こうなっちまった以上、ね……聞いてます？　ソープの店員ブン殴ったの、ではない話」

そういえば、太田係長は「余罪もありそうだ」とも言っていた。

「具体的には、伺ってませんが」

「これが……出ちゃってるんで」

香川は掌を下に向け、パッと五指を開いてみせた。

何かが飛び散ったことを示すジェスチャー。それ自体は「小便」の意味だろう。ただ「出ちゃってる」というのは、小便を漏らしたということでは、おそらくない。小便に、成分として含まれていてはならないものが含まれていた、検出されてしまった、と解釈できる。

つまりは違法薬物だ。大麻か覚醒剤、その辺りだろう。

香川が続ける。

「自分がやったことについて、自分が償うのは、まあ仕方ねえと諦めもつきますが、あの、久和って教授についてはね、そんなに真面目に締め上げて、下手にゲロでもさせちまったら可哀相だなと、そうなったら俺も寝覚めが悪いなと……留置の薄っぺらい布団で寝ながら、考えていたわけですよ」

「なるほど」

そろそろ、こっちの本題について振ってみよう。

「……我々も、あの財布についてはいろいろ調べました。持ち主の、菊池創の指紋が多数出るのは当たり前ですが、しかし久和秀昭のモンは出なかった。車内を隈なく調べても、久和の窃盗を裏付けるような証拠は出てこない。一方、菊池創は行方が分からない。出入りしている出版社の編集部の人間も、連絡がとれなくて困っているという。せめて持ち主に話が聞ければ、もう少しどうにかできたと思うんだが……」

最後まで聞かず、香川が喰い付くように話し始める。

「久和は、久和はそれについて、なんて言っててんですか」

それについては正直、話したくない。

「……犯行は、否認してますよ」

「だったら、なんで釈放しねえんですか。あんなの、証拠不十分で終わりでしょう。そもそも、よくあんなんで勾留請求が通りましたね」

お前がそれを言うか。

「久和の供述は久和の供述だ。君には関係ない。君は、君のしたことについて話してくれ」

「いやいや、おかしいでしょう。あんなの、久和の前足を洗ったら、菊池の行動と重ならないことくらい立証できたでしょう。レシートだなんだって、入ってたんだから」

そこまでは手が回らなかった、とは言いたくない。それよりも、菊池に話が聞ければ大よその事情は分かるはずだった。そもそも、盗んだのか拾ったのかも分からない財布一つに、そこまで時間も手間もかけないだろう、普通は——などと思っていたら、中田がいきなり口を挟んできた。

「菊池創の行方が分かりません。何か、知っていることはありませんか」

いきなり、それ訊いちゃうんだ、という驚きもあったが、香川相手には、それでよかったようだ。

香川の、無精ヒゲに覆われた口元が照れ臭そうに捻じ曲がる。

「そりゃ、分からねえだろうな」

「なぜですか」

「中田ちゃん、すげーグイグイくるじゃん」

「あなたが殺したからですか」

おい中田、とは思ったが、言いはしなかった。

香川が、フッと笑みを漏らしたからだ。

「さすがに……殺しゃしねえよ。俺は菊池に、なんの恨みもないからね」

「じゃあ、あなたは菊池に、何をしたんですか」

「なんで俺が、菊池に何かしたと思っちゃうのかなぁ……菊池の財布を持ってたのは、久和だろ。菊池に何かした可能性があるとしたら、そりゃまず、久和の方だろうが。そうじゃねえってんなら、まずそこをさ、説明してみなよ」

珍しい。中田が真剣な表情をしている。

「あなたは九年前に、藤木優人の起こした事故を無理やり不起訴に仕立て上げている。おそらく元財務次官、藤木洋人に頼まれて。構造としては今回も同じなんじゃないですか。あなたは藤木洋人に言われて、久和秀昭を逮捕した。たぶん、久和を社会的に抹殺するのが目的だったんでしょう。具体的には、内閣官房参与の話が駄目になりさえすればよかった。だからあなたは、証拠不十分で釈放じゃないのかよ、と逆に、ヤキモキしてしまったと、そういうことではないんですか」

香川が、ぎゅっと音がするほど眉間を寄せる。

「……ほう。中田ちゃん、よくそこまで調べたね。優秀、優秀」

「ただ、分からないのは菊池創です。菊池は、ウェブメディアでの取材を通じて、久和とは面識があった。だからといって、その財布を盗むというストーリーが、私には理解できません。たとえそれが、社会的抹殺を目的とした捏《でっ》ち上げだったとしても」

　香川の、すぼまった眉間はそのままだ。

「じゃあ、それについてはまたよく調べて、分かったら確認しにおいでよ。合ってたら合ってるって言うし、違ってたら違うって言うからさ。ただ、久和はもう釈放してやってくれ。あの財布はさ、俺が菊池からふんだくって、久和の……久和の自宅が、さいたま市南区だってのは分かってた。車通勤だってのも知ってた。十七号を通るってのも調べがついてた。あとは、俺の勤務中に奴が通りかかるのを待つだけだった。なんなら、朝の出勤時でもよかったんだけどね。たまたまあのとき、あの場所になった……」

　中田が前のめりになる。

「それで」

「それで……だから、久和の車を追っ駆けてって、呼び止めて、車ん中見せてもらって、久和と斉藤がこっちを見てないときに、用意してあった財布を、なんだこりゃって言って、見つけた振りしてやりゃあ、一丁上がり……そんだけのことよ。言っとくけど、斉藤は関係ないからね。あんま苛《いじ》めないでやってくれよ」

　警察官である香川が、菊池の財布を、久和の車に仕込んだ。

　だが、それ以前にだ。

　これだけは佐久間から訊いておく。

「菊池からふんだくったっていうのは、どういうことだ」

香川は、事もなげに「ああ」と頷いた。

「菊池は菊池で、少しの間、大人しくしててもらいたかったんでね。しばらく消えてろって小遣い渡して、オメェの財布はよこせって、そんときに取り上げといた、ってことですよ。分かりましたか？」

口振りも目付きも、もはや警察官ではない。犯罪者そのものだ。

中田が「じゃあ」と喰い付くように訊く。

「菊池は今どこにいるの」

「さあね。俺も三日前までは普通に仕事してたんで。野郎のお守りしてたわけじゃないんで。どこに行ったかまでは、分かりませんね。ちょっと待ってりゃ、そのうちひょっこり、神保町の編集部にでも、顔出すんじゃねえんですか」

こいつ。思ってたより、数段とんでもない男だな。

4

時間が時間なので、香川の聴取は一時間ほどで切り上げた。

もと通り手錠を嵌《は》められ、腰縄を巻かれた香川が留置場へと戻されていく。周りを固める浅草署刑組課係員は四人。さすがに四人もいれば、もし香川が暴れ出しても逃走まではされずに済むだろう。

三都は、一団が廊下を進んでいくのをじっと見ていた。

やがて五人は突き当たりを左に曲がり、見えなくなった。

途端、隣にいた佐久間が慌てた様子で携帯電話を構える。

「こりゃ、とんでもねえことになったぞ……」

志村署刑組課にかけたのだろうが、出たのが誰かは分からない。

「……あ、もしもし佐久間です。すみま……あ、お疲れさまです。いやあの、ちょっと、困ったことになりまして」

全然「ちょっと」じゃない。

現役の自動車警ら隊員による、事件の捏造が発覚したのだ。しかも、志村署刑組課強行犯係はそれを見抜けず、久和秀昭を身柄送検。さらに勾留して調べを続けていたのだから、もはや「困ったこと」では済まされない。とんでもない大失態と言わざるを得ない。

こんなときは、どうしたらよいのか。

「……はい……はい、早急に釈放の手続きを……はい、申し訳ありません。よろしくお願いいたします」

たぶん、事の重大さからしたら署長の出番なのだろうが、少なくとも刑組課長クラスが東京地検に出向いて、とにかく事情を説明する。この夜の八時過ぎ、地検に検事がいるとは思えないが、いなければ急いで来てもらって、話を聞いてもらう。状況を把握した検事は即刻、東京地裁に駆け込んで「マズいっす」と同様の説明をするだろう。裁判官も「そりゃマズいね」と思うだろうから、「じゃあ釈放しよか」という判断に至る——さて、ここまででどれくらいの時間がかかるのだろう。通常勤務終了後に勾留を引っ繰り返した経験などないので、三都には見当も付かない。

それはそれとして、だ。

三都は、それとなく浅草署の刑事部屋を見回した。

いま残っている顔ぶれでは、やはり太田担当係長が狙い目だろう。

ススッと三都が寄っていくと、太田も「ん？」という顔で三都を見る。

「……恐れ入ります。ちょっと、確認していただきたいことがあるのですが」

当たり前だが、太田は佐久間ほど慌てふためいてはいない。

「はい、なんでしょ」

「香川警部補は逮捕時、携帯電話は持っていましたか」

「ああ、休みだったので貸与品はありませんでしたが、自前のは持ってましたよ。普通に」

「それは、こちらで押収している？」

「もちろん」

「通話履歴の照会なんかは」

太田が、ふにゃっと困り顔をしてみせる。

「こっちはまだ、ソープで暴れた件を調べてる段階ですから。まあ、尿が引っ掛かってるんでね、いずれはその入手ルートも調べなければならないでしょうから、その際に、照会も必要になってくるとは思いますが……」

要はまだやってないし、照会するにしても、そりゃ俺たちの役目じゃねえよ、薬物銃器対策係が再逮捕後にやるだろうよ、ということか。

「ではその、通話履歴の照会をされたら、こちらにもその情報、いただけますか。もちろん、こちらも正式な手続きはいたしますけれども」

「はい。ではそのように、担当者には伝えておきます」

他に何か、頼んでおいた方がよさげなことはなかっただろうか。


浅草署を出た瞬間は、むわっと湿気が襲ってくるような感覚もあったが、ものの数秒で慣れた。

いつも涼しげな顔をしている、水沢が携帯電話を弄り始める。

「どうしましょうか。着くのは少し遅くなるかもしれないですけど、バスで池袋まで行っちゃった方が、楽は楽だと思うんですよ」

楽な方がいい。絶対にいい。

佐久間が深く溜め息をつく。

「……到着時間、どんくらい変わるの」

「渋滞がなくても、十分ちょっとは遅くなると思います」

「あっそう……いいじゃない、十分ちょっとしか変わんないんなら。バスにしよう。なんか俺……疲れたよ、今日は」

ぜひ、そうしましょう。

まさに「浅草警察署前」という停留所から乗り込み、最後尾とその一つ手前のシートを確保した。

三都と水沢、その後ろに佐久間と横澤。乗車率は五分の一程度。そのほとんどは前の方に座っている。これなら話をしても差し支えないと思ったのだろう。

またしても、佐久間が深く溜め息をつく。

「そもそもよ……やってないんだったら、久和自身が、それを訴えるべきだったんじゃないの」

横澤が「ええ」と低く同意を示す。

「まあ、そうなんですけど……でも久和、最初から、公務員は信用しないって言ってたじゃないですか。警察官を含む、全ての公務員を……その理由を説明するまでのプロセスが、あの財務省批判だったわけでしょう。しょうがない……って言っちゃうと、なんか違う気もしますけど、でも、やっぱり仕方なかったと思いますよ」

やっぱりね。やっぱり、冷房の利いてる乗り物って最高。汗だくになって外を歩いてる人たちには申し訳ないけど、これで池袋まで行けちゃうなんて、ほんと夢みたい。あとはここに、冷たい缶ビールとチーズ蒲鉾でもあったら言うことなし。

佐久間が小さく唸る。

「でもなあ……無実の人間を、何日だ……今日で八日か。仕方なかったじゃ、通らねえよ……久和、怒ってんだろうな」

「怒るんだったら、とっくに怒ってんじゃないですか。そもそも、久和には覚えのない話だったんですから」

「まあ、そうかもしんないけどさ……」

しっかし。何をグチグチ言ってるんだ、こいつらは。

池袋から埼京線に乗り、志村署に着いた時点で、もう二十二時を五分ほど過ぎていた。

「お疲れさまです。遅くなり……」

なんと、刑事部屋の奥。窓際にある応接セットに、久和が座っている。逮捕時に着用していたと思われる、明るいグレーのスーツに着替えて。

しかも、たった一人で。

辺りに辻本課長の姿はない。まだ地検から戻ってないのかもしれない。でも、平中統括は自分の席にいる。

あんたね、久和先生にはご迷惑おかけしたんだから、麦茶出して終わりじゃなくて、話し相手くらいしなさいよ、とは思ったが、最初はしてたのかも、と思い直した。最初は相手をしようとしたのだけど、久和が全然喋んないから、自分の席に戻ったとか、そういうことかもしれない。

三都たちの輪から、ツカツカッ、と佐久間が進み出ていく。

久和の前まで行き、十五度の敬礼よりもっと深く、三十度くらいの前傾姿勢をとる。

「……久和さん。このたびは、大変なご迷惑を、おかけしました。申し訳ありませんでした」

三都からしてみたら、えっ、と思うくらいいさぎよ過ぎる謝罪だった。今ここで、そんなに謝っちゃっていいの、あとで訴えられて泥沼になったりしないの、という懸念の方が先に立つ。

座ったまま、無表情で佐久間を見上げていた久和は、自らの両膝を押すようにして立ち上がった。

こうやって見ると、久和ってけっこう背が高い。

「……佐久間さん、やめてください」

そう言われて、すぐに面を上げる佐久間ではない。

「いや、しかし……」

「本当に、困りますから。佐久間さんは、私に謝らなければならないことなんて、何一つしていないではありませんか。どうか、そのようなことはなさらずに」

ようやく佐久間が姿勢を戻す。それでも直立不動の「気をつけ」ではある。

久和が頷く。

「私は……最初に、ありとあらゆる公務員を信用しない、と申し上げました。もうお分かりかもしれませんが、その根底にあるのは財務省への不信感です。それは同時に、国内のあらゆる官公庁の情報を一手に掌握可能な、財務省の情報収集能力に対する恐怖感でもあります。あるいは、財務省に首根っこを押さえられたら、どんな無理難題も易々と聞き入れてしまう、全公務員に対する嫌悪感でもありました。現に、私のこれは誤認逮捕だったわけですよね？」

誤認逮捕というよりは、事件の捏造と言った方が正しい。

佐久間の反応も、なんとも煮えきらない。

「いや、誤認、と申しますか……」

「もう少し厳しく言えば、不当逮捕だった。でもそれは私自身、承知の上でした。承知の上で、これで死刑になることはないだろうからと、持久戦を覚悟しました。もとはと言えば、私の財務省に対する発言や姿勢が原因だったのでしょうから、自業自得とまでは思いませんが、自分で蒔《ま》いた種であるのは、おそらく間違いない。それよりも、意外だったのは……佐久間さん、あなたです」

久和が、佐久間の目を覗き込む。

「……あなたは、事件についてはほとんど尋ねず、私の屁理屈に全面的に乗っかり、私の一方的な経済談義に、根気よく耳を傾けてくださいました。正直、最初は拍子抜けしました。この人、大丈夫かなと思いました。佐久間さんにとっての私は、あくまでも窃盗犯です。ひょっとしたら、暴力で金品を奪った強盗犯かもしれない。それなのに、あなたは私の話を黙って聞き続けた。なんとか理解しようとし、実際、大半は理解してくださったことと思います。プールに水を足すという、あの話……あれの答えに行き着いたときのあなたは、とてもいい顔をしていらっしゃいましたよ。自分の足で登った山の、その頂点からの眺めを堪能するかのように、晴れ晴れとしたお顔をされていました」

ちょっと待て。

この二人、一体なんの話をしているんだ。事件の捏造による不当逮捕はどこに行った。

まだ久和は続ける。

「一つだけ、私は訂正しなければなりません。私は……ありとあらゆる公務員を信用しない、と申し上げましたが、今は変わりました。今は……佐久間龍平という、警視庁の警部補だけは、信用しています。あなたのような人がいるのだから、ちゃんと探せば、信用できる公務員は、他にもまだいるのかもしれないと思いました。あらゆる公務員を信用しない、というのは少々行き過ぎだと思うようになりました。その点は、私からお詫び申し上げます」

やだ。佐久間係長、泣いてる。

「久和さん……」

「でも、気をつけてください。あなたのように素直な方を懐柔し、思い通りに操る方法も、財務省は持っています。躊躇《ちゅうちょ》なく使ってきます。少しでもそういう気配を感じたら、思い出してください。私が佐久間さんにお話しした、財務省の魂胆や目論見、嘘を嘘と知りながら、国民を騙すためにその出鱈目《でたらめ》を言い続ける、彼らの性根の悪さを」

佐久間が、クッと視線を上げる。

「でも久和さん、私はまだ、財務省の本当の企みがなんなのか、分かっていません。彼らがなぜ、国民を騙してまで財政法第四条を守ろうとするのか、そのロジックが理解できていない」

なに「ロジック」って、とは思ったが、当の佐久間は大真面目だ。下手をしたら、久和に縋《すが》り付きそうな勢いだ。

対する久和は、逆にちょっとニヤついているようにすら見える。

「では、佐久間さんに一つ、ヒントを出しておきましょう」

しかも、この期に及んでクイズごっこか。

ところが佐久間も、それを受け入れるかの如く頷く。

「……はい。お願いします」

「いいですか、佐久間さん。テンクウのシロに、田んぼはないんですよ」

テンクウのシロ、って「天空の城」？

え、ラピュタ？

十四日金曜日。

今日は水沢が休み。とはいえ、もう久和の件は終わってしまったので、特に水沢とペアで動かなければならない案件も、今のところはない。

しかしアレ、最終的にはどの辺りに落ち着くのだろう。

久和は無実だった。それはいい。でも、久和の車に菊池創の財布があったのは事実。それは香川が仕込んだものなのだけど、志村署にその財布があることに変わりはない。

これって、久和の車の中で「見つかった」拾得物になるのか？　いやいや、香川が「ふんだくった」と供述している以上、強盗事件の被害品とするべきだろう。

ただ香川の調べは、今すぐにはできない。浅草署が、風俗店での傷害事件と薬物使用についての捜査を終えてからでなければ、志村署は香川逮捕に動けない。

ちなみに、逮捕状には有効期限がある。通常は七日間だ。ということは、今後は浅草署の捜査がいつ終わるかが重要になってくる。こっちが早々と裁判所に逮捕状を請求、取得したところで、浅草署が「まだ余罪があるので再々逮捕します」となったら、こっちの逮捕状は期限切れ、裁判所まで返しに行かなければならなくなる。

「あーあ……めんどクサ」

思わず口に出してしまったが、幸い誰にも聞かれていなかった。佐久間は席を外しており、横澤は今コピー機の前にいる。相変わらずケツはデカい。その他の課員にも、三都に注意を払っている者はいない。

あと香川の件って、当面の間、浅草署にご機嫌伺いの電話とかしなきゃいけないケースなのだろうか。それって誰の役目なんだろう。自分か？　佐久間か？　佐久間がやってくれると、いいんだけど。

三都は、慣れてくると色々忘れてしまうタイプなので、病院に行って、処方箋で出してもらった薬とかも、最後まで飲みきった例《ためし》がない。いつも最後の方は飲み忘れ、二日分とか三日分は残してしまう。そのときは、いつか飲むかもしれないからと取っておくが、次に同じような症状が出たときにはその存在を忘れているので、結局、残した薬は溜まっていく一方だ。

たぶん、香川のことも忘れる。毎日電話したら向こうだってウザいだろうから、三日に一回くらいのペースがいいと思う。でもこっちだって当番とかあるし、実際今週、三都は日曜が当番、月曜非番で火曜が休みだから、ちょうどいいのは水曜日。さすがにこの一回は忘れないと思うけど、その次は早くも自信がない。それ以前に、当番日に何か事件を引いちゃって、それで忙しくなったら絶対思い出さないと思う。

やっぱ佐久間係長に、責任持ってやってもらった方がいいかな。

翌、十五日の土曜日。

三都は休みだったので、とりあえず溜まっている洗濯物を片づけ始めた。

「……うーわ、このパンツ、もう破けてんじゃん……やっぱ、可愛くても安モンはダメだな」

土曜で休みなんだから、たまには晴樹の相手でもしてやろうかとメッセージを送ってみたら、【展示即売会の準備で休日出勤】との返信があった。舐めてるな、と思った。

じゃあ、今日は昼も夜も一人だ。どうせだったら、何か手の込んだ料理でも作るか。餃子とか、ハンバーグとか。そんなの手が込んでるって言わないか。でも結局、面倒臭いからお店に食べに行っちゃうんだよな。その方が美味しいし、気分転換にもなるし。

実際、そうしてしまった。昼は生パスタが美味しいイタリアンのお店に行って、メニューに載ってるチーズフォカッチャの写真を見た瞬間にワインを飲もうと決心し、結局、赤、白、赤、白、赤、と五杯も飲んでしまった。

なので、帰宅した時点でかなりいい気分になっていた。

電話がかかってきたのは、そんなときだ。

「なによ……やっぱり私と、ご飯食べたいんでしょ。可愛いわね」

違った。晴樹じゃない。志村署の代表番号からだ。

今日は佐久間も横澤も休み。あと、かけてくるとしたら誰だ。課長と統括も、確か休みじゃなかったっけ。その他の係員だと、誰が出てるんだっけ。水沢は当番だから、わざわざ電話してくるほど暇ではないはずだし。

「はい、もしもし」

『あ、お休みのところすみません、水沢です』

暇か、こいつ。

「ああ、お疲れ。なに」

『いや、別に、そんなに緊急な話でもないんですけど、でもちょっと、驚いちゃったもんで』

「へえ、マジで。そりゃビックリだわ」

『とりあえず真面目に話聞いてもらっていいですか』

水沢にはもう少し、冗談を冗談として受け入れる懐の深さが必要だと思う。

「はいはい、お伺いしますわよ、真面目に。それって一体、どんなご用件なのかしら。ドキドキするわ」

『フジキユウトが死にました』

「……」

ちょっと、瞬時には漢字変換が追い付かず、よって事態の把握にも三秒ほどかかってしまった。

フジキユウト。つまり藤木優人。

藤木優人が、死んだ？

一気に、酔いが醒めた気がした。

「えっ……ちょっと、なにそれ。誰かに殺されたの？」

『いえ、それ自体は純然たる事故死のようです。西多摩の奥多摩町、タンザブロウって分かります？』

「分かんない」

『けっこうな山ん中みたいなんですが、そのタンザブロウで、山道から転落したようです』

事故死、だよね。

「山道から、車ごと転落したってこと？」

『だと思います。まだそんなに詳しいことは分からないんですけど、第一報は交通事故ってことで入ってきたんで、そういうことだと思います』

気になる言い方するじゃないの。

「第二報は、続報は、なんて」

『その、事故車両のトランクから、身元不明の死体が出てきたんです』

「ンエエェェーッ」

それは確かに、驚いちゃっても仕方ない。

「どど、どういうことそれ」

『まだ何も分かってないんですけど、朝の時点では、普通に転落事故がありました、死者一名です、みたいな話だったんです。でも自分が、出店荒しを一件処理して戻ってきたら、今朝の事故車両、トランクから死体が出たらしいぞ、って話になってて』

出店荒し。営業時間外の店舗に侵入し、金品を盗み出す手口の窃盗事件。

それはまあ、いいとして。

「うん、そんでそんで」

『そしたら、その運転してた奴が殺したんじゃないか、って話になるじゃないですか。で……まあ、死亡はしちゃってますけど、運転してたのは藤木優人、四十一歳と判明、車両も自身が所有するものであることが確認された、みたいな』

三都が知っているだけでも、藤木優人は過去に二度の交通事故を起こしている。しかも一度目は老人を死亡させている。これを「三度目の正直」などと言ったら不謹慎が過ぎるだろうが、でも三回目でいよいよ、自身が死亡する破目になってしまったわけだ。

死ぬほど運転が下手だったんだな、と改めて思う。

「ねえねえ、その死体ってのはさ、トランクに押し込められてて、優人が事故ったから、トランクの中で死んじゃったの？　それとも、もともと死んでて、それをトランクに詰めて運んでる途中で事故っちゃったから、発覚しちゃったってことなの？」

『分かんないですけど、でもたぶん、もともと死んでたんだと思います。っていうか、自分はそうだと思い込んでました』

「なんで」

『なんか、誰かがそう言ってた……ような気が』

「誰かって誰よ」

『分かんないですよ。でもとにかく、夕方のニュースには出ると思うんで、ちゃんと見といてください』

「うん、分かった。ありがと、知らせてくれて」

電話の最後にお礼を言うと好感度が上がる、という説を、三都は信じている。

5

そのとき私は、大臣官房文書課の課長席にいた。

ごく普通の執務室、大部屋の奥にあるデスクだ。

そこに何者かが、一種異様な圧力を伴って入ってきた。

知らない顔だった。背はわりと高い。百八十センチ以上あるかもしれない。ただ痩せ型なので、大きいというよりは細い印象だった。そんな男が、姿勢をやや前のめりにして向かってくる。

誰に用だろうと思っていたら、なんと、私だった。

「……失礼いたします。主税局調査課の、久和秀昭です」

首の後ろに、バチッと強めの静電気を喰らった気分だった。

こいつか。こいつが、久和秀昭か。

だが、なぜ久和の方から私を訪ねてきたのかは分からない。

「ああ、あなたが、久和くん……何か、ご用ですか」

「河島課長に、谷口課長をお訪ねするよう申し付かりましたので」

あいつか。河島の差し金か。

「ほう、河島課長が……さて、なんの件だろう」

「谷口課長が私にお話があるようだと、河島課長からは聞いております。お心当たりはありませんか」

「うん、なんだろう……そういうことを河島課長に頼んだ覚えは、私にはないんだが」

「そうですか。以前、私が河島課長にしたのはどんな話か、谷口課長は大変興味を持っておられるようだと聞いております。そのお話でよければ、今ここで……」

瞬時に、あのときの河島の台詞が脳裏をよぎった。

そんな、二度も三度も……大勢の部下の前で、恥を掻かされるのは真っ平ご免なんですよ——。

思わず、私は立ち上がっていた。

「いや、こんなところではなんだから、場所を変えよう……上原《うえはら》くん、どこでもいいから、部屋を用意して」

「はい」

一番小さな会議室を部下に開けさせ、そこに二人で入った。

隣ではどこかの課が会議をやっている。ここで、下手に怒鳴り合いみたいになるのはマズい。できるだけ穏便に済ませたい。

「まあ、座りなさい」

「課長、お先にどうぞ」

「……ああ」

一つ頷いてから椅子を引き、そこに座った。

なぜ私は、久和を先に座らせようとなどしたのだろう。背か。背が高い久和を立たせたまま、先に私が座ると、数秒ではあろうが、久和に見下ろされることになると思ったからか。

「ロ」の字に組んだ会議テーブル。

その角を挟むように、久和も座る。

すると、いきなりだった。

「……『ワニの口』なんて出鱈目だと、そう私がインターネットに書いたことが、そんなにお気に召しませんか」

目つきや表情で威嚇してくるタイプではないようだが、それでも、苛立ちのようなものは声音から充分に感じとれた。

「いや、気に召すとか召さないとか、そういう問題ではないだろう」

「気持ちの問題ではないとしたら、ではなんなんです。まさか、私がネットに書いたことに、間違いがあるとでも仰りたいのですか」

まさか、ときたか。これはまた、たいそうな自信家だ。

「つまり、君が書いたことには、万に一つの間違いもないと?」

「はい、ありません」

「しかし君だって、プライマリーバランスが赤字のままでいいなどとは、思わないだろう」

久和は、口以外はほとんど動かさない。

まるで、腹話術人形のような喋り方をする。

「大変申し訳ありませんが、私はプライマリーバランスが赤字か黒字かなんぞに興味はありませんので、そもそもインターネットを含むあらゆる媒体に書いたこともありませんし、発言したこともございません。もし私がそのような発言及び発信をしたと仰るなら、その証拠を今すぐこの場にご提示いただきたい」

なかなか、厄介なタイプだ。

こういうときはまず、相手の土俵に上がらないよう心掛けることが肝要だ。

「ほう。では、プライマリーバランスの赤字を解消し、黒字化を目指すこと自体には、君も反対しないというわけだね」

「結果として黒字化することに問題はないと考えますが、そのために歳出を削れるだけ削り、それでも黒字化しないのなら増税もやむなし、という考え方には賛同しかねます。国の歳出は税収のみで賄うべき、などと言うのは、馬鹿か詐欺師か税金泥棒です」

カッ、と一瞬、顔の内側が熱くなったが、まだ大丈夫だった。

「それはまた、どういう了見だね……我が省は旧大蔵省の時代から、表現こそ違えど、国の歳出は税収で賄うべしと、その方針は一貫している。よって君の見地からすると、大蔵省時代のOB

も引っくるめて、財務省関係者は、馬鹿か詐欺師か税金泥棒ということになってしまうが、そういう解釈で構わんかね」

「はい、構いません」

この野郎、何様のつもりだ。

むろん、ここで私が引くわけにはいかない。

「君、それはいくらなんでも失礼だし、乱暴だろう。君だって、曲がりなりにも財務省の人間であることに変わりはないんだから」

「はい。そもそもそれが間違いだったと、今は思っています……いえ、一時期まではそう思っていた、でも今は変わってきた、と言うべきかもしれません。もし私が経産省や外務省に入っていたら、ここまで財務省の内情を知ることはなかったでしょう。ここまで、財務官僚が経済に疎《うと》いとは想定外でしたし、増税増税と、馬鹿の一つ覚えで喚き散らすだけの能無し揃いだと知ることもなかったと思います。それを知ることができたという点では、私が財務省に入った意味もあったのかな、と思っています。今は」

怖いものなし、ということか。

「経済に疎い、か……そこまで言うのなら、ぜひ聞かせてもらおう。君は歳出を削り、増税を進める以外の方法で、どうやってこの、借金大国である日本の歳費を賄おうと言うんだね」

「国債があるじゃないですか」

「国債は君、将来世代に重い負担を強いる借金だよ」

「借金をするのは政府であり、国民ではありません」

「政府は国民のもの。同じことだよ」

「いいえ。政府も官公庁も、国民に『税』という決済方法で雇われた公共サービス業者に過ぎません。言うまでもありませんが、国家というのは国民と領域と主権です。立法は国会が、徴税は官公庁が、国民の負託を受けて代行しているだけで、政府や官公庁に主権があるわけではありません。主権は、在民です」

　我々が、公共サービス業者——。

「……そんなことは、君に、言われなくても……分かっている」

「そうでしょうか。私には、とてもお分かりのようには見受けられませんが」

「だとしても……財政法第四条がある限り、赤字国債で税収不足を補うようなことは、罷《まか》りならん」

「罷り、通ってますけどね、実際には」

「だから、それが借金だと言っているんだ。まもなくそれが、一千兆円に達しようとしているんだぞ」

「達すればいいじゃないですか」

「話にならんな。借金をしっ放しで何がいいんだ。このままでは、我が国は破綻してしまうんだぞ」

「そうは仰いますが、なんの目的もないのに、ただ借金をする馬鹿はいないでしょう」

　この男の発する「馬鹿」という言葉は、妙に腹に響く。

　ダメージが、蓄積していく。

「……それは、何かしらは、あるだろう」

「はい、必ずあります。企業なら設備投資かもしれない。それを国家レベルで言ったら『建設国債』ということになるのでしょう。建設国債なら、財務省的感覚からいっても、まだいい。財政法第四条でも容認されている。でも広告代理店を入れて、大々的に宣伝をする、そのための資金を銀行から調達するのは、設備投資とは言えない、NGだ。あるいは、今までにない規模のイベントを企画し、そのためにはスタッフを増員しなければならない、莫大な会場使用料も必要になる、それも設備投資とは言えない、国で言ったら『赤字国債』だ、それは断じて罷りならん……と、行政のなんたるかを知り尽くした財務官僚の皆さまは、お考えになるわけですよね？」

　おかしなたとえ話で、この私を煙に巻くつもりか。

「国と企業の借金は違う」

「はい、その通りです。では、国がする借金と、国民一人ひとりがする借金も、同じではありませんね」

　クソ、そういう引っ掛けか。

「下らん。そんな言葉遊びに付き合っている暇はない」

「これが言葉遊びかどうか、では国民に聞いてもらって、判断してもらいましょうか」

　録音しているのか、と思ったが、久和がレコーダーの類を提示する様子はない。

「……国民に、聞いてもらうとは、どういうことだ」

「財務省大臣官房の文書課長さんは、国と企業の借金は違うと言ったその口で、しかし国と国民の借金は一緒だ、国の借金は必ず国民に肩代わりさせる、孫子の代までかかろうと、必ず耳を揃えて返済させる、と言っています……とでも、またネットにお書きしましょうか。今度は、谷口康三《こうぞう》課長の実名入りで」

この男、狙いはなんだ。

国家と、国民の分断か。

「そんなことをして、タダで済むと思うのか」

「今度は恐喝ですか。いいでしょう。でも少しは頭を使って、ご自身で考えてみたらいかがです。考えて、今より少しはマシな答えを捻り出してみたらいかがです。よろしいですか、話を少し戻しますよ……国の借金も国民の借金も同じだと言うならば、一般国民はなんのために借金をするのか、ということですよ。一番大きいのは、おそらく住宅の購入でしょう。次は自動車でしょうか。教育費も、私立の一貫校にでも通わせようものなら、ひと財産必要になるでしょう。しかしいずれの場合も、借金の代わりに得られるものがある。一般国民は借金によって、住宅を得、自家用車を得、子供に学力と学歴を与えることができます」

久和がひと呼吸置く。

じっと、私の目を覗き込む。

「……なんだね」

「何か、言えることはありませんか」

「何を」

「私は今、考える時間を差し上げているつもりなのですが。何か、仰れることはありませんか」

「君、少しは言葉を慎んだらどうだ」

「ご無礼な点がございましたら、のちほど文書にてご抗議ください。是々非々で対応させていただきます。ですので、今はお答えください。国民が借金をして、住宅を得るように、自動車を得るように、学歴を得るように……国は借金をして、何を得るのですか」

馬鹿馬鹿しい。

「だから、歳費を賄うのに税収だけでは足らないから」

「借金のための借金だと仰るんですか」

「事実、そうだろう」

「建設国債と赤字国債は別物だとしながら、結局は借金のための借金ですか……いやいや、おかしいでしょう、それは。仮に私の認識が間違っていて、財務官僚というのは経済にも充分精通しているのだとすれば、『バランスシート』くらいは当然ご存じのはずですよね。釈迦に説法だとは思いますが、念のために申し上げておきますと、日本語では『貸借対照表』と言う、右に負債の部があり、左に資産の部がある、あれです。先の例で言えば、資産として住宅や自動車の、その時点での評価価格が記載されることになる……別に大学で経済なんぞを専攻しなくても、これくらい、ちょっと簿記の勉強をすれば分かることですし、株式会社であれば、決算時に必ず作成して税務署に提出しています。そんな初歩的なものが、ですよ。国家レベルでは存在しないなんてことは、絶対にあってはならないわけで……もちろん、それは存在している。ところがそれを、財務省はマスコミに、決して積極的には公表しませんよね」

左の、資産——。

「マスコミもマスコミです。経済部の記者といったって、別に経済の専門家がなるわけではありませんから、貸借対照表をただ渡されたところで、意味が読み取れないから記事にできない。仮に説明されたところで、そこに巧妙に隠された意図を見抜く能力はありませんから、結局、財務省の言い分をそのまま垂れ流すしかない。結果、国が借金をしてどんな資産を得たかなんて、国民には全く伝わらない。そういう構造が、いつのまにか出来上がっている」

なんだ。なぜ、私の顔を、そんなに見る。

「……どうしました。さっきから、相槌も打っていただいておりませんが」

私は、私はなぜ、こんなところにいるのだ。

久和が、スッと背筋を伸ばす。

「私だったら……政府は借金をして、お金を刷って、鼠小僧よろしく国民に配ってくれている、と説明しますね。事実そうでしょう。日銀が国債を直接引き受けなくても、借換えで最終的には日銀保有というところに行き着く。日銀は『円』を刷ってその支払いに充てる。要は、国債とは政府が日銀に出す、『円を刷れ』という命令書であり、政府は、その額面だけ刷られた『円』を手にすることができる。国債という借金で、政府は大量の現金を得る。そしてそれを、国民に……『ばら撒き』などと言うから、何か政府が無策で無茶な大盤振る舞いをしているように思われがちですが、それだって、野党が政府を批判するとき便利なように、財務省が教えてやった『テクニカルターム』でしょう……別に『テクニカル』でもないですか。ただの、子供じみた『悪口』ですかね」

違う。私は、私はただ、国民に嵌められた、見えない「首木」を――。

「ただし、財務省は国債が大嫌いだ。税収だけが正しい財源だ、国債なんて汚いモノに手を出してはいけない、税収だけで歳出を賄い、プライマリーバランスを黒字化するのだ……と、尤《もっと》もらしく言ってはいますが、本音は違いますよね」

何を言う。違うのは、お前だ。

財務省は、いや私は、将来にわたって国民を縛り続ける、国債という名の「首木」を――。

「国債は、政府と日銀とがやり取りして財源を生み出す『装置』。片や税は、財務省が国民に課し、財務省が国民から取り立てる、いわば財務省が財源を牛耳るための『装置』。そりゃ、国債なんて便利なものを出すのが当たり前になってしまったら、財務省は困りますよね。自分たちの裁量で使える、『税収』というお金が減ってしまうんですから。政府と日銀で勝手に財源を作られてしまったら、財務省の出番なんてなくなってしまう。今までみたいに、大きな顔はしていられなくなる」

税は、財務省が、財源を牛耳るための、装置――。

「だから、デフレに陥ろうがGDPで中国に抜かれようが知ったことではない。とにかく増税して、国民から搾り取れるだけ搾り取る。財務省はそれしか考えない……ある良心的な弁護士さんが、こんなことを言っていましたよ。なぜ財務省は、国民を苦しめ、経済を萎縮させ、国益を削ぐような増税ばかりするのか。いろいろ考えたけれど、思い当たるのはこれしかない……財務省は役所だから、景気がよくなっても給料が上がるわけではない。でも民間企業は景気次第で給料が上がる。そのいい例が……」

税が、そんな、財源を牛耳るための、装置だなんて。

「バブル期だと。あの頃、民間にはジャブジャブと金が溢れた。給料も狂ったように上がり、日本中が好景気に沸き返った。一方で、公務員になんてなるのは馬鹿だと言われた。公務員なんて儲からない、行くなら証券だ、いや商社だと……しかしバブルが弾けると、多くの若者は安定を求め、公務員を志望するようになった」

そんな馬鹿な。違う、違う違う違う。

「このときの体験が、財務官僚にトラウマを植え付けたのではないか、とその弁護士さんは言っていました……好景気になると、公務員は馬鹿にされる、肩身の狭い思いをする、世間から見向きもされなくなる。でも景気が悪ければ、公務員は持て囃《はや》される。高級官僚になるような、東大出のエリートはやっぱり偉い、不況にも強い、なるならやっぱり公務員だ、と我が世の春を謳歌できる。だから、財務省は景気が悪くなるような政策ばかり後押しし、増税に次ぐ増税で、国内経済を疲弊させようとしているのではないか、と」

嘘だ、嘘だ。

「……大変興味深い考察ですが、さすがに私は、それはないと思いました。財務官僚は、そんなにナイーヴではない。もっと意地汚くて、恥知らずで、悪辣《あくらつ》で、性根《ね》が捩じ曲がった上に腐っています。私が思うに、財務省が、国内経済を犠牲にしてでも増税に次ぐ増税をし続けたい理由は、たった一つです」

やめてくれ。

もう、やめて——。

その日の夕方に、河島から内線で連絡があった。

『少し、話せませんか』

オークラで飯でも、と言われたが、とてもそんな気力はなかったので、コーヒー一杯でよければ、と答えた。

それでも、待ち合わせはホテル・オークラのラウンジだった。

「すみません、お忙しいところ」

私の、萎《しぼ》んだ様子を見て満足したのか、それとも憐《あわ》れに思ったのか。河島は、久和と何を話したかについては一切触れず、まるで独り言のように、私に言って聞かせた。

「奴とは、だいぶやり合いましたけどね……全然、歯が立ちませんでした。そのうち、独学ですけど、マクロ経済なんかも、勉強し始めましてね。たまたま読み始めた本の著者が、私の、知り合いのいる大学の教授だったもので、無理を言って、紹介してもらって、話を聞きに行ったんです……これが、久和の言ってることと、ほとんど同じなんですよ。笑っちゃいましたね……ああ、こういう人たちに、財務省ってのは、そんなふうに見えてたのか、そうか、恥ずかしいなって……思うように、なってしまいましてね」

私が頼んだのはブレンドコーヒーだったが、河島は赤ワインを飲んでいた。

それが、とても美味しそうに見えたのを、今も覚えている。

「……今年度いっぱいで、財務省を辞めようと思ってます。いま辞めないと、私は……自分で自分のことが、赦せなくなってしまいそうで。もう、限界なんですよ。幸い、その紹介してもらった教授が、いい仕事があるから、やってみないかって、誘ってくれまして。とある議員の、秘書なんですけど……それをやりながら、政策担当秘書の資格でも取ろうか、なんて考えてます。ウチはほら、子供がいないですし。嫁も、普通に働いてますから。いいんじゃない、やってみれば、なんて……おい、そんなに軽くＯＫすんなよ、ちょっとは心配しろよ、止めるなら今だぞ……なんて、逆にこっちが、焦っちゃったりしてね。もう、あとには引けないぞ、みたいな」

そうか。

それは、寂しくなるな。

その後、私が久和と話をすることはなかった。

省内で、久和を敵視する声は次第に高まっていき、私もそれに同調するよう、あちこちから求められた。

私はそれらに対して、なんら明確な答えは示さなかった。私が直接何かしなくても、この問題はいずれ落ち着くべきところに落ち着くだろう。そう思っていた。

果たして、その通りになった。

私が、主計局次長になった翌年、久和は財務省を去った。最後は、主税局総務課主税企画官だった。退職後は民間のシンクタンクに再就職するらしいと耳にした。久和らしいと思った。

あの日、私は「最後に一つ」と断わって、久和に質問した。

「なぜ君は、そこまで財務省を憎むんだ」

久和は眉一つ動かさずに答えた。

「私は、財務省を憎んでなどいません。私が憎んでいるのは、世に在るあらゆる『矛盾』です。

私は、非論理的なもの、道理に合わないものが大嫌いです。そういった意味では、国民が国を思うのは当たり前であり、論ずるまでもなく論理的であり、合理的です。逆に、官公庁が国益を削ぐような真似をすることは全く道理に合いません。そんな組織は即刻解体すべきです。ですから、財務省を解体します。私一人では無理でも、志を同じくする者を探して、必ずやります。省内で難しければ、外部の人間と連携します。私の代でできなければ、次の世代に託します。さすがに、次世代の人たちはやってくれるでしょう。これまでは大蔵省、財務省の邪悪な実態が知られていなかったというだけで、国民が知るところとなれば、さすがに看過はされないはずです。そこまで日本人は、馬鹿でもお人好しでもないと、私は信じています」

だと、いいがな。

第五章

1

休みだったが、夕方、水沢から電話があった。

『一応、佐久間係長のお耳には、入れておいた方がいいと思いまして』

十五日土曜日の未明。藤木優人の運転する車両が、西多摩郡奥多摩町丹三郎の山道で転落事故を起こした。発見されたのは、同日の午前六時半頃。このとき藤木優人はすでに死亡。当初は単なる事故と見られていたが、引き上げた車両を検分すると、トランクから死体が出てきた。

この時点で分かったのは、藤木優人が事故を起こした車には死体も乗っていた、ということだけだ。久和のようなケースもある。藤木優人がその人物の「死」に関わったかどうかは、分からない。藤木優人自身は何も知らなかった、誰かに死体を仕込まれ、その車を運転していたら事故に遭ってしまった。そういうことだってあり得る。

事故現場が西多摩郡奥多摩町なら、管轄は青梅《おうめ》警察署だ。発見された死体の死因が他殺と断定されれば、同署に殺人事件の特別捜査本部が設置される。だが殺害したのが藤木優人だと分かれば、被疑者死亡による不起訴、その段階で本部捜査は収束に向かう。逆に犯人は別にいるとなれば、当たり前だが捜査はその逮捕に向けて継続される。

そもそも発見された死体とは、一体誰なのだろう。

事故は十五日未明。金曜から土曜にかけての深夜、藤木優人は誰の亡骸と共に、奥多摩の山中をドライブしていたのだろう。

佐久間はダイニングにいる妻、優香に声をかけた。

「あの、さ……」

優香はさっきから、携帯電話で何やら熱心に調べものをしている。暇潰しのオモシロ動画を見ているときとの違いは、主に眉間に現われる。今現在、そこにはかなり深い皺が刻まれている。

「ん……なに」

「明日、なんだけどさ」

「うん。ホームセンターね」

新しい衣装ケースが欲しい、と言ったのは佐久間だ。

「それ、なんだけどさ……また今度で、いいかな、なんて」

優香が携帯電話から目を上げる。

「なんで。来週は私、土日休めないし。あなたの平日の休みとは合わせられないって言ったじゃない」

「うん。だから、もうしばらく、あれで我慢する」

「じゃなくて、なんでって私は訊いてるんでしょ。なんで明日ホームセンターに行くのを延期したいのか、休日にホームセンターに行くのを取り止めて、あなたは明日の日曜、何をしたいのかってことを訊いてるんでしょ」

こ、怖い。

「いや、その……ちょっと、事件が」

「でしょ。事件が起こったから急に出なきゃならなくなったんでしょ。そうならそうと最初からはっきり言ってよ。分かりました。どうぞ行ってらしてください。受傷事故にはくれぐれもお気をつけて」

なんで最後だけ、急に警察っぽい言い回しにするんだよ。

翌十六日、日曜日。

いわゆる「役所」としての警察署は休みだが、治安維持に関する部署は二十四時間、年中無休で稼働している。

佐久間が十時半頃に登庁すると、本署当番に当たっていた中田と、当番の明けた水沢が刑事部屋にいた。

「あ、佐久間係長」

気づいた中田が椅子から腰を浮かせたが、ほぼ同時に電話が鳴り、中田はそっちを優先させた。

「……はい、刑組課強行犯係の中田です」

代わりに、水沢が会釈しながらこっちに来る。

「お疲れさまです……どうしたんですか。今日、お休みですよね」

「うん。なんか、例の件が気になっちゃってさ」

そう言うと、水沢は申し訳なさそうに頭を下げた。

「すみません。なんか、自分が余計な電話を……」

「いや、知らせてくれてよかったよ。その後、なんか情報は？」

どこかから応援要請があったのか、中田は自分のバッグを肩に掛け、佐久間たちに片手で詫びながら刑事部屋を出ていった。

それを見送った水沢が、佐久間に向き直る。

「……特に、新しい情報というのは、ないです」

「死体の身元が判明したとか」

「ない、ですね」

「特捜が設置されたとか」

「それも、ちょっと分かんないです」

週末はどこの署も人数が少ない。伴って在庁する幹部も減るので、こういった詳細情報の共有は平日よりもされづらい。

だとしても藤木優人の事故は、軽く見積もっても死体遺棄事件の側面を併せ持っている。重く見積もれば、むろん殺人事件だ。

水沢が「実は」と小さく漏らした。

「ちょっと、思うところありまして」

「うん、なに」

「死体の身元なんですけど」

「うん」

「自分は、菊池って線も、あるんじゃないかと」

　まさに、それだ。

「それ、俺もちょっと考えてた。藤木優人に関して、俺たちが把握している情報は決して多くない。交友関係も、生活実態も分かっていない。でも……久和の一件に関わった中で、明らかに行方が分からなくなっている人間が、一人いる」

「はい」

「もし、その死体が菊池なんだとしたら、しかも向こうで、死体の身元をまだ割れていないんだとしたら」

「早く、照合した方がいいですよね。もし……」

「人違いだったとしてもな」

　とりあえず、佐久間が青梅署に連絡を入れた。

「お疲れさまです。志村警察署、刑組課強行班の、佐久間と申します」

『はい、ご苦労さまです』

「実は土曜日の、奥多摩町丹三郎で起こった転落事故に関してなんですが、刑組課か、設置されているのであれば、特捜本部に取り次いでいただきたいのですが」

『少々お待ちください』

　保留は二十秒くらいだった。

『……はい。特捜本部、デスクのカトリです』

「恐れ入ります。私、志村署刑組課、強行班で担当係長をしております、佐久間と申します」

『はい、お疲れさまです』

「実は、転落事故を起こした、藤木優人なんですが。こちらで調べている事件でも、関係者となっておりまして」

　カトリが、ぐっと息を呑むのが分かった。

『……それは、どのような』

「ちょっと、経緯が複雑な事件ですので、詳細はのちほどご説明いたしますが、先に一点、確認させていただいてもよろしいでしょうか」

『はい、なんでしょう』

「転落した車両の、トランクから出てきた死体の身元は、判明したのでしょうか」

『はい、所持品から、一応』

　なんと。判明していたのか。

「あの、でしたらその、氏名を教えていただくのは」

『ええと、まだちょっと、情報開示前なので、今ここで、私の一存では、なんとも』

「ではこれだけ、教えてください。その方は、菊池創という、四十歳の男性ではありませんか」

　すぐには、カトリからの反応はなかった。

「花の『キク』に『イケ』の『キクチ』、創作料理の『ソウ』で『ハジメ』と読む、菊池創なんですが」

今度は、反応があった。

『……その通りです。菊池創と、藤木優人の関係について、そちらでは把握しているんですか』

「もちろんです」

二人は、私立葵学園高等部の同窓生です。


トイレから戻ってくると、縦長のバッグを襷《たすき》掛けにした水沢が、ニヤニヤしながら気をつけの姿勢で立っている。

「……なに。どうした」

「青梅署、行くんですよね？」

そのつもりだが。

「嘘でしょう。行くつもりでしょう」

「いや……行かないよ」

「行かないって、あんな遠いところ」

「じゃあ、自分が行ってきます。鑑識の大水《おおみず》さんに、菊池の指紋データもらってきたんで」

マズい。先を越された。

「ちょっと、それは……」

「菊池の指紋はまだデータベースに載ってないですから、これを青梅署に持ち込んで照合すれば、いろいろ関連も確かになりますよね」

水沢がバッグから出したのは、小さな茶封筒だ。下の方が、ちょうどＵＳＢメモリーくらいの大きさに膨らんでいる。

「行く、ったってお前……当番明けで、非番だろ」

「係長だって休みじゃないですか」

「いや、俺は昨日休んでるし。お前は昨日からの夜勤明けじゃないか。さっさと帰って、酒でも飲んで寝ろよ」

「係長だって、明日は当番じゃないですか。状況はそんなに変わらないですよ。どうしても誰か行かなきゃいけないんだとしたら、自分が行きます。でも、係長が絶対に自分で行くと仰るなら、自分がお供します」

　まあ、夜勤明けにしては、元気そうではある。

「……なんだよ、急にやる気出しやがって」

「はい。このヤマ、無性に面白く思えてきました」

「関係者が死んだってのに、不謹慎なこと言うなよ」

「訂正します。関係者が亡くなった今、自分は警察官としての、義憤に打ち震えております」

「そのわりには、ニヤついてんな」

「緊張で顔が引き攣《つ》っているだけです」

なんにせよ、若い奴のこういう意気込みは、嫌いじゃない。

青梅警察署の最寄り、河辺《かべ》駅に着いたのは昼の十二時半過ぎだった。

「ちょうどいいや。腹減ったから、なんか入れていこう」

水沢が駅前のロータリーを見渡す。

「でもあんまり、これっていう……」

通りの向こうにハンバーガーショップがある。

「あれでいい。あれにしよう」

何が不満なのか、水沢はしばらく口を尖らせていたが、昼飯なんてのは、腹が鳴らない程度に何か入れられればそれでいいのだ。

拘るなら夜だ。旨いものを、美味しいお酒と共にいただく。労働者は、そこに一日の全てを懸ければいい。

バーガー、ポテト、炭酸飲料。

燃料補給が済んだら、即動く。

トレイを片づけ、店を出たら右だ。

「係長、そっちじゃないです」

「あれ、逆だっけ……すまん」

河辺駅から青梅警察署までは、歩いて十分弱だった。

青梅署は、大きさで言ったら「中規模」となるが、実際に来てみると、驚くほど駐車場が広い。目で数えただけでも、三十台は余裕で駐められそうだ。二十三区内では、なかなかこうはいかない。

庁舎警備の制服警察官に一礼しながら玄関を入り、受付で身分証を提示。特捜の場所を訊くと、四階の講堂だと教えられた。

「ありがとうございます」

最上階の四階でエレベーターを降りると、すぐそこの入り口に「戒名」が貼り出されている。

「奥多摩町丹三郎　事故車両内　死体遺棄事件特別捜査本部」

何か、事の本質からズレているような気もしないではないが、状況を考えたら、こういう捜査本部名にせざるを得なかったのは理解できる。

「……失礼いたします」

昼の一時なので、講堂内に残っている人数はほんのわずかだった。

事務机をいくつか突き合わせて作った「島」にいた、佐久間と同年配の男性が立ち上がる。

「はい、何か」

水沢と共に一礼し、彼の方に進む。

「私、先ほどご連絡差し上げました、志村署の……」

「ああ、佐久間係長。いやいや、遠いところ、ご足労いただいてしまって、申し訳ありません……こんなところですが、どうぞ、お掛けください」

空いている会議テーブルを勧められ、そこに水沢と並んで座る。

彼から名刺を差し出してきた。

「先ほどお電話で……改めまして、カトリと申します」

【警視庁刑事部捜査第一課　殺人犯捜査第二係　担当主任　警部補　神取《かとり》丈之《たけゆき》】

カトリって、こういう字を書くのか。

「ありがとうございます。改めまして、佐久間です」

「水沢です。よろしくお願いいたします」

まずは、こちらの状況を説明した。

「そもそもは、今月五日の話なんですが……」

とある大学の客員教授が乗っていた車から、その教授のものではない財布が出てきた。中身を検めると、持ち主は菊池創という人物で、職業はフリーライター。住所を調べて訪ねてみたが、不在。その後、偶然にも交際している女性と会うことができ、菊池は週刊誌で政治記者をしているにも拘らず、最近はとある交通事故について調べていたようだ、と分かった。

「その事故を起こしたのが、藤木優人だったわけです」

神取が繰り返し頷く。

「……確かに、藤木は去年にも、世田谷郵便局の近くで」

「まさに、その事故です。加えて藤木優人は、今から九年前に人身事故も起こしています。その事故では八十代の男性が亡くなっているのですが、詳細は、もう署に資料も残っていないのでよく分からない。でも地検まで行けば、関係書類が閲覧できる可能性はある。ひょっとすると菊池は、その件を調べていたのかもしれない」

神取が首を捻る。

「でもさきほど、藤木と菊池創は、高校の同窓生だと仰ってましたね」

「はい。その、高校の同窓生同士が、交通事故というネタを介して、なぜ調べる側と、調べられる側になってしまったのか。実は、我々が知りたいのはそこなんです……神取主任。事故車両から、菊池のタブレット端末は出てきませんでしたか」

それには、分かりやすく渋い顔をしてみせる。

「菊池のものと見られるリュックは、死体と一緒に発見されております。その中に、確かにタブレット端末も入ってはいたんですが、転落の衝撃か、バキッと、けっこう、折れ曲がるほど変形しておりまして。データの復元ができるかどうかは、今のところ……」

そう、か。

「なるほど……あと、菊池の死因は、教えていただけますか」

「はい。腹と胸、背中など、計七ヶ所を刺されての、失血死です。藤木の死亡とは、数時間のズレがあるものと見ています」

「具体的には、どれくらい」

「藤木の事故自体は、十五日の午前二時前後。菊池の死亡は、その三時間ないし五時間前。ですので、十四日の二十一時から、二十三時頃だったのではないかと」

どこかで刺し殺されて、その数時間後に奥多摩で転落事故。都内からここまで、車だと二時間くらいだろうか。だとすれば、都内で殺害した菊池の死体を、奥多摩まで遺棄しに来た、という線もありそうだ。

ならば、もう一つ確かめておかねばなるまい。

「ちなみに、凶器は」

神取が頷く。

「それも、菊池の所持品と共に発見されています。ごく普通の、文化包丁です。マル害と同じB型の血液が付着しているので、まず凶器と見て間違いないと思うんですが、タオルに包んであったので、指紋は崩れてまして。満足に採取できたものはありませんでした」

　そこまで言って、神取がこちらの顔を見比べる。

「……どう、でしょう。藤木優人が、菊池創を殺害したとして、その動機となるものに、何かお心当たりはありませんか」

　迂闊《うかつ》なことは言えないが、かといって隠し立てする理由もない。

「これが動機だろう、と言えるほど確かなものはないんですが、二人には、因縁があると言えばあるんです。さきほども申しました通り、藤木優人は九年前に人身事故で、八十代の男性を死亡させています。それ自体は不起訴になっているんですが、その一件を処理した香川という警部補が、先の客員教授の財布の件にも関わっているんです。というか、その事件自体を捏造していたんです」

　神取が目を丸くする。

「警部補が、事件を捏造？」

「はい。これ、まだ調べ中ですんで、記者発表などは……」

「いや、香川ってもしかして、アレですか、ソープで暴れて逮捕されたっていう」

「あ、はい、その香川です」

「なるほど。それは……それとなく、聞いてはいます」

「そうでしたか。ですから、それにもう少し、尾ひれというか余罪というか、あるわけです。実際には、捏造事件そのものは最近のことなんですが、問題は九年前の事故です。香川がその一件を不起訴に誘導したのは、優人の父親、藤木洋人に頼まれたかららしいんです。藤木洋人というのは、元財務事務次官で、なかなかの大物のようです」

それには深く、神取が頷く。

「鑑取り（関係者に対する聞き込み）に行った捜査員から聞きました。藤木優人の住居が吉祥寺《きちじょうじ》……というのは、ご存じ？」

それは初耳だ。

「いえ、知りませんでした」

「ちょうど今、ガサ入れてるところなんですが……じゃあ、実家が世田谷の上馬というのは」

「それは、存じております」

「そうですか。報告がてら訪ねた捜査員に言わせると、これがまた、えらく立派なお屋敷らしくて。財務省の元事務次官ともなると……ねえ？　天下りとかで、凄いんだと思いますよ。八十一歳になった今だって、まだ三石系の……ああ、三石テクノロジーとかいう会社の、代表取締役らしいですからね。もう、なんにもしなくたって、ガッポガッポなんでしょう……」

苦笑いしながら、右手を襟元に入れる仕草。

だがすぐに、神取は険しく眉をひそめた。

「それと、奥さんね。優人の母親ですが……まあ、一人息子を亡くしたんですから、無理もないっちゃ無理もないんですけど、もう半狂乱で、手が付けられなかったらしいですよ。最初は旦那と並んで話を聞いてたんだけど、もうその時点で、ハンカチを顔から離せないくらい号泣してて。そのうち、泣き声がうるさくて話もできなくなったものだから、旦那が家政婦を呼んで、連れてけって奥さんを退席させて……まあ、あとで聞いたら、それは家政婦じゃなくて、心配して来てくれた、奥さんの妹さんだったらしいですけどね」

えらく立派なお屋敷、か。

2

三都が、宅配便の「置き配」盗難の処理を終えて署に戻ったのが、午前十一時半頃。そのとき、刑事部屋には佐久間も水沢もいなかった。水沢は当番明けで普通に帰宅したのだと思うが、佐久間はどうしたのだろう。そもそも休みなのに出てきて、水沢と何を話していたのだろう。

その後、三都は別件の書類仕事をしつつ、十七時十五分からは当番勤務に移行。ここからは係の分掌に関係なく、あらゆる刑事事件に対処しなくてはならなくなる。

そんな頃になって、ふいに大きく伸びをする平中統括の姿が、視界の端に映った。

本当は休みだったのに、勾留中の被疑者が今朝方、急病で搬送された関係で呼び出されたという、その気の毒なオッサンにでも訊いてみるか。

「そういえば、統括」

平中が「あ?」とこっちを向く。

「……なに」

「午前中、佐久間係長を見かけた気がするんですが」

「ああ、いたね」

「何しに、いらしたんですかね」

「佐久間係長が？」

「はい」

平中は、さも興味なさそうに首を傾げた。

「よくは、聞いてなかったけど……なんか水沢と、一緒に行くとか行かないとか、そんなことで揉めてたよ」

揉めてた？　あの二人がか。

「行くって、どこにですか」

「飲み屋だろ。どこの店にするかって話だろ、どうせ」

本当にそんなことで、あの二人は午前中から揉めていたのだろうか。まあ、佐久間は休みだし、水沢も当番明けで自由の身なのだから、午前中から飲みに行っても全く問題はないのだが。

でもなんか、ちょっと違う気がする。

「……じゃ俺、帰るわ。お先に」

「はい、お疲れさまでした」

なんか、スッキリしない。しないけれど、でもどうしようもない。

以後、当番の「時間」は特に速くも、かといって遅くもなく、なんとなく普通に過ぎていった。

交通事故は一件あったが、刑組課が出動するような事件は起こらなかった。また、女性だというだけで「おい中田チョウ、お前、ちょっと話聞いてやれや」みたいな、雑な仕事の振り方をされることもなかった。

仮眠は当番員同士で、交替しながら取る。

「中田、おい中田、そんなとこで寝るんじゃねえ」

「……あ、すんません」

誰もいない取調室って、狭くて静かで、なんか落ち着くよな、などと思っていたら、いつのまにやら寝入ってしまった。枕にしていた手首も、机の上もベチョベチョだった。

それでも明けない夜はない。

「……おはようございます」

朝七時半くらいから、続々と署員が登庁してくる。水沢は当番明け翌日なので休みだが、佐久間は今日と明日が当番、横澤は通常勤務だから出勤してくる。

「おはよう……」

「おはようございます」

朝会が終わるまでは、三都も我慢した。

「……以上になります。では本日も、よろしくお願いします」

「よろしくお願いします」

でももう、終わった瞬間に一・五メートルほどダッシュ。ふらっとどこかに行かれてしまう前に、佐久間の首根っこ――の辺りを、ぽんと叩く。

「係ちょッ」

ビクン、と肩をすくめながら佐久間が振り返る。

「……な、なに」

「部下に声かけられて、なんでそんなにビクつくんですか」

なんだろう。佐久間が口を尖らせる。

「だってお前……俺が、部屋に入ってきたときから、ずっと睨みつけてたじゃないか」

はて。

「私？　係長のこと、睨んでました？」

「うん。すげー怖かったよ」

佐久間には確か、娘がいたはず。これを娘さんが「可愛いパパ」と捉えるか「情けない親父」と捉えるかと言ったら、むろん個人差はあるだろうけど、普通は後者だろう。

「じゃあ、ビクついでに白状してください。昨日、サワチョウとどこに行ったんですか」

佐久間が目を見開く。

「え……それでなに、俺を睨んでたの？」

「別に睨んでませんってば」

「水沢とは、つまり、アレよ……一緒に青梅署に行って、事故の状況について、聞いてきたのよ」

なるほど。やはり、昼飲みに行ったわけではなかったと。

「はあ……で、どうだったんです」

「あれ、聞いてない？」

本署当番に入っていた三都に、誰が何を教えてくれるというのだ。

「いいえ、聞いてないですよ。何か分かったんですか」

「だから、その……藤木優人の車から出てきた死体には、刺された痕があるから、他殺は間違いないってことで……でもう、特捜が立ってるから、そこに問い合わせたら……死体の身元は、菊池創だったっていう」

「ンエェェーッ」

いっそ、佐久間の胸座を摑んでユッサユッサしたい。

「あとは。他にももっと、なんか面白いこと聞いてきたんでしょう」

「別に、面白いとか、そういう……」

「藤木優人が死んで、菊池創も死んで、特捜はそれについてどう考えてるんですか」

「ああ、そうね……動機はなんだと思う、って訊かれたけど、そんなの、俺に分かるわけないじゃない……あと、優人って最近は、吉祥寺に住んでたんだってね。特捜はそっちにガサ入れて……上馬の実家にも行った、って言ってたな。凄いお屋敷だったって……ああ、なんか、優人の母親……『アヤコ』って名前だったかな……彼女が泣き喚いてしょうがなくて、それを部屋から連れ出したのは、心配して来てくれてた、そのアヤコ夫人の妹だった、みたいなことも言ってたな」

ユルい。ユル過ぎる、この男。

「つまり、どうすんですか。ウチとして、その件には、どう絡んでいくつもりなんですか」

「どう、って別に……」

アホかこいつ。

「いやいやいや、積極的に絡んでいきましょうよ。先に着手してんのはこっちなんですから。情報だって持ってんですから。なんなら、こっちから特捜に参加しちゃうくらいの勢いで」

「えー、やだよ俺、あんな遠いところ」

「係長、そんなこと言ってる場合じゃないでしょう」

横澤が自分のデスクで、ニヤニヤしながらこっちを見ている。キサマ、たまには同僚の味方をしてやろう、くらいの気持ちは起こらんのか。

「分かった係長、じゃあこうしましょう」

三都は、予定表になっているホワイトボードを指差した。

「次は、私と係長で動きましょう」

「動くって、何しに」

大丈夫か、この上司。

「何って、だって優人は死んだ、菊池も死んだ、久和は関係ないから釈放しちゃった。じゃああとは？　残ってんのは藤木洋人しかいないじゃないですか。藤木洋人に当たって砕けろじゃないですか」

「そんな……」

さらに強く、予定表を指し示す。

「どのみち、係長は明日まで当番だから動けないでしょ？　でも明日、明けて午後からだったら動けるでしょ。私は休みですけど、仕方ありません。私も休日返上で馳せ参じましょう。いいえ、みなまで申しますな。それでいきましょう。そうしましょう。ね？」

横澤、なによ。なんでこっち見てんの。

ひょっとして、あんたも行きたいのか？

翌十八日、火曜日。

電話でアポを取り、十五時に藤木宅を訪ねることになった。

佐久間は、署を出る寸前まで別件の書類作成をしており、何度も「俺も行かなきゃ駄目？」と三都に訊いてきたが、「駄目に決まってるでしょッ」とそのたびに叱りつけ、なんとか世田谷区上馬五丁目にある、藤木宅前まで連れてきた。

たぶん、ここで間違いない。

「確かに、大豪邸っすね」

「うん……なんか、砦《とりで》みたいだな」

三都は以前、携帯電話の地図アプリで藤木宅住所を調べ、その際に上空からの写真も見ていたが、それと実物とでは印象がまるで違う。

何って、迫力が桁違いなのだ。

二メートル以上はある石垣の上に、枝を真ん丸く刈り込んだ樹木が延々連なって見えている。

「あれ、松ですかね」

「松じゃないだろ」

その丸い枝葉に遮られて、石垣の向こうがどうなっているのかは全く分からない。

とりあえず、インターホンで呼び出してみよう。

石段を上って、時代劇でよく見る「奉行所」みたいな門の前まで行き、その脇にあるインターホンのボタンを押す。

大丈夫。表札は間違いなく「藤木」となっている。

《……はい、どちら様でしょう》

「恐れ入ります。先ほどお電話差し上げました、警視庁の中田でございます」

《はい、ただ今、お開けいたします》

なんと、その奉行所風の門は、リモートで開閉する電動式だった。

その向こうに見えてきたのは、ゆったりと右にカーブする石畳。行き着く先は「和モダン」とでも言うのだろうか、決してお寺とか、なんとか御殿みたいな日本家屋ではないものの、でもどことなく「和」を感じさせるデザインの邸宅だ。ところどころにある、木製の格子がそう感じさせるのか。

石畳の両側には、これまた立派な「和モダン」庭園が広がっている。ある部分は煉瓦《れんが》で囲って花壇のようにしたり、またある部分は、黒い敷石と白い玉砂利で市松模様にしてみたりと、とにかくお洒落、とにかくゴージャスだ。

玄関は、ガラスと木材が半々くらいの自動ドア。イメージ的には、戸建て住宅のそれよりもマンションのエントランスに近い。

そこに現われたのは、ボディラインがもろに出るような、黒いドレスを着た女性だ。

「いらっしゃいませ……お待ちしておりました」

段差のない玄関ホール。でも三和土《たたき》は白い大理石、その先の床はオレンジっぽい木製なので、分かりやすいは分かりやすい。床板になったところには、スリッパが二足用意されている。

佐久間がぎこちなく頭を下げる。

「お取り込みのところ、大変恐縮です……ご主人にお話を伺いたく、お訪ねいたしました」

「はい……中におりますので、お入りください」

そこから、さっきの庭が見える廊下を通り、でもすぐ右に、今度は左にと連れ回されると、もう自分がどこにいるのかなどさっぱり分からなくなった。壁に掛かっている写真を、一々見ていたのもよくなかった。その多くは、藤木洋人と思しき男が、どこかのお偉いさんらしき人々と撮ったツーショット写真だった。

たどり着いたのは、最初の「和モダン」庭園とは違う、純和風の庭に面した洋間だ。

そこに、老齢の男女がひと組いる。

「……お待ちしておりました。どうぞ」

黒いカーディガン、ワイシャツにグレーのスラックス、銀縁メガネを掛けたその男が、藤木洋人。だとすると、隣にぴったりと寄り添っている和服の女性は、藤木夫人。ということは、ここまで案内してくれた女性は、佐久間が言うところの、心配して来てくれた夫人の妹か。

佐久間が一礼する。

「お取り込みのところ、大変申し訳ありません。警視庁志村警察署の、佐久間と申します」

三都もそれに倣う。

「同じく志村警察署の、中田です」

順番に名刺を差し出したが、藤木が自分のを出すことはなかった。

「どうぞ、お座りください」

「失礼いたします」

黒い、分厚い革張りのソファ。センターテーブルのガラス天板の下には、かなり精巧な彫刻が施されている。古い中国の風景のように見えるが、もしかしたらインドかもしれない。足元にはペルシャ絨毯《じゅうたん》。これもきっと、お高いんでしょう。

そして、日本庭園に面した大きな窓。

今の時間は、近くの建物の陰になって日は射し込んでこないが、この向きからすると、早朝から昼過ぎくらいまでは、かなり強めに直射日光が入ってくるものと思われる。それくらい、窓の向こうには遮るものがなく、視界は広々と開けている。

佐久間が、頭を下げながら切り出す。

「ご子息は、大変残念でした。心から、お悔やみ申し上げます」

三都も一緒に頭を下げたが、再び前を向いたときにはもう、夫人は目元にハンカチを当てていた。濃紺の、少しだけ花柄の入った着物を召してはいるが、すでに雰囲気的には喪服だ。本人も気分はそんな感じなのだろう。

藤木洋人が、口を「へ」の字にしたまま頷く。

「……お気遣い、痛み入ります」

その後三都は、いや佐久間もおそらく、藤木洋人の次なる言葉を待っていた。

優人が事故を起こしたのは西多摩郡奥多摩町、管轄は青梅警察署。当然、特捜も同署に設置された。しかし、佐久間と三都の所属は志村警察署。この喰い違いに、財務事務次官まで務めた藤木洋人が気づかないわけがない。型通りの挨拶のあとには「で、志村署の方がどういったご用件で」と続いて然《しか》るべきだった。

しかし、それがない。「痛み入ります」のあとは、無言。

この時点で「こいつ、何かやってんな」という印象を、三都は抱かざるを得なかった。

ただ、黙って見合っていても仕方ないと思ったのだろう。

佐久間が再び口を開く。

「本日、お時間を頂戴いたしましたのは、元財務省の、久和秀昭という人物について、お話を伺えればと思いまして……」

洋人の表情に変化はない。

「久和、秀昭」

「はい」

またしばらく間が空く。

要は、この不自然な沈黙を無礼と取るのか、取らないのか、という問題なのだろう。

少なくとも、藤木洋人は頓着しない。自分から喋るつもりは一切ない、という姿勢だ。

対して佐久間は、話を聴きに訪ねてきた身。立場上、洋人に合わせて黙っているわけにはいかない。

「……ご存じ、ありませんか」

そう訊けば、洋人も渋々口を開く。

「名前くらいは、聞いたことがあったような」

「どのような経緯で、耳にされましたか」

「さて、どうでしたかな……あまり、記憶にはありませんが」

夫人は「絢子」という名前だったか。今も洋人の隣で、メソメソと目にハンカチを当てている。

佐久間が浅く頷く。

「……では、香川隆という、警察官については」

ふわりと、洋人の視線が浮き上がる。だが、正面に座る佐久間を見ているふうではない。強いて言うならば、何も見ていないような目、だろうか。

「それはまた……どういう方、ですかな」

「久和秀昭さんの車両から、久和さんではない方の財布が見つかり、これに窃盗の疑いがあるとして、久和さんを逮捕した警察官です」

洋人が首を傾げる。

「それが、何か」

「この件は、実は香川の捏造による不当逮捕でした。そのことが判明し、久和秀昭氏はすでに釈放されています」

「それが、何か」

判で押したような質問返し。もう洋人は、警察にどう思われようが関係ないのかもしれない。

それでも、佐久間は根気よく尋ねる。

「元財務省の久和秀昭さんについても、彼を不当逮捕した香川隆についても、ご存じのことはありませんか」

「よく、分かりません」

本当か、おい。

ほんの数センチ、佐久間が身を乗り出す。

「久和さんはともかく、香川隆に関しては、不思議なほどこの藤木家と縁があります。亡くなった優人さんが、九年前に起こした交通事故。これの捜査に当たっていた一人が、香川隆でした」

うぐっ、と呻《うめ》くと同時に、絢子夫人が身を屈《かが》める。

どうも、優人という名前が出てくるだけで、辛抱堪らなくなるらしい。

対して、洋人は冷静そのものだ。

「そうでしたか」

「その香川が、久和さんの車から発見したという財布……実際には、これは自身で仕込んだものだと、香川は言っていますが、この財布は、菊池創という人物のものでした……『菊池創』という名前に、お聞き覚えは」

「……いいえ」

「菊池創は、葵学園高等部で、優人さんと同じ学年だったはずなんですが、そう聞いても、思い出すことはありませんか」

今度は言葉ではなく、首を横に振って答える。

佐久間が続ける。

「優人さんの運転する車が、西多摩郡奥多摩町、丹三郎の山道から転落し……」

わっ、と絢子が声をあげる。着物の膝に、胸がつくほど前に突っ伏す。

それでも佐久間はやめない。

「引き上げたその車両のトランクから、死体が出てきた。その身元が、菊池創だったと聞いても、何も思い当たることはありませんか」

泣き声というより、もはや悲鳴だ。絢子は「ヒャー」とも「ギャー」ともつかない奇声を発し、イヤイヤをするように身を捩《よじ》り、その場で地団太を踏んだ。

青梅署特捜の捜査員がここを訪れた際、絢子が泣き喚いて大変だった、そんな彼女を部屋から連れ出したのは彼女の妹だった、みたいなことを佐久間は言っていた。

今回も、まさにそのようになった。

「……失礼いたします」

さっきの、黒いドレスの女性が入ってきて、絢子の前に膝をつく。

「姉さん、ほら……やっぱりご迷惑になるから、ね……あっちに、行きましょう……申し訳ありません。失礼いたします。ご無礼いたしました」

そう言いながら絢子の肩を抱き、立たせ、自身が入ってきたドアの方へと連れて行く。

まあまあ、そういう事もあるでしょう。大事な大事な一人息子を、突然事故で亡くしたのだから。

でも、それとは別に、だ。

ある疑問と共に、三都の視線を捉えて離さないものが、この部屋にはある。

足元の、ペルシャ絨毯だ。

これ、実はそんなに高いものではないのではないか、と三都は疑っている。むろん、ペルシャ絨毯の良し悪しを見分ける目など、三都にはない。それでも、何かがチープに感じられて仕方がない。

色か。いや、ペルシャ絨毯の色に、高い安いがあるのかどうかも、三都は知らない。

じゃあ毛足か。それを言ったら、むしろけっこういい感じだと思う。立派にフカフカしてるし。

じゃあ毛並みか。いやいや、猫じゃないんだから。ペルシャって言ったって。

あ、分かった。分かりました。

サイズだ。

3

佐久間の、藤木洋人と対面してみての印象は、ひと言。

のらりくらり。これに尽きる。

かれこれ二十年以上刑事をやっているのだから、被疑者もいろいろなのを見てきた。将棋の指し手のように、何手も先まで考えてから「覚えていません」と答えるタイプ。行き当たりばったりで「知らねえよ」と口走ってしまうタイプ。とにかく黙り込むタイプ。実に様々だった。

藤木洋人は、現時点で被疑者というわけではないが、傾向としては、棋士と行き当たりばったりの中間くらいだろうか。ただ、それよりもっと「近い」と思った人物像が、別にある。

政治家だ。

もう証拠は出揃っているのに、乱暴な言い方をすれば「ネタは挙がっている」のに、テレビ中継もされている国会で「記憶にございません」と繰り返す厚顔無恥。藤木洋人は、まさにああいうタイプだ。

　でも、それでもいいと思った。なんといっても今回は初聴取。藤木洋人がどういう人間か分かれば、次回はこちらも攻め手を考えてから臨むことができる。

　それよりも佐久間が気になるのは、あの屋敷、そのものだ。

　同行した中田には、思わず「砦みたい」と言ってしまったが、あとから考えると、そればかりではないような気がしてくる。なんというか、今一つ「砦」という表現は上手くなかったような、そんな引っ掛かりがある。

　では、なんと言ったらよかったのか。

　目を閉じてよくよく考えてみると、浮かんでくるのは「城」の一文字だった。でもそれも、一文字では足りない気がしてならない。この一文字を何かと組み合わせなければならないのに、それが思いつかない。実にもどかしい。

　藤木宅を訪ねた翌日、十九日は休みだったが、なんだか一日中、そればかりを考えていた気がする。

　二十日の木曜日になって登庁してみると、久和事件——いや、もはや「香川捏造事件」と言うべきなのだろうが、あれに関わった強行犯係のメンバー三人が顔を揃えていた。

「佐久間係長、おはようございます」

「おう、おはよう」

　なぜだろう。それぞれと交わす挨拶が、なんとも小気味好い。

　すぐに横澤が、気力充分といった顔つきで何か持ってきた。

「係長。すんげーもんが出ましたよ」

そういうことか。横にいる中田も、妙に興奮した面持ちだ。

ちなみにこの二人、よく口喧嘩しているのを目にするが、案外、こういうのこそ「お似合い」なのではないか、と佐久間は思っている。余計なお世話だろうが。

「なんだよ、すんげーもんって」

「香川の、個人ケータイの通話履歴です」

中田が「はい、はい」と手を挙げる。

「これ、私が浅草署の太田係長に頼んどいたんです。電話会社に照会したらこっちにも回してくださいって。凄くないですか？　めっちゃ有能じゃないですか、私」

「うん、確かに有能だ」

「やった」

横澤も笑みを浮かべながら、その通話履歴を印字したペーパーを佐久間の机に広げる。

「たとえば、ここ……六月十日の十四時、香川にかけてきたこの番号」

六月十日といったら、今から一ヶ月と十日前。久和逮捕に端を発する、一連の事件発生よりもだいぶ前だ。

【０９０】で始まる携帯電話番号。

「……これ実は、藤木洋人のケータイ番号なんです」

なるほど。

「確かに、こりゃお手柄だ。これで次の聴取のネタには困らんわ」

横澤が、ニヤリと片頬を持ち上げる。

「係長、こんなのまだ序の口ですよ」

彼の太い指が、履歴の日付を若い方にさかのぼっていく。

「……これの二日前にかけてきた、この番号。こいつは前日……ね、七日の水曜日にもかけてきてますが、そのときは香川が出なくて、通話時間はゼロです。でも、どうしても話したかったんでしょうね。翌八日にまたかけてきて、このときは約七分、話をしている」

「誰なの。この番号は」

「驚かないでくださいよ。この番号は、現、財務省事務次官の……」

中田が、スッと割り込んでくる。

「タニグチコウゾウです」

なんでお前が言うんだよ、と肘で突く横澤。

だって、これもらったの私だもん、と口を尖らせる中田。

タニグチコウゾウが誰だか知らなかったくせによ、と横澤がやり返せば、中田は、ちょっと調べれば私だって分かりました、とアカンベーをしてみせる。

この二人、やっぱりお似合いだ。

通話履歴から読み取れる流れは、こうだ。

先月、六月の七日に、現財務事務次官である谷口康三は香川隆に電話を入れた。しかし香川は出ず、谷口は翌八日にもう一度かけ、この日は約七分、話をしている。その二日後の十日土曜日に、今度は藤木洋人が香川にかけている。このときの通話時間は十二分。

さらに興味深いのは、藤木洋人は同六月十七日、二十四日と、毎週香川にかけていることだ。十日、十七日、二十四日と、三週連続ということになる。

その三回目の三日後。六月二十七日、火曜日。

菊池創の交際相手、石森早和が彼の携帯電話にメッセージを送ると、既読にはなるものの返信がない。翌二十八日、菊池創は「週刊キンダイ」の編集会議を欠席している。

おそらくここ、二十七日から二十八日にかけて、香川は動いたのだと考えられる。

香川は菊池に接触し、その言葉を信ずるならば「しばらく消えてろ」と言って現金を渡し、代わりに菊池から財布を取り上げた。その財布を使って、香川は久和を逮捕した。

さて。藤木洋人は三週連続で、香川と何を話していたのか。

おそらく、久和を逮捕しろ、早くしろ、なぜ逮捕しないんだ、早くしないと久和が内閣官房参与に任命されてしまうではないか——そんなふうに毎週、香川に催促をしていたのではないか、という仮説は成り立つ。

しかしそれと、現財務事務次官である谷口康三はどう関係しているのか。

ここで思い出されるのが、あの久和の言葉だ。

「……それは同時に、国内のあらゆる官公庁の情報を一手に掌握可能な、財務省の情報収集能力に対する恐怖感でもあります」

ただし、情報収集能力を有するのはあくまでも財務省だ。決して財務省ＯＢではない。

藤木洋人は現在八十一歳だという。優人が人身事故を起こした九年前当時は、七十二歳くらい。

その時点でもう、財務省を去って十年以上が経っている。どう考えても、この頃の藤木洋人に財務官僚としての情報収集能力はない。

　あるとすれば、現役の財務官僚に情報収集を「させる能力」だろう。もしくは「権力」みたいなものかもしれない。

　では、実際に情報収集に動いた財務官僚とは誰なのか。

　それが、この谷口康三だったのではないか。

　現職の財務事務次官なのだから、谷口康三の年齢は今、五十八歳か五十九歳。九年前だと五十歳くらい。当時のポストがどの辺りかは分からないが、でも五十歳なら、それなりの役職に就いていたものと考えられる。

　九年前、財務省ＯＢである藤木洋人に命じられて、現役官僚の谷口康三が情報収集。事故の捜査班にいた香川隆に白羽の矢を立て、接触、懐柔し、優人の事故を不起訴に持っていかせた。

　同じように今回、藤木洋人が命じ、谷口が動き、香川が久和事件を捏造した——というのが一番分かりやすいのだが、通話履歴からすると、菊池創失踪の直前まで、香川に催促をしていたのは藤木洋人のように読み取れる。

　これは一体、どういうことなのか。

　それは、谷口康三に会って訊くのが一番早い。

　ただし、現役の財務事務次官に会うというのは、決して簡単なことではない。

　たとえば、警察庁のトップは警察庁長官。佐久間のようなヒラ警部補が会おうと思ったら、まず課長に頼んで、署長に動いてもらって、警視庁本部に話を通し、警察庁に繫いでもらうという手順が、最低でも必要になるだろう。警察庁長官に会いたいなんて、佐久間は生まれてこの方思ったこともないので、実際にどうかは分からないが、でもたぶん、それくらいの段取りを踏む必要はあると思う。

　でもこれは、あくまでも警察内部、しかも「庁」レベルの話。財務「省」はさらに格上の官庁である上に、久和の言う通り、省庁の中でも桁違いの権力を持っている。その事務方トップ、財務事務次官に会おうとなったら、警察庁長官より数段高度な根回しが必要になることは間違いない。

　だが、無知ほど怖いものはない。

　いや、無知ほど強いものはない、か。

　中田は、なんの躊躇もなく自分のデスクの固定電話、その受話器を上げ、数字ボタンに指を置いた。

「じゃ、ちょっと訊いてみますね」

「オイ、待てコラッ」

　中田のデスクにダイブし、身を挺《てい》してその架電を阻止したのは横澤だった。

「お……お前、正気か」

「おい、あたしのこと『お前』って言うなって言ってんだろ、デブ」

「フザケんなよ。相手は財務省事務次官なんだぞ」

「それくらい分かっちょるわ」

　いつもの二人が、いつもの調子でじゃれ合っている、その傍《かたわ》らで——。

「……あ、もしもし。突然のご連絡で失礼いたします。私、警視庁志村警察署、刑事組織犯罪対策課の、水沢と申します。お世話になっております」

　横澤も中田も「まさか」の顔で凍りついていた。

　おそらく、佐久間自身も。

「急な上に、大変不躾なご連絡になり、恐縮なのですが、一つ、事件に関わることで確認したい事項がございまして、それに関するご連絡だったのですが、今、お時間は大丈夫でしょうか……恐れ入ります。では、簡潔に申し上げます……今月十一日、先週の火曜日になりますが、浅草署管内で逮捕された警視庁警察官、香川隆警部補が個人所有する、携帯電話の通話履歴を調べておりましたところ、その中に……はい、そうなんです。谷口次官の携帯電話との、通話履歴がありましたもので」

　水沢の口から「谷口」と出た瞬間、もう、なんの言い訳もできなくなった。

　佐久間は、急激に血の気が引いていくのを感じた。

　それでも水沢は続ける。

「いえ、直接事件との関わりが、というのではないのですが、香川警部補とは、どういったお知り合いなのだろうと……あ、それでしたら、のちほどこちらからお伺いいたしますので、何時頃でしたらよろしいでしょうか……いえ、勤務時間内でも、勤務時間外でも、こちらは一向に構いません。今日でも、明日でも明後日でも、何日でもお待ちいたします」

　こいつ、なんなんだ。なんで急に、こんなピンポイントで、やる気を発揮するんだ。

「……承知いたしました。では午後三時半、十五時半に、お伺いいたします……はい、何卒、よろしくお願いいたします」

佐久間は、とりあえず何も言えなかった。

横澤も、目を見開いたまま固まっていた。

たった一人、口を開いたのは中田だった。

「サワチョウ……ナーイス」

冗談じゃないぞ、おい。


木調の壁材は、落ち着いた茶系。ちょっとした会議にも使えそうな、大振りの応接セット。そのセンターテーブルや、壁際の書棚、執務机、テレビ台といった調度品も、全て同系色の木製で揃えられている。

机上プレートには【事務次官】の文字がある。

「どうぞ、お掛けになってください」

あえて、なのか。室内には谷口康三以外に誰もいない。

「失礼いたします」

財務事務次官ということで、佐久間は典型的な「事務屋」というか、細身で小柄な男性をイメージしていたのだが、実際の谷口は、そんなに細くもなければ小柄でもなかった。

背は百七十センチ以上ありそうだし、胸の厚みのわりに腹は出ていない。変な話、この年代の男性では「スタイルのいい」部類に入ると思う。

谷口は、窓を背にする一人掛けソファに座った。その左側に佐久間と横澤、右側に中田と水沢、という位置関係になる。

秘書も部下もいないので、当然お茶の一杯も出てこない。

名刺交換が済んだら、こちらから切り出す以外にない。

もちろんそれは、佐久間の役目になる。

「……突然のご連絡にも拘らず、お時間をご都合いただきましたこと、まずは、御礼申し上げます」

四人で一礼すると、谷口も合わせて、軽く頭を下げる。

だが、それだけだった。

佐久間が続ける。

「お電話でも、お伝えいたしました通り、暴行事件を起こし、逮捕されました、警視庁の香川隆警部補……彼が個人所有する携帯電話の通話履歴に、谷口次官名義の……いえ、契約自体は、個人でされていると承知しております……その、通話履歴に番号がありましたもので。香川隆とは、どういったご関係なのか、そこからお伺いできますでしょうか」

ひと息、ふた息。

谷口はゆっくりと吐き出してから、佐久間に視線を向けた。

「きっかけ、は……九年前に、なりますか。藤木洋人元事務次官の、ご子息である、藤木優人さんの、交通事故がきっかけだったと、記憶しております」

そこは、正直に答えるのか。意外だ。

「……と、仰いますと」

「それがきっかけ、です」

「藤木元次官の息子さんの事故をきっかけに、なぜ、香川隆と知り合ったのでしょう」

谷口の、腹の前で組まれた両手は微動だにしない。

「加害者が元財務事務次官のご子息だからといって、捜査に妙な忖度《そんたく》があってはいけないと思い、そこは、行政機関としての公平性を保つよう……助言、というほど、嵩高《かさだか》にはならないよう注意しておりましたので、まあ、お願いと、しっかりお願いしますねと、そうお伝えしたまでです」

なるほど。惚けも黙りもせず、独自の理論を滔々《とうとう》と展開していくタイプか。

「藤木優人さんが、交通事故でお亡くなりになったことは」

「存じております。まだお若いのに……大変残念です。藤木さんの心中を慮《おもんぱか》りますと、我が事のように胸が痛みます」

それが社交辞令かどうかは、この際どうでもいい。

「失礼ですが、九年前当時の、谷口さんの役職は」

「九年前ですと……大臣官房の、文書課長をしていた頃でしょうか」

「その、捜査機関への『お願い』というのは、つまり大臣官房文書課長の立場で、ということでしょうか。それとも、谷口さんが個人的に、ということでしょうか」

「ということは」

「大臣官房文書課長は、捜査機関に助言をする立場にも、お願いをする立場にもございません」

「個人的に、と解釈するのが妥当と思われます」

妥当、ときたか。

「しかし、財務省大臣官房の所属であることは、相手側にはお伝えになったんですよね」

「それはそうです。名も名乗らず立場も明かさず、警察署内に立ち入れば、ただの不審者になるでしょうから」

「谷口さんが『財務省の人間です』と、そう名乗ること自体、捜査機関にある種の圧力を掛けていると……谷口さんご自身にそのつもりがなくても、それを圧力と相手が受け取るかもしれないとは、お考えになりませんでしたか」

「警察は、財務省の人間が来たというだけで、そこまで怯《おび》えるものですか。その程度の組織なのですか」

ここ、攻め処かもしれない。

「お言葉ですが、元財務事務次官の息子というだけで、捜査に忖度が働くのではないか、と谷口さんはお考えになったわけですよね。ということは、その捜査をしている現場に、財務省大臣官房の文書課長が、しっかり捜査をしてくださいねと言いに来たら、それを言葉通りには受け取らず、むしろ圧力だと感じるのが普通ではないでしょうか」

谷口が、小さくかぶりを振る。

「それはありませんね。『元』とはいえ事務次官と、一介の課長とでは、立場に天と地ほども差がある。いくら財務省といっても、課長風情の掛ける圧力なんてものに実効性は見込めませんよ」

そうか、役職のところを拡大解釈するのか。

これは失敗だった。

とはいえ、だ。

「なるほど……でもそんなお話をしに行って、香川警部補、当時の巡査部長とは、お知り合いになったんですよね」

「話を聞いてくれたのが、当時の香川巡査部長だった、ということです」

「その関係が、今まで続いていたわけですか」

「はい」

真空状態のような沈黙が、二秒、三秒——。

待っていても、谷口は喋りそうにない。

「……一介の警部補と、財務事務次官にまでなられた谷口さんは、一体どのようなお付き合いをされていたのですか」

「普通ですよ。お久しぶりです、お元気ですか、みたいなことです」

「友達感覚、ということでしょうか」

「香川さんが私をどのように思っていらしたかは分かりかねますが、私の側は……はい。そういう認識でした」

嘘だろう、それは。いくらなんでも。

「谷口さんは先月の七日、香川に電話を入れています。このときのご用件を、差し支えなければお聞かせいただけますか」

「ですから、お元気ですか、と。その程度のことです」

「でも七日、香川は電話に出なかった。そして翌日、谷口さんは再び香川に電話を入れている。

お元気ですか、程度のことにしては、やけに念が入っていませんか」

谷口が、さも不思議そうに首を傾げる。

「電話して出なかったら、余計に心配になるのが友人ではないでしょうか。少なくとも、私にとっての友人というのは、そういうものです」

これもまた、あまり上手くなかった。

「そうですか……その甲斐あって、八日はお話ができたと」

何を話しましたか、と訊いたところで、ですから元気かどうか、そういう近況報告ですよ、と言われてお終いだろう。

なら、目先を変えてみよう。

「しかしさらに二日後、今度は藤木元次官が香川に電話を入れている。香川と藤木元次官も、お知り合いだったんですか」

「そう、なんでしょうね。電話番号を知っているくらいですから」

「いつ頃からのお知り合いなんでしょう」

「それは、藤木さんにお尋ねください。私には分かりかねます」

もうひと押ししてみる。

「谷口さんが藤木さんに、香川を紹介したのではなく？」

「そうだったかもしれませんし、もともと二人は知り合いだったのかもしれない。それに関しては、藤木さんにお尋ねください」

ここ、少し歯切れが悪くないか。

再び攻め処か。

「その……藤木さんは十日、十七日、二十四日と、一週間ごとに計三回も、香川に電話を入れています。藤木さんは、何をそんなに香川と話していたんでしょうね」

「存じません。それも藤木さんにお尋ねになればよろしいかと」

「想像で結構です。あるいは、藤木さんとお話ししたりはされませんでしたか。いま香川と、こんな話をしてるんだ、みたいな」

「存じません。そういったことは、藤木さんにお尋ねになるのが、よろしいかと存じます」

もう一丁。

「三回もですよ。毎週毎週、藤木さんは香川に電話を入れているんです。香川のことで頭が一杯、というほどでは、ないのかもしれませんが、しかし、かなりのウエイトで意識にある状態だったと思うんです。香川のことが……何か、そういったことを藤木さんと話したことはありませんか」

谷口が再びかぶりを振る。

「藤木さんとも、ここしばらくお会いしていないので、心当たりはありません」

ほう。藤木とは、しばらく会っていないのか。

聴取を終え、

「では、失礼いたします……」

事務次官室を出てまず思ったのは、同じ財務官僚でも、こんなにも各々違うものか、ということだった。

事件についての供述は拒否したものの、無駄な経済談義は延々とし続けた、久和秀昭。

分からない、記憶にないで通そうとした、藤木洋人。

ほんのわずかな価値観の差異をクローズアップし、自身に都合のいいロジックを組み立てる、谷口康三。

と、そこまで考えて佐久間は、ふと思いついた。というか、思い出した。いや逆に、今まで思い出さなかった自分が怖い。健忘症の気でもあるのかと心配になる。

何って、久和との経済談義に思いを馳せていたら、それに釣られて出てきただけなのだが、でも思い出せてよかった。

藤木の家を見て思った「砦」。これを「城」と訂正したものの、何かが物足りなかった。何か付け加えたかった。

そのひと言とは「天空」だ。

佐久間は、藤木宅を「天空の城」と表現したかったのだ。

だが思いついてみると、思考はさらなる迷路に嵌り込む。

久和はあのとき「天空の城に、田んぼはないんですよ」と言った。

確かに、藤木宅には広大な庭があったが、家庭菜園的なものはなかった。ましてや田んぼなんて、あるわけがない。そういう趣味の持ち主ではないのだろう。藤木洋人も、絢子夫人も。

いやいや、「天空の城」も「田んぼ」も比喩だ。文字通りに受け取ってはならない。

もし藤木宅が、久和の言う「天空の城」なのだとしたら、そこに「田んぼ」がないのだとしたら、では「天空の城」に米を供給している「田んぼ」はどこにあるのだ、と。そういう話だ。

はて、どこにあるのだろう。

4

この前の本署当番日。

三都は、たまたま「置き配」盗難事件を扱っただけだった。その一件も、以後は盗犯係の国本《くにもと》巡査部長の扱いになったため、早々に三都の手は離れた。

でも、佐久間は違った。

酔っ払いの喧嘩と、家庭内暴力。両方とも難しい事件ではないようだが、それでも同時に二件も抱え込むと、それなりに大変そうだった。

「佐久間係長。私も、なんか手伝いましょうか」

「んん……いや、いいや……奥さんもなんか……感情的になってた部分、あったみたいだし……冷静になったら、これ……うん、大したことないかも」

一方で、この人って、大変な振りをしてるだけなんじゃないか、と思うこともある。根拠はない。ただなんとなく、そう思わせるものが佐久間にはある。

たとえば、ちょっと三都が席を離れて戻ってくると、自分の席で、腕を組んで目を閉じていたりする。

「係長、寝てるんすか」

「……寝てない。起きてる」

「具合でも悪いんすか」

「大丈夫。ちょっと考え事してただけ」

だったら、今回は一人で行っちゃおうか。ちょうど水沢は、盗犯係の張込みの応援に引っ張り出されていったし、横澤は暇そうにしてるけど、わざわざ誘う必要はない。

なので、二十一日の午後一時。

三都は、ごく軽い調子で切り出してみた。

「係長、私ちょっと、出てきますわ」

「……あそう。なに関係？」

「ちょっと、その……ネタ元っつーんすかね。会っておきたい人がいるんで」

長年刑事をやっている人には、それぞれ裏情報を提供してくれる協力者がいたりするものだが、三都にはそんなの、一人もいない。

いないけど、ここはいる振りで通す。

「……じゃ、行ってきます」

「はい、行ってらっしゃい」

いつもの浮間舟渡駅から埼京線に乗り、渋谷駅で田園都市線に乗り換え、駒沢大学駅で下車。そこからは徒歩で十分少々。

その間、三都は全く気づかなかった。

だから、藤木宅前に着いた途端、

「おい、サントス」

いきなり呼ばれて、ほんと、飛び上がるほど驚いた。

振り返ると、半袖のワイシャツを、ランニングシャツの形が透けるほどビショビショにした、横澤が立っていた。

上着は丸めて右手に持っている。

なんで、こいつがここに。

「……なに。いきなり、大きな声出さないでよ」

「何が『ネタ元』だ、ばーか」

言いながら、半笑いで近づいてくる。

やだ。そんな汗塗れで、こっちに寄って来ないで。

「……いくらなんでも、こんなところでアンタと言い合いとかしたくないんですけど」

「だったら嘘なんかつかなきゃいいだろ」

それで、恰好つけたつもりなのだろうか。

横澤は、くいっと顎で藤木宅を示した。

「……佐久間係長に言われたんだよ。中田が、なんか企んでそうな顔で出かけてったから、尾《つ》けてみてくれって。もし藤木洋人のところに行くようだったら、援護してやってくれって」

佐久間係長、意外とタヌキ。

「援護とか、全然必要ないんですけど」

「だからって、お前一人に行かせるわけにはいかない」

「あたしのこと、お前って呼ぶなっツッてんだろ」

「それ、すげー拘るよな、オ、マ、エ」

「っていうかなに、一緒に行って手柄横取りするつもり？」

横澤が、わざとらしく溜め息をつく。

「……そんなわけねえだろ。こんなところに、令状もなしで一人で乗り込んでって、何かあったらどうすんだって言ってんだよ。藤木洋人と、奥さんと、奥さんの妹か。それだけならまだしも、他にもいたらどうすんだ。香川みたいな用心棒でもいたら、お前どうにかできんのかよ。しかも、こんな要塞みたいな……一度入っちまったら、泣こうが喚こうが外には一切、なんにも聞こえてきやしねえぞ」

それはまあ、そうかもしれない。

なんか、急に怖くなってきた。

「……絶対、あたしの邪魔しない？」

「なんで俺が邪魔すると思うんだよ」

「手柄、横取りしない？」

「ってかお前、なに企んでんの」

教えねーよ。

呼び鈴を押すと、出てきたのは前回同様、絢子夫人の妹だった。名前は「浜岸《はまぎし》夕理子《ゆりこ》」。この前、帰り際に三都が確認した。

可能な限り、丁寧に頭を下げる。

「突然の訪問になり、大変申し訳ありません。本日、藤木洋人さんは、ご在宅でしょうか」

驚きと不安の色はあるものの、夕理子の顔に、不快感や嫌悪感のようなものは見受けられない。

「義兄《あに》でしたら、あの……警察の方に」

青梅署に呼び出されたのか。それなら、そんなにすぐには帰ってくるまい。

「では、絢子奥様は」

「姉なら……はい、おりますが」

「でしたら、奥様に少し、お話を伺うことは可能でしょうか。できれば、先日お話を伺ったのと、同じお部屋で」

依然、不安そうではあるものの、夕理子が拒否感を示すことはない。

「はい、承知いたしました。では……どうぞ、お入りください」

本当は、汗だくのが一緒に入ってきてしまうことも詫びたかったのだが、かといって「廊下に立たせておきますので」と言うのも変なので、あえて触れずにおいた。

以後の経路も前回と同じ。庭に面した廊下を通って、壁に掛かった藤木洋人とお偉いさんたちのツーショット写真を眺めつつ、あの、日本庭園に臨む応接間へと通される。

「今、姉を呼んで参ります」

夕理子が出ていった途端、横澤が「ほお」と漏らす。

「これは、確かに……『大』が、三つ付くレベルの豪邸だな」

この前より時間が早いので、正面の大きな窓からは斜めに日が射し込んできている。まさに正午とか、午後一時くらいまでは、もっとガンガンに日が当たっていたに違いない。

あちこちに置かれている花瓶や壺、花の形をしたガラスシェードのランプなど、どれも「お高そう」には見える。それを好きか嫌いかと訊かれたら、三都個人は、その重たそうな感じが好きではない。もっと歳をとったら、そんな重厚感も愛せるようになるのかもしれないが。

併せて、ペルシャ絨毯のサイズも見ておく。よし、間違いない。

そんな部屋の中でも、最たる重厚感を醸す木彫のドアが、静かに開く。

夕理子と、彼女に肩を抱かれた絢子。今日は和服ではなく、濃いグレーのワンピースを着ている。よく似合ってはいるが、自ら悲しみの底なし沼に嵌り込もうとでもしているような、そんなカラーコーディネイトにも見える。

三都も一応、形だけは労わるように手を伸べておく。

「突然お訪ねしまして、大変申し訳ありません……あの、もしかして、どこかお加減が……」

絢子が「いえ」と小さくかぶりを振る。

「大丈夫です……こちらこそ、申し訳ありません」

夕理子に付き添われて、そのままソファの方へと進む。それでいて夕理子は、三都たちにも「どうぞ、お掛けください」と勧めなければならないのだから大変だ。

「恐れ入ります」

前回とはだいぶメンバーが違うが、なんとか、三都のイメージ通りの配置に落ち着くことができた。

さあ、ここからが勝負だ。

「……お力落としのこととは存じますが、何分、優人さんが亡くなられた原因が、交通事故だった上に、その車から、男性の遺体が発見されています」

前回はもう、ここで絢子がパニクってしまって、全く話にならなくなった。残った洋人とはもう少し話せたが、それにもさしたる進展はなかった。知らない、分からない、覚えてない、で押し切られてしまった。

今日はまだ、絢子も泣き出すほどではない。

「前回も申し上げたと思いますが、その男性のお名前は、菊池創さんといいます。葵学園高等部で、優人さんとは同学年だった方なんですが、ご記憶ではありませんか」

絢子は、無言でかぶりを振るだけだった。

「お名前も、全く記憶にありませんか」

さらに、イヤイヤをするように繰り返す。

「そうですか……ではもう一つ、全く別のことなんですが、お聞かせください」

当たり前だが、それだけではなんの反応もない。

夕理子は、絢子を心配そうに見つめたまま。

絢子は、ぼんやりとセンターテーブルのガラス天板に目を向けたままだ。

三都は、自分の足元を指差してみせた。

「……この、ペルシャ絨毯ですが」

すると、ビクッ、と絢子の肩が跳ねる。

それに夕理子が、驚いたような目を向ける。

「いつ頃からこのお部屋で、お使いのものなのでしょう」

黒い革張りの二人掛けソファが二つ、一人掛けが一つ。中心には、エスニックな彫刻が施されたガラス天板のセンターテーブル。それらが全部、丸々納まるサイズのペルシャ絨毯だから、それなりに値段も張るであろうことは想像できる。

絢子の目は、テーブルの天板から動かない。

決して、ペルシャ絨毯を見ようとはしない。

三都自身、半信半疑ではあった。これを藤木家の人間に訊くのは、一種の賭けだと思っていた。無謀であることも分かっていた。だから、佐久間には正直に言えなかった。

でもどうやら、まんざら的外れではなかったようだ。

「奥様……この絨毯は、いつ頃ここに、敷かれたのですか」

絢子に変化はない。むしろ、夕理子の方が動揺し始めている。なぜ姉が黙っているのか、固まってしまったのか、理由が分からないといった様子だ。

「では、質問を変えます……最近、優人さんはこちらではなく、吉祥寺の方にお住まいだったと、青梅署の捜査員から聞いております。でも、たまにはこちらにも、お食事をしにいらしたり、泊まりにいらしたり、されていたんじゃないですか？　最後に、優人さんがこちらに見えたのは、いつでしたか」

もう、夕理子の目は絢子に釘付けだ。

姉さん、どうして黙ってるの。なぜ答えないの。

瞬きを忘れた両目が、そう問いかけている。

「奥様、いかがでしょうか」

この絨毯が、いつここに敷かれたのかも答えられない。

優人が、ここに最後に来た日も答えられない。

なぜ、答えられないのか。

それは、それが同じ日だったから、ではないのか。

「奥様……私は先日、このお部屋でお話ししているときに、ずっと、変だなと思って、見ていたんです……ここを」

三都が座っている位置からしたら、右側。

窓に向いた、絨毯の縁。

今もそこには日が当たっているので、よく分かる。

その大きな窓枠から、四十センチくらい入ったところに今、ペルシャ絨毯の縁はある。窓枠と絨毯の間には何もない。当たり前だが、そこには床板が見えているだけだ。

その床板部分が、二色に分かれている。

たぶん、使われているのは高級な木材なのだろうし、塗装もしっかりされているのだと思う。材の剥離や、亀裂といった劣化は見られない。ただ、窓枠に近い部分より、絨毯の縁に近い部分の方が、若干色が濃くなっている。色の濃い部分が、絨毯の縁に沿って、真っ直ぐ向こうに続いている。

逆に言うと、窓枠に近い部分は色が薄くなっている。日焼けによる褪色、と見るのが妥当だろう。

この大きな窓からは、おそらく三百六十五日、何に遮られることもなく陽光が射し込んでくる。それが高級な床板をも照らし、ほんの少しではあるが、日焼けによる褪色が起こってしまった。だがそれは、当然のことながら、絨毯が敷いてあるところにまでは及ばない。よって、いま見えている絨毯の縁に近い部分。その濃い部分こそが、褪色を免れた、この床板本来の色なのであろうことは想像に難くない。

そう。もともとここに敷かれていた絨毯は、もっと窓辺に近いところまであった。といっても十センチもないくらいの差だが、それでも足りないものは足りない。つまり、いま敷いてある絨毯は、以前敷いてあったものより、明らかにサイズが小さいということだ。

三都が最初にこれを発見したとき、チープだと感じたのは、そういうことだ。

新しく買ってきたカーペットが、もともとあったものよりサイズが小さい。でもしょうがないよね、ほっとけば、床の色なんてまた馴染むでしょ、そのうち目立たなくなるよ。

普通はそれでいいと思う。でもそれは、三都のような庶民の発想だ。こんな、横澤の言葉を借りるなら「大」が三つも付くような豪邸に住む者が、サイズ違いで日焼けの痕が出てしまうような絨毯の敷き方をしてはならない。

でも実際、ここにはサイズ違いの絨毯が敷かれている。これが窓側のみならば、単に絨毯の位置がズレているだけという可能性もあるが、三都は反対側もちゃんと確認している。窓から離れた部屋の中央付近では、陽光ではなく、照明器具の明かりによる変色が起こっていたようだ。その効果は窓辺とは正反対。絨毯の敷かれていた部分の色が薄く残り、それ以外の部分の方が濃く焼けていた。

これは何を意味するのか。

サイズ違いだろうと、絨毯を取り換えなければならないようなことが、この部屋で起こった。

もとの絨毯の上で、起こってしまった。

そういうことではないのか。

もう、思いきって訊いてしまおう。

「奥様……一度、この絨毯を、捲って見せていただくことは、できますか」

絢子は「うぶっ」と呻き、嘔吐でもしそうな様子で口を押さえた。

前屈みになった絢子の、その背中に夕理子が手を添える。

「姉さん……」

これが男同士なら、構わず繰り返し訊くのかもしれない。おい、お前が捲れないんなら俺が捲るぞ、いいのか、捲ってもいいのか、おい、捲るぞオラッ。

だが、間違いなく七十歳は超えているであろう老女に対し、同じ女性である三都が、どうなんですか、じゃあ私が捲りますよ、いいですか、いいですね？　と畳み掛けるのはどうかと思う。

かといって、横澤にならできるのかというと、むしろ余計に難しいだろう。虫の好かない野郎ではあるが、こいつが冷徹に、非情に徹することができる男かというと、それは全くない。むしろ、生温くてユルい人間だと思う。

三都にはできない。横澤にも無理。

だったらもう、別の人に頼むしかない。

「奥様……私どもは今日、奥様にお話を伺うだけのつもりで、参りました。そのお話の内容次第では、奥様に、絨毯を捲って見せていただこう、と考えておりました。見て、何もなければそれでいい。でもどうしても、見せていただけないというのであれば、せめてその理由はお聞かせいただけませんか。その理由もお伺いできない、ということであれば……残念ではありますが、裁判所に行ってですね、家宅捜索令状を取得して参りますので……」

絨毯を捲り、そこに何かあれば、一番手っ取り早い。でもなかったとしても、この屋敷内を隈なく捜せば、もともとここに敷かれていた方の絨毯が見つかる可能性がある。これだけの大きさの敷き物だ。どう考えても粗大ゴミだ。回収業者を呼んでいたとしても、今日明日中に来てくれるとは限らない。むしろ、一週間や十日待たされる方が普通だろう。

「それをご提示いたし……」

だが、三都は最後まで言いきることができなかった。

絢子の体が、崩れるようにしてソファからズリ落ちる。ソファと、彫刻を施したセンターテーブルの間に、嵌り込むようにしてうずくまる。

そして続く、うぐ、うぐ、という苦しげな声。

嗚咽か、嘔吐か。

すぐ隣、一緒に絨毯に膝をついた夕理子が、優しくその背中をさする。

それで、少し落ち着いたのだろうか。

あるいは、本当に「吐き出す」決心がついたのか。

絢子はその姿勢のまま、ソファとテーブルの間に嵌まり込んだまま、小声で漏らした。

「……私、です」

何が、と訊き返す間もなく、絢子は繰り返す。

「私です……菊池くんを、殺したのは」

いつもなら、迷うことなく驚きの悲鳴をあげていただろう。

だがそれすらも、三都にはできなかった。

あまりにも、事態が急展開し過ぎた。

私です、菊池くんを殺したのは、って――。

そんな告白、いきなりされても困るんですけど。

5

私はこれまで、亡き父の言葉を胸に生きてきた、と言っても過言ではない。

あのとき、父は帰宅してすぐ風呂に入り、浴衣に着替え、食卓で一人、瓶ビールを手酌で飲んでいた。母は台所に立ち、父の食事を温め直していたのではなかったか。そう。母が父の晩酌に付き合うことは、基本的にはなかったように記憶している。

もしかしたら、父は少し疲れていたのかもしれない。

コップの中で、じりじりと消えていくビールの泡を見つめながら、自分の後ろ首を、ぺちんと叩いたのだ。

「俺たちのここには、見えない『首木』が嵌っている。これを解く鍵は、大蔵省にしかない。男なら、大蔵省に行って、その鍵を手に入れろ。そしてその鍵で、この……見えない『首木』を、外すんだ。お前なら、それができる」

私はなぜ、あの父の言葉を正しく理解できなかったのだろう。

なぜ父の想いを、その通りに汲むことができなかったのだろう。

父は、いわゆる「財務官僚」ではなかったが、しかし都の税務署で統括国税調査官まで務めた、優秀な国税専門官だったことに疑いの余地はない。

今頃になって、だからこそ、だったのではないか、などと思い至る。

キャリア官僚と違い、父は納税者と、つまりは一般国民と直に相対し、一人ひとりから税を納めてもらう立場にあった。だからこそ、疑念を抱いていたのではないか。

この税は、本当に納めてもらう必要があるのだろうかと。

税の全てが不要である、とは私も思わない。税には税の役割があり、それが国内経済を制御する一つの「装置」として働く場面も、間違いなくある。それは、今でも確信をもって断言できる。しかし、全ての税が絶対に必要かと問われると、今はもう、そうだと言いきる自信は全くない。

父は私に、何を言ったのか。

父が言う「俺たち」とは、誰を指していたのか。

言うまでもなく、それは「納税者」だ。父を含む、全ての国民だ。

全ての納税者の「ここ」に嵌っている「首木」とは、なんだ。

私はそれを、財務官僚としてキャリアを積むうちに、「国債という名の借金」だと思い込んでしまった。思い込まされてしまった。大蔵省に入り、その名が「財務省」に変わっても、果たすべき使命は変わらない。国民を借金苦から救うのだと、そのことに半生を捧げてしまった。

しかし、父が言ったのは「大蔵省に行って」「これを解く鍵」を「手に入れ」、「俺たちのここ」に嵌っている「見えない首木」を外せ、だった。

首木とは、複数の馬や牛に車を引かせるとき、その首と首とを橋のように繋ぐ「横木」のことだ。いわば家畜を意のままに操り、効率よく働かせるための拘束具だ。

誰がそんなものを嵌めた。

財務省だ。

財務省が、誰に嵌めた。

国民だ。財務省が、国民に「首木」を嵌めたのだ。

では、その「首木」は「国債」か。

違う。

財務省が国民に嵌めた「首木」とは、税だ。

税そのものだ。

久和秀昭に論戦を吹っ掛けられても、私には碌な反論ができなかった。その後もいろいろと考えを巡らし、調べて学びもし、久和を論破できる何かを発見できれば、もう一度、奴に論戦を挑もうとも思っていた。だが、何も見つからなかった。見つけられなかった。

結果、財務省が国民に嵌めた「首木」とは、税以外の何物でもないと、認めざるを得なかった。

しかし私は、かつて久和の上司だった河島元主税局調査課長のように、潔く財務省を去ることもできなかった。私は私で、財務省に「首木」を嵌められた、一頭の家畜に過ぎなかった。

藤木洋人に飼い慣らされた、よく働く牛でしかなかった。


藤木洋人は、久和秀昭の発信力に恐れ戦《おのの》いていた。

ひと昔前のように、省を去った元官僚が、大手マスコミと資本関係にない弱小出版社から、省に批判的な本を出すくらいだったら、見て見ぬ振りもできた。だが現代の、インターネットによる動画配信の発信力、影響力たるや凄まじいものがあった。

少し政治に興味のある人が、それっぽいタイトルの動画を視聴する。すると、これにも興味があるのではないですか、こんなものもあるので見てみませんか、と勝手に他の動画も勧めてくる。人々の興味が、好奇心が、探求心が、猜疑《さいぎ》心が、久和の「告発」を求めていたのだと思う。

久和は実際、タイトルの付け方が巧みだった。

【国民の借金、一千兆円はウソ！　財務省のカラクリ、全部説明します】

【日本は借金大国なんかじゃない！　財務省の嘘に騙されるな！】

どの動画も視聴回数は万単位を記録している。

さらに久和は、シンクタンクの社員を続けながら、武橋大学の客員教授の職も引き受け、ネット動画の内容をさらに詳しく解説するような書籍も出版し、とうとうそれが内閣府の、ひいては総理大臣の目にも留まるようになった。

藤木洋人の剣幕は、尋常ならざるものだった。

『あの、久和という男を、殺せッ』

さすがに私も、この言葉を額面通りに受け取りはしなかったが。

「藤木さん。我々には、我々の『分』というものがあります。やるべきことを、粛々とやる。それが、役人というものではありませんか」

『その役人の仕事を、まるで詐欺行為のように触れ回っているんだぞ、あの久和という男はッ』

「だとしても我々は、粛々と……」

『それがヌルいと言ってるんだ、私は。いいか、君の人生は、事務次官で終わりじゃないんだぞ。もっと上の、そこらの高層ビルよりもっともっと高い、天上まで昇っていくんだぞ。その君のだよ、足元に嚙みつくようなシロアリは、君が退治するんだ。当たり前のことだろう』

それでも、私は私なりに藤木を宥めすかし、双方がおかしなことにならないよう、調整に力を尽くしたつもりだった。

しかしそれにも、限界はあった。

『絶対に殺せ。久和という男を、今すぐ殺すんだ。奴が、あの男が内閣官房参与になんぞなった日には、もう本当に、財務省はお終いだぞ。滅ぼされるぞ、今度こそ。大体な、歳入庁を創設するだなどという世迷言《よまいごと》を吹聴されて、黙っている君も君だ。官僚の中の官僚、そのトップたる矜持を示せ。分かったか。分かったら「はい」と言え』

意見の喰い違いが顕著になろうとも、長らく世話になった恩人を裏切ることもまた、私にはできなかった。

「……分かりました。じゃあ、また、香川に相談してみます」

『あ、ああーッ、その香川だ。あの、あいつもなァ、もっと、抜け目なくやってもらわなきゃ困るぞ、オイ。九年前の件を、あれをまた、マスゴミが穿《ほじく》り返そうとしてる節がある』

そういうときだけ「ゴミ」呼ばわりか。

「……それはまた、なんのお話ですか」

『キクチという、それがだな、優人の同窓生だっていうんだ』

このときの、私の内心をひと言で言い表わすとしたら「ほら、言わんこっちゃない」が、一番近いように思う。

どうやら九年前の件を、息子の同窓生だという、菊池創なるフリーライターに嗅ぎ付けられ、恐喝されたらしい。いや、「恐喝」という言葉を使ったのは藤木洋人であり、実際に菊池創が、藤木洋人になんと言って接触をしてきたのかは分からない。

私は言われた通り、香川に連絡をとった。その日は彼が出なかったので、翌日にもう一度電話した。

「……と、いうことなんだが」

『それを俺に、両方とも片付けろって、わけですね？』

「まあ、そう、なるかな」

『分かりました、いいですよ。私が綺麗さっぱり、片付けて差し上げましょう……で、二件でおいくらですか』

「まだ、そこまでは……とりあえず君に、引き受けてもらえるかどうか、それだけ、訊こうと思って」

香川が大きく舌打ちした。

『それじゃ、引き受けるもクソもないでしょう。一番肝心なところでしょう、そこが。金額が。せっかくこっちが、お値段以上の仕事をしてみせましょうって意気込んでんのに、やる気なくすよなァ、まったく』

私はもう、この男とはあまり関わり合いになりたくなかった。

「もちろん、そうなんだろうけど、でも、私が言えることではないんでね。だから……うん、だから近々、藤木さんから、直に連絡させるよ。それで、二人で直接、話し合ってみてよ。その方が、きっと上手くいくと思うし」

香川はそれを、嫌らしい声をたてて笑った。

『へえ……事務次官殿は、いち早く、足抜けってわけですかい』

いや。もう、手遅れかもしれない。

それ以後、しばらくは藤木洋人からも、香川からも連絡はなかった。

それが、香川との電話から一ヶ月ほど経った、七月六日だ。

【深夜に、あの教授が逮捕。ヤバくないっすか】

突如、久和秀昭逮捕の報がネット上を飛び交い始めた。

詳細は分からなかった。どういう犯罪なのかも、それに対して久和がどう言っているのかも、一切伝わってこない。

私は、これはなんらかの方法で、藤木洋人か香川が、あるいは双方が、リークしているのであろうと察した。

さらに言えば、

【武橋大学　久和秀昭客員教授逮捕　内閣官房参与は見送り】

これに関しては各マスコミが、むしろ詳しく報じた。

【久和客員教授は、内閣府が設置する経済財政諮問会議に民間有識者として参加した経験もある経済政策通。近々、内閣官房参与に迎えられると見られていたが、一部では、今回の逮捕でこれはなくなったとも言われている。現時点で内閣府からの正式アナウンスはないが、政府関係者は「逮捕はマズい。容疑が何であろうと参与の話は白紙にせざるを得ない」と語った。】

もはや、久和の逮捕容疑がなんであるのかなど、どうでもいい。とにかく、久和の内閣官房参与就任が白紙撤回されれば、それでいい。まさに、藤木洋人の目論見通りと言ってよかった。

ところが、久和逮捕から一週間も経っていない七月十一日。今度は、あろうことかあの香川警部補が、浅草署管内で逮捕されたという情報が回ってきた。こちらは、風俗店内で暴れての暴行及び傷害事件らしかった。

これで慌てたのが、藤木洋人だ。

『マズいことに、なるんじゃないだろうなァ、オイ』

「分かりませんよ、そんなことは。私に言われても困ります」

『困りますじゃないだろう。まったく、君って男は、何をやらせても中途半端だなァ』

なんとでも言うがいい。もう、私にできることはそう多くはない。

そして香川逮捕の翌々日、藤木の様子はさらに切羽詰まっていた。

『菊池が、菊池創が明日、ウチに来るって言ってるぞ』

「そう、なんですか。菊池って、今までどこに行ってたんですか」

『知らんよそんなことは。それよりも、香川が逮捕された今となっては、アレに対処できるのは、君しかいない。君が、ウチに来てどうにかしたまえ。な、そうしたまえ』

この人って、こんなだったかな、と私は、つい思ってしまった。

現役時代、藤木洋人はこんなにも支離滅裂な人だったろうか。私は彼を、もっと知的で、思慮深くて、冷静で、ある意味「計算高い」人間だと思っていたが、そうではなかったのか。

それとも、財務省を去って二十一年。その間に、こんな言い方をしたくはないが、つまりは耄《もう》碌《ろく》してしまったと、そういうことなのだろうか。

私は、これが最後の奉公になるだろうと思いながら、藤木宅に向かった。

何度も訪れた、藤木洋人自慢の邸宅。

インターホンに来訪を告げ、自動で開いた門を入り、玄関で絢子夫人に迎えられ、いつもの応接間に通された。

増築に次ぐ増築で、玄関からだいぶ遠くなってはしまったが、藤木洋人は「本館」のこの部屋が、どこよりも気に入っていた。私もこの部屋で、幾度となく絢子夫人の手料理を振舞われ、名酒に酔い、日本の未来について大いに語り合った。

「……失礼いたします」

私が入ると、藤木洋人は飛び上がるようにしてソファから立ち、縋り付かんばかりの勢いで私に手を伸べてきた。

「よく、よく来てくれたね。さあ、こっちに、こっちに座ってくれ」

自分の横に座らせ、全て私に対処させようとしているのは見え見えだった。

ただ絢子夫人は、何がなんだか分かっていない様子だった。

「少し早いですけど、お酒になさいますか。まだ、お茶でよろしいですか」

「いいから、お前は下がっていなさい」

この部屋は、隣にあるかつてのメインキッチンと繋がっている。今は客をもてなすときに稼働する程度で、普段は「新館」の小さなキッチンを使うことの方が多い、というのは聞いていた。

「奥様、どうぞ、お気遣いなく」

私の到着から三十分ほど遅れて、だったと思う。

菊池創が、藤木宅に現われた。

案内した絢子夫人は屈託のない笑みを浮かべていたが、菊池のそれは、もう少し思うところありげな、複雑なものだった。

「これはこれは、現役財務事務次官閣下まで、お出《い》ででしたか。これで、あれだ……優人が来れば、役者は勢揃いってわけだ。そういうこと、なんでしょう？」

どっかりとソファに座り、脚こそ組まなかったものの、菊池の態度は度を超えて大きかった。

一方、藤木洋人は体の震えを抑えるのに必死なようだった。

「……優人は、呼んでない」

「あれ、どうしてですか」

「奴には関係ない」

「関係ないことはないでしょう。一連の事件の、むしろ一番の当事者じゃないですか。九年前に起こした事故で、八十三歳の男性を轢き殺したのは、優人本人でしょうが」

「それが、それが今さら、なんだと言うんだッ」

菊池創は、実によく調べていた。

九年前、藤木優人はこの近く、上馬五丁目の路上で事故を起こし、その際に、田島信介《たじましんすけ》という八十三歳の男性を死亡させている。これを、被害者の過失が大きいとして不起訴に持っていったのが、当時の香川巡査部長だった。

当初は菊池も、香川が「仕掛人」だとは思っていなかったらしい。単に同窓生が起こした死亡事故が、なぜ不起訴になったのかという、その謎を解明しようとしていた。それこそ、父親の藤木洋人が捜査班に圧力を掛けたとか、その手の話を聞き出そうとしていた。

「でも俺、感じちゃったんですよね。あ、このポリ公、まともじゃねえな、って。そんで、しばらくマークしてたら……まあ、風俗には通い詰めるわ、シャブは買うわ、組員と肩組んでカラオケは唄っちゃうわ、あれじゃ、ただのチンピラでしょう。それで、思ったんですよね。こいつが、死亡事故揉み消しの、実行犯なんじゃないかって。で、それを直接、藤木パパにお尋ねしたら、なんとまあ、分かりやすくお怒りになられて。そんなことをして、キサマ、ただで済むと思うなよ、なんて……」

菊池は断わりもなく、そこでタバコを吸い始めた。

「あのね……人を脅すのにも、手順ってもんがあるんですよ。それを、電話で問い合わせただけなのに、あんな……脅しにもなってませんけどね、あんなの。あれじゃ、私が仕組みましたって、白状してるのと同じですから」

それでも携帯灰皿を使う辺り、菊池はまだまだ常識人だった。

一本吸い終え、「ただね」とテーブルに身を乗り出す。

「私も、いろいろ勉強したんですよ。藤木さんは、パソコンとか使えます？　ケータイで、ネットとかご覧になれます？　私これでも、けっこう守備範囲が広くてですね。例の、久和秀昭教授にもインタビューしたことあるんですよ。経済専門誌の、ウェブ版だったんですけど」

藤木洋人は答えなかったが、たぶん、読んでなかったと思う。

菊池は続けた。

「あれには、けっこう感銘を受けましてね。自分でもいろいろ、勉強するようになりましたし、マスコミのね……それまでは、ああ、そんなもんなのかな、でも将来を考えたら、増税もしょうがねえんだろうな、なんて思ってたのが」

尻を前にずらし、菊池が距離を詰めてくる。

「全部嘘っぱちだって、分かるようになっちまいましてね。あのね、これ……冗談じゃねえ、じゃ済まねえっすよ。あんたらの、その国民を馬鹿にし腐った手口はッ」

藤木洋人は、気圧《けお》されたのかなんなのか、スッと身を退き、私の視界から消えた。

それでも、私と菊池が対峙する構図にはならなかった。

菊池の標的は、あくまでも藤木洋人のようだった。

「汚えよなァ。息子の起こした死亡事故、チンピラ警官雇って揉み消して、その野郎をまた使い回して、今度は久和教授を逮捕させたんだろ。分かってんだよ……香川が俺を脅しに来て、三発ぶん殴られて、財布取り上げられたよ。そんで封筒、投げてよこして……四十三万ってなんだよ。

どういう勘定なんだよ。それで、余計なこと考えねえで、これでしばらく消えてろって……しばらくってどんくらいだよ。一週間か？　十日か？　二週間か？　そしたらあんた、今度は香川が逮捕されてんじゃねえか。馬鹿かってんだよ」

　藤木洋人は、完全に怖気づいていた。ボクシングで言ったら、コーナーに追い詰められて連打を浴びている状態だ。

　その喩えで言ったら、私はなんだ。レフェリーか。

　むろん、藤木洋人が立っていられなくなったら私も止めに入るが、まだまだ、そこまで決定的なダメージは被ってなさそうだった。

　菊池の猛攻は続く。

「俺はよ、言ったら久和教授の門下生だからよ、オメェら財務官僚の汚えやり口は、全部知ってんだよ。分かってんだよ。バレてんだよ。そん中でもよ、いいか……俺の祖父ちゃん、祖母ちゃんは、東日本大震災で死んだんだよ。それはまあ、ある意味、仕方なかったと思ってる。屋根の重たい、古い日本家屋だったしな。それでも、建て替えなんて全然考えてなかったんだろうし、あの土地を離れる理由も、そんな気持ちも、全くなかったと思うし。被災したのは、まあ、運命だったのかなって、諦めるしかないんだろう……でもよ、復興増税ってなんだよ」

　ガンッ、と菊池がテーブルの縁を蹴る。

「オメェら財務官僚にとっちゃ、被災者の命もメシのタネか？　あァ？　ああいうときこそよ、国債発行だろうが。そりゃな、生産能力のない国で国債発行したって、しょうがねえだろうよ。国の全土が被災しちまったら、労働力も資材も消えてなくなってんだからよ、国債発行したってインフレになるだけだろうさ。でもよ、日本は違うだろ。違っただろ、あんときは。日本の生産能力は活きてた。ノーダメージの地方だって全然あった。だったらよ、国が金出して、動ける人に動いてもらえばいいだけの話じゃねえのか。それぞまさに、建設国債の出番じゃねえのか。日本国民の失われた財産を、日本国民によって再建する。その力が日本にはある。日本国民にはある。そこに国が金を出す。当たり前の話じゃねえか。それなのに、それなのにオメェら、財務官僚が捻り出したのは……復興増税ってなんだよ。復興特別所得税って、なんなんだオラッ」

再度、テーブルに蹴りが入る。

「オメェらよ、そんなもんを所得税に上乗せするって、正気か。死に物狂いで働いて、潰れた家を、建て直そうとしてる被災者からも搾り取るのか。損得なんて考えないで、店にあった売り物のパン、お握り、カップ麺、近所の人に配って回ったコンビニの店主からも、オメェらは、復興してやっから税金よこせって、まだ搾り取ることしか考えられねえのか。オメェら、被災者皆殺しにする気か、この悪魔がッ」

隣にいる藤木洋人が、私の腕を両手で摑んで離さない。

袖を、千切れんばかりに引っ張る。

「谷口くん、何か、なんとか……言い返したら、どうなんだッ」

そんな小声で怒鳴られたところで、もう私にも、どうしようもない。

なんとかする気になんて、全くなれない。

「……藤木さん」

私は、藤木洋人の手を剝がしにかかった。最初は手首を取り、引っ張ったが、全く離す気はないようだった。仕方なく、指を一本ずつ摑んで、引き剝がしていった。だが右手を剝がし、次に左手を剝がそうとすると、また右手で摑んでくる。その右手を剝がそうとすると、左手でまた摑もうとする。

　適当なところで、私はソファから立ち上がった。

「藤木さん……残念ながら、彼の言っていることも、久和くんの言っていることも、何一つ、間違いではありませんよ……間違っていたのは、私たちです。財政法第四条を金科玉条と崇《あが》め、それを根拠に、国民に『増税』という名の首木を嵌め、搾り取れるだけ搾り取ってきたのは、我々、大蔵官僚、財務官僚です……そんな我々が、『悪魔』との誹《そし》りを受けるのは、ある意味仕方がない。傷つき、疲れ果てた被災地の国民に、さらに税を課すなど、まさに悪魔の所業でしょう……そうと認めた上で、それでも財務省という名の伏魔殿を守っていくのか、潔く歳入庁の設置を受け入れ、財政法第四条と決別するのか。今まさに、我々はその選択を、迫られているのかもしれません」

　藤木洋人の両手が、ずるりと、私の上着の袖からすべり落ちた。

　菊池創は、なんの感情も面に出さず、ただ私を見上げていた。

「……失礼、いたします」

　私は一礼し、席を離れた。

　ドア口まで行き、そこから隣のキッチンを覗くと、絢子夫人が、調理台の前で肩を震わせているのが見えた。藤木洋人のことを尊敬してやまない彼女が、今の話をどう聞き、どう受け取ったかは、想像に難くない。まさか、夫のことを悪く言う人間がこの世にいるだなんて、まるで思いもしなかったろう。しかもその主張が対立する場面において、私が藤木洋人ではなく、菊池の側に立つなど、到底認めがたい事態だったのではないか。

だが、ここからだ。ここから断ち切っていかないと、前には進めない。

私は絢子夫人の後ろ姿にも一礼し、応接間のドアを開けた。

廊下の壁には、藤木洋人の歴史とも言うべき、各界著名人との記念写真が延々と飾られている。古くは自動車業界、建設業界、家電業界、放送業界、マスコミ関係。昨今はIT、通信サービス、ファストファッション業界とも親交が深かったようだ。むろん、それらに負けないくらい、政治家や特殊法人の代表と写った写真は多い。そこには大蔵省OB、財務省OBも多数含まれている。

誰もが満面の笑みで、ガッチリと両手で握手を交わしている。まるで、日本の明るい未来のために、共に手を取り合い頑張っていきましょう、とでも言わんばかりの顔だ。

違うか。我々だけでこっそり儲けていきましょう、という顔か。

菊池創は指摘しなかったが、藤木洋人の、延《ひ》いては財務省の、真の闇がここにある。これこそが、国民を欺いてきた財務省の暗部と言っても過言ではない。

いや。菊池も今頃、まさにその話をしているのかもしれない。

廊下を一つ曲がるところで、藤木優人と出くわした。

「あっ……」

「どうも、優人さん。ご無沙汰しております」

やはり優人も、呼ぶだけ呼ばれてはいたようだ。

私は会釈ですれ違おうとしたが、そうはいかなかった。

「あの……谷口さんは、もう、お帰りなんですか」

「ええ。私にできることは、もう……何もありませんので」

優人は、まだ何か言いたそうだった。菊池創という自分の同窓生が、とか、そんな話で私を引き留めたかったのかもしれない。

しかし、それは叶わなかった。

突如、絢子夫人の悲鳴が廊下まで聞こえてきた。

そこに藤木洋人が、夫人の名を叫ぶ声が重なった。

菊池の声は、そのときは聞こえなかったような気がする。

優人は「失礼します」と、応接間の方に走っていった。

私はその後ろ姿を、ただ見送った。

もう、戻るつもりはなかった。

全て終わったのだと、そう考えることにしたのだ。

終章

中田三都の、機転というか当てずっぽうというか、名推理というか「棚から牡丹餅」というか。

なんと藤木絢子が、いきなり菊池創殺害を自供したのだという。

早速、絢子を志村署に連行し、任意で事情聴取。青梅署の特捜本部から担当捜査員が到着するまでには多少時間がありそうなので、その間は佐久間が立会いをして、絢子から話を聞いた。

「菊池くんが、何かお話があって、ウチを訪ねてくると……主人は、優人は呼ばなくていいと、申しましたけれど、そんな……菊池くんは、優人のお友達ですから。私がつい、優人に、連絡してしまって……そのときは、何か予定があるとかで、行けるかどうか分からないと、優人は申しておりましたが……」

中田がここに連れてくるまで、絢子の様子がどんなだったかは聞いていない。ただ取調室に入って以降は、さほど取り乱すこともなく、淡々と、思いつくままに喋っているように見えた。もはや泣き叫ぶ元気もない、ということなのかもしれない。

話が途切れると、中田が続きを促す。

「菊池創さんは、お一人でいらしたんですか」

「はい……菊池くんは、一人で、お見えになったんですけど」

けど、ってなんだ。

中田も同じ疑問を持ったのだろう。

「他にも、その場にはどなたかいらしたんですか」

「菊池くんより前に、谷口さんが……」

「谷口さん、というのは、現財務事務次官の、谷口康三さんですか」

「はい……その、谷口さんです」

あいつ。昨日会ったときは、藤木洋人とは、ここしばらく会ってないとか言ったくせに。つい最近、家まで来てんじゃねえか。

「なぜ、谷口さんがその場に？」

「主人が、お呼びしたのだと思います……というか、それ以外には……はい」

「ご主人と、谷口さんと、菊池さんと、あとは」

「最初は、主人と、そのおふた方です」

「奥様も、そこにご同席されて」

「いえ、私は、隣のキッチンにおりました」

「キッチンで、何をしてらしたんですか」

「お酒、という雰囲気ではありませんでしたので、せめて、お茶でもと思い、その用意をして……でも、もちろん、お茶だけというわけにも、いきませんから……ちょうど、とらやの羊羹が、ありましたので、それを切って、お出ししようと……」

それで包丁を持っていた、ということだろうか。

「お出ししようとして、それで？」

「でも、それもなかなか、ままならない雰囲気でしたので、どうしようか、行ったり来たりしながら、隣の様子を窺っておりましたら、もう……菊池くんの口調が、どんどん激しくなっていって、乱暴になっていって。そのうち、主人のことを、人殺しだとか、悪魔だとか、罵《ののし》るようになって、その上……谷口さんまで、菊池くんに、同調するようになって」

谷口が、菊池に同調。それはまた、なんとも奇妙な構図だ。

「それで、ドアの、開く音がして……」

ここにきて、また感情が昂《たかぶ》ってきたようだった。

絢子の目に、涙が溢れ始める。

「振り返ると、もうドアは閉まっていて、谷口さんは、いらっしゃらなくて……見ると、主人はこう、ソファに……足を上げて、縮こまるようにして、頭と膝を、抱え込むようにして……その前に、菊池くんが、立っていて、今にも……今にも主人を、どうにかしてしまいそうな、そんな、様子だったので……」

まさに「ペルシャ絨毯の上の惨劇」というわけだ。

「も……も……持っていた、包丁を」

「はい、包丁を」

「包丁……包丁で……菊池くんを……して……さ、刺して……しまいました」

その流れからすると、刺したのは後ろからだったのだろう、と佐久間は推測した。

なんといっても、菊池は四十歳の男性。正面からなら、たとえ包丁を持っていたにしろ、七十八歳の老女に易々と殺されはしなかっただろう。背後から、サササッと絢子が近づいてきて、気づいたときにはもう、最初の一撃を喰らっていた、みたいな。そんな流れだったのではないだろうか。

まあ、そういう実況見分的なことは青梅署の特捜の仕事なので、今は触れなくていいか。

中田も頷いて、続きを促す。

「それで、優人さんは、いつ？」

「優人、は……いつのまにか、いました。私が、何度も菊池くんを、刺してしまって、もう、血だらけで……そこら中、血が、飛び散っていて……それを、優人が見て……僕が、どうにかするから、って……お母さんは、何もしてない、菊池も、ここには来なかった、そういうことにしよう、そうしようって……そうしたら、あ……あの子が……まさか」

転落事故を起こすなんて、よもや思いもしなかったと。

そりゃ、思いもしなかったでしょうな。

できることなら、佐久間はもう一度、谷口康三に事情聴取したかった。

なぜ、藤木洋人とはしばらく会っていないなどと言ったのか。絢子の供述では、谷口は菊池殺害の直前まであの部屋にいたことになっているが、本当にそうなのか。実は、絢子が菊池を殺害する場面まで見ていて、そうと知っていて、黙っていたのではないのか。

だがそれもこれも、全ては青梅署特捜本部の仕事だ。志村署員がしゃしゃり出るべきではない。

とはいえ、絢子の自供しかり、藤木優人と菊池創の接点しかり。志村署サイドが提供した重要情報は一つや二つではないので、向こうも捜査の進捗や結果については、わりと積極的に報告してくれた。

『犯行時に、現場に敷かれていたと思しき絨毯は、あの応接間の、真上の部屋にしまってありましたよ。十五年前に亡くなった、洋人の母親が使っていた部屋らしいです。ゴチャゴチャッとした、半ば物置のようになっている部屋で。そこに、筒状に丸めて、ビニール紐で縛って、突っ込んでありました。広げてみると、裏まで血が染みてましてね。あれ、どうするつもりだったんだ、って訊いたら、どうしたらいいか分からなくて、置いたままにしてしまった、ということでした。あれの代わりに、あそこに敷いてあった絨毯はですね……』

　多くの犯罪者は素人だ。特に「殺人のプロ」なんていうのは、少なくとも日本国内においては、まず存在しないと言ってもいい。

　そんな素人は、人を殺してしまったというだけで、とんでもなく動揺する。正常な判断などできなくなる。一所懸命に証拠を隠そうとしても、上の階に移すのがせいぜい。そんなのはよくあることだ。その後に、別の部屋に敷いてあった絨毯をあの部屋に敷き直しただけ、絢子はまだ冷静だったと言えるかもしれない。

　いや、絨毯の交換を指示したのは藤木洋人、という可能性もある。だがその点に関しては、まだ佐久間も聞いていない。今回の事件の核心的部分でもあるので、そこは青梅署特捜も慎重に進めたいということなのだろう。

　一点、佐久間が中田と共に訪ねたあの日、なぜ自分たちをあの部屋に通したのか、というのは気になっている。少なくともあのとき、中田をあの応接間に通さなければ、あとで絨毯のサイズ違いを指摘されることもなかった。だがそれも、うっかりいつもの部屋に通してしまったとか、まさか日焼け痕で見破られるとは思っていなかったとか、その程度のことなのかもしれない。あるいは、あのときは妹の夕理子がいたから、何も知らない彼女が、あそこに通すよう段取りしてしまったとか、そんな可能性も考えられる。

なんにしても、殺人事件に、良い後味のものなどありはしない。

しかし終わらせ方次第で、少しマシな後味にすることなら、もしかしたら、できるかもしれない。

佐久間は、久和に連絡をとってみた。

『……はい、もしもし』

「突然のご連絡で、申し訳ありません。私、志村警察署の……」

『はい、佐久間さん。お疲れさまです』

ごく平板な物言いではあるが、それでも、久和にしては機嫌がいいように感じた。

「お疲れさまです。あの、例の財布の持ち主ですが」

『菊池創さん』

「はい、その菊池氏が、ですね……殺害されるという事件がまた、別個に起こりまして」

『え、菊池さんが……』

一度インタビューを受けている相手だけあって、さすがの久和も少しショックを覚えたようだった。

「まあ、私が捜査を担当しているわけではないので、それについて、詳しくお話はできないんですが、ただいくつか、久和さんにお伺いしたいこともあるので、できれば近々、お時間を頂戴することはできませんでしょうか」

『私が、志村警察署にお伺いすればよろしいんですか』

「いえ、もう取調べとか、事情聴取ということではなく、むしろ、個人的にと申しますか、その……」

それだけで久和は察してくれた。

『分かりました。ではいつ、どこに伺えばよろしいですか』

「それはもう、どこでも。久和さんのご都合のよろしいところで」

『では、ウチの近所にあるバッティングセンターにしましょう』

は？


日にちは佐久間の都合も考慮してもらい、結果、次に休みになる二十七日木曜日と決まった。

それまでの間、佐久間は可能な限りの準備をした。本署当番に入っている間も、五分、十分という時間を惜しんで資料を読み込んだ。

たまに、中田がちょっかいを掛けてくる。

「係長、それなんの勉強っすか」

「経済」

「知能犯関係ですか」

「ごめん、ちょっと邪魔しないで」

そして迎えた七月二十七日、午前十時五十二分。

佐久間は久和が指定してきた、埼玉県さいたま市南区にあるバッティングセンターに向かっていた。

待ち合わせの十一時までは、まだ八分ある。

しかし、暑い——。

仕事柄、季節を問わず外を歩くのには慣れているつもりだが、やはり東京と埼玉とでは、なんというか、暑さの「重み」が違うように感じる。上から圧し掛かってくるというか、脳天を押し潰されそうになるというか。まあ単純に、この辺が道幅に余裕のある住宅街だから、日影が少ないというだけの話かもしれないが。

「いや……暑い」

そのせいかどうかは分からないが、通りに人の姿はない。蟬《せみ》の声も聞こえない。

そんな住宅街に、ふわりと現わる半透明の建造物。

巨大なネットで、空まで囲い込んだ「異空間」。

「……やった……着いた」

これまで佐久間は、バッティングセンターという場所にはほとんど縁がなかった。たとえ仕事でストレスが溜まっていても、思いきりバットを振って、ボールをカッ飛ばして発散したい、などと思ったことは一度もなかった。

佐久間の場合、たいていのストレスは酒を飲めば解消できる。コンビニでウイスキーのポケットボトルと、柿の種でもひと袋調達できれば、三十分後にはもうご機嫌だ。拳を突き上げて「明日も頑張るぞ」と、心から言うことができる。

なので、実際にバッティングセンターを前にすると、なんというか、ソワソワが半端ない。ある種の「アウェー感」なのだろうが、自分が場違いな存在に思えて仕方がない。

入り口はどこだ。こっちか。助かった、中は涼しい。受付は。そういうのはないのか。そうか、外に出て、というか空いてる打席に入って、お金を入れて、そこにあるバットで打てばいいんだから、受付とか順番待ちとか、そういうのはないのか。なんとなく、ボウリング場みたいな形態をイメージしていたが、なるほど、むしろゲームセンター的なシステムなんだな。そういえば、ドラマか何かで見て、こういう感じだっていうのは、知ってたな——。

そこまで理解し、多少冷静さを取り戻せたのかもしれない。

通路の左側には、打席に入れるドアが並んでいる。対する右側には、待合用のベンチが設置されている。

その、三つ目に腰掛けている人物が、こっちに手を振っている。

久和だった。

「……あ、どうも」

会釈しながら近づいていくと、久和も立ち上がって一礼をくれた。

「こんにちは」

「こんにちは。本日は、わざわざお時間を頂戴いたしまして、ありがとうございます」

「いえ、こちらこそ。こんなところまで、ご足労いただきまして」

いい大人が二人、向かい合ってペコペコ頭を下げ合うのは決して恰好のいいものではないが、しかしなるべく早い段階で、これだけは言っておきたい。

「久和さん。今回の件では、大変なご迷惑をおかけしました」

そう言って頭を下げると、久和は「まあまあ」と言いながら、佐久間に座るよう手で促した。

「それはもう、済んだことですから。それ以上、仰らないでください」

「しかし……まあ、はい……そう言っていただけると、我々は、大変ありがたいです」

当たり前ではあるが、久和は勾留中より、いくらか表情が明るく見えた。本人は「持久戦を覚悟」したように言っていたが、それでも「逮捕」されていたのだ。尋常ならざる精神状態に置かれていたことは想像に難くない。

もう一つ、早めに訊いておきたいことがある。

「久和さん、こちらには……よく？」

「いいえ、初めてです」

毎度のことではあるが、久和の返答にはちょいちょい驚かされる。

「そう、なんですか……では、なぜ今日、こちらに？」

すると、コクンと頷いてみせる。

「まず、お酒を飲みながらする話にはならないだろう、というのが一点。喫茶店というのも、おそらく違う。では会議室みたいな部屋を押さえるのかというと、そこまで大仰にもしたくはない。もう少し開けた、明るい場所がいい。しかし腰掛ける場所くらいは欲しい。そうは言っても公園のような屋外では暑い。そんないくつかの条件を勘案すると、こういうところが最も適しているのではないか、というのが私の出した結論です」

佐久間は、ほぼ即答で『ウチの近所にあるバッティングセンターにしましょう』と言われたように記憶しているが、そもそも頭の回転が尋常でなく速い人だから、それくらいの思考を瞬間的に巡らせていたとしても不思議はない――と、今のところは思っておこう。

実際平日の午前中だけあって、客は久和と佐久間以外にひと組しかいない。【球速一一〇キロ】のところにいる、大学生くらいの若い男性二人組。そう思って見ると、話をする環境としては確かに悪くない。外にさえ出なければ、こっち側は冷房も効いているし。

とりあえず、自動販売機まで飲み物を買いに行った。久和は「ここは私が」と言ってくれたが、そこは警察官として「困ります」と遠慮し、結局、各々好きなものを買って元のベンチに戻った。

佐久間は、冷たい緑茶をひと口飲んでから切り出した。

「実はその……菊池創さんの事件絡みで、藤木宅を訪ねる機会がありまして」

藤木絢子が菊池創というフリーライターを殺害した件は、三日前の記者発表で公表されている。当然久和も、それについては承知しているものと思われる。

「ほう……藤木元次官のお宅なら、さぞご立派なんでしょうな」

「そうなんです。あまりにも立派なので、私は外観を見た瞬間に、『砦』という一文字を思い浮かべてしまいました。しかし中に入ると、これは『城』だと、まさに『天空の城』だと、思い直しました」

実際「天空の城」に思い至るまでには、だいぶ日にちがかかったのだが、そこは別に、詳述する必要はあるまい。

久和は「はい」と、当然と言わんばかりの顔で頷いた。

「私が、最後にお出ししたヒントですね」

「ヒントというよりは、宿題でしたけどね、私にとっては……で、そのお屋敷の廊下にはですね、各界の有名人と申しますか、お偉いさん方と、藤木洋人氏が並んで撮った写真が、ズラズラズラッと飾られているんです。それはもう、えらく自慢げに」

クスッ、と久和が吹き出す。

「……それは、そうでしょうね」

「そうなんです。そんなのを見たら、誰だって勘繰りますよね。ああ、官僚っていうのは、こういうふうにして……『天下り』していくのかな、と」

久和が、ニヤリと頬を持ち上げる。

「……はい」

「ここまで、合ってますか」

「とりあえず、続けてください」

途中経過での採点はしてくれない、と。

「はい……で、奇《く》しくも、なのかどうかは分かりませんが、私は藤木宅という『天空の城』で、『天下り』の実態を垣間見てしまった。『天空』と『下り』で、ちょっとベクトルがすれ違ってる感はありますが」

久和が小さく頭を下げる。

「すみません。私のヒントが雑で」

「いえ、そんな」

「大丈夫ですから、続けてください」

図らずも「大丈夫」と聞けたことで、佐久間も少しテンションが上がった。

「はい……ただ久和さんは、『天空の城に田んぼはない』とも仰った。『田んぼ』はもちろん比喩でしょうから、藤木宅には盆栽しかないとか、そういう話ではない」

「ええ。私は、藤木さんのお宅がどんなかは、存じませんし」

「ですよね。つまり、田んぼのない『天空の城』に米を、広く言ったら食い扶持《ぶち》を、現実的な言い方をしたら、給料や報酬といった、現金を供給する仕組みは別にある、ということですよね」

「その通りです」

よしよし。ここまでは予定通りだ。

「私も、ここまで久和さんのお話を伺ってきて、大体の流れというのは摑めてきている……と、自分では思っているんです。その、大体の流れから推測すると、『天空の城』に現金を供給しているのは、やはり財務省ということになる。少なくとも、その疑いが強い」

久和は、ここでは頷かなかった。しかし、手応えがなかったわけではない。

向こう側では、カキーンと、金属バットのいい音がしている。

この「沈黙」は「続けろ」と同義だろう。

「ここで思い出されるのが、久和さんのお話の中にあった、借金をして高級車を買うというたとえ話です。千二百万円の借金をして高級車を買っても、まだ手元に二千万円以上あるのなら、経済状態としてはさほど悪いわけではない。むしろ、その高級車を乗り回すことで、日々リッチな気分に浸れる、と……私は、そうお答えしたように、記憶しております」

「私も、そのように伺った覚えがあります」

　こういう「肯定」も「続けろ」の意だ。

「ところがその直後、久和さんは、この喩えを忘れろと仰った。財務省が、国の財政を一般家庭に喩えて脅すなら、同じ方法で、それを否定してみせようと思っただけ。そんな意味のことを仰った」

「はい、言いました。よく覚えていらっしゃいましたね」

　真面目に聞いておりましたので。

「ええ……ということは、この喩えは何かが間違っている。ある種の矛盾なのか、意図的な論理のすり替えなのか、それは私には分かりませんが、でも何かが正しくない。なので、あまり拘らないようにはしつつ、でも疑問は疑問として考えてみようと思いました。それは……私の買った高級車は、一体どこに行ったのだろう、ということです」

　微かに、久和の眉間に力がこもった。

　これは、ダメなのか。

「何か、違っていましたか」

　久和はかぶりを振った。

「いえ、とりあえず続けてみてください」

　合格ではないが、不合格とも言えない、微妙なライン上、みたいな感じか。

「その……私の高級車は、なんだかんだ理由をつけられ、財務省に召し上げられ、『天空の城』に横流しされてしまった……みたいな」

久和の、困ったような頷き。

「目の付け所は、悪くないんですが……いささか論理性に欠ける気はします。その考察はそこでお終いですか」

「いえ、まだ続きがあります」

「お聞きしましょう」

では、続けます。

「はい……それで、『天下り』についてネットで検索してみると、もう簡単に、天下り企業であるとか、どこの省庁の誰々が取締役として入っているとか、そんなのがもう、わんさか出てくるんですね。そしてそれを、一つひとつ改めて検索していくと、いつも同じところに行き着くことが分かってくる」

今度は、しっかりと頷いてもらえた。

「何に、行き着きましたか」

「財務省のホームページに掲載されている、『国の財務書類』というファイルの中にある、『貸借対照表』です」

「続けてください」

「はい。それを見ていくと、左に『資産』が掲載されていて、右には『負債』が掲載されている。右側の負債の欄には、当然『公債』……国債ですよね。国債がダントツで、これだけ一千兆円を超えて計上されている。片や左側、資産の欄には、現金とか預金とか、有価証券とか……あと、なんでしたっけね。国有地とか、何々施設とか……まあいろいろ、国って資産を持ってるんだなと、すごいなと思いながら見てたんですが、この中に、我々が普通に『国の資産』と聞いてイメージするのとは、ちょっと違うものも交じっている」

「交じってますね。なんでしたか、それは」

確実に、核心に近づきつつあるのを感じた。

「貸付金と、出資金です」

「続けてください」

いったん、深呼吸をしておこう。

「……はい。貸付金は、私が見た年度の資料では、百二十兆円を超えていました。出資金が、九十兆円超。この、計二百兆円を超えるお金はどこに行っているのか。それは、そのあとに続くページに、ちゃんと載っていました」

それのコピーは、むろん佐久間も持っている。だが、あの八日間に及ぶ取調べ中、久和は紙もペンもない状況で佐久間に財政学の講義をしてくれた。せめて今日くらいは、あれに倣って手ぶらで話したい。諳《そら》んじて語りたい。そう思って佐久間は、あえて一切の資料を家に置いてきた。

「出資金で言うと、有名なところでは、日本郵政とか、日本たばこ産業とか、日本電電とか。あと、農林漁業ナントカとか、アルコール産業ナントカ、なんてのもありました。特殊会社、特殊法人、許可法人、独立行政法人……国立大学に国がお金を出すのは当たり前なのかもしれませんが、ナントカ振興機構とかになると、似たようなのがいくつもあって、本当に全部必要なのかなと、疑問に思えてきます」

久和は無反応、無表情。

どっちなんだ、これは。

「貸付金に至っては、他の省と比べると、財務省はまさに桁違いでした。他省は、せいぜいウン十億円レベル。そんな中で文科省だけは、兆に届いていた気がしますが、財務省はなんと、単独で百二十兆円超え。その主な貸付先は独立行政法人ですが、財務省は額も桁違いなら、件数も飛び抜けて多い。他省は一件か、あってもせいぜい三、四件。でも財務省だけは三十件近く貸し付けている。それだけ多くのお金を、財務省は各方面にバラ撒いていることになる」

久和、動かず。

「ここからは、私の立てた推論、ということになりますが……財務省は、国庫から貸付金、出資金という名目で、様々な特殊法人や独立行政法人などに、資金提供をしている。その見返りとして、法人側は天下りを受け入れる。天下って法人に入り込んだ財務省ＯＢは、さらなる資金提供を財務省側に要求。財務省側も、今後とも天下りを受け入れてもらう都合上、増額の要求を拒むことはできない。むしろ、財務省側が積極的に増額している、ということすらあり得る。自らの、豊かな老後のために。子々孫々の代まで不自由しないよう、『天空の城』に富を吸い上げるシステムを、強固に構築するために」

ようやく、久和が頷く。

「……だから」

「はい？」

「だから、財務省は？」

「財務省は……」

「財政法第四条と、国債を」

　おお、そうだった、そうだった。

「はい、すみません……だから財務省は、国債を嫌う。国債は、政府と日銀とのやり取りでお金を生み出せてしまうシステム。そうなると、財務省は蚊帳《かや》の外。自分たちの……いわば収入源であり、財布とも言うべき『税』が軽んじられることになる。税収が減るのは、財務省としては絶対に困る。なぜなら、財務省が自らの裁量で、天下り先に出資金や貸付金を割り振ることが、できなくなってしまうから。天下り先というのは、つまり一般国民には指一本触れることのできない、彼らだけの『へそくり』にも等しい、隠し財産と言える。だから財務省は、財政法第四条を盾に取り、国費は税収のみで賄わなければならない、と喧伝する。国債を借金呼ばわりして忌避し、増税に次ぐ増税で、経済が疲弊しようが国民が飢えようが、そんなことは一切お構いなし。なぜなら、増税しないと、自分たちの『天空の城』が潤わないから……そういうことでは、ないでしょうか」

　久和が、小さく拍手をする。

「お見事です。高級車の行《くだり》に若干、論理の捻じれはありましたし、あと、天下りをしているのは、何も財務省だけではありません。他省も散々天下ってはいますが、それ以外は完璧と言っていいと思います。素晴らしいです。佐久間さんが私の教え子なら、今期は間違いなく『A＋』です」

　これは、嬉しい――。

　ちょうど、向こうではホームランが出たらしい。スピーカーから盛大なファンファーレが流れた。

嬉しい、けど。

「ちなみに……高級車の行は、何がいけなかったんですかね」

「あの喩えで言うならば、高級車はまさに、借金をして買ったものですから。財務省の言う、国債は借金である、というロジックに乗った上で、それの何が悪い、と引っ繰り返すための話ですから。できることならば、あの喩えは引用してほしくなかった……とまあ、私個人の小さな拘りです。些末な問題です。お気になさらず」

そうか。言われてみれば、そうだったかもしれない。

しかし、嬉しいものだ。勉強して、いい点を取るって、案外楽しいことなのかもしれない。そんなことを、五十近くになって知っても遅いのかもしれないが。

そうだ。今度はこっちから、オマケを出しておこう。

「久和さん、実は……いつどこで、というのは、私から具体的には申し上げられないんですが、まあ、今回の事件に至る過程でですね、藤木洋人と、菊池創と、谷口康三財務次官が、同席する場面があったんです」

「ほう、あの三人が」

この三人の名前を挙げただけで、久和なら、菊池が殺害される直前の話と、推測できてしまうのかもしれないが。

「その三人が、具体的に何について話したのかまでは、私も知りません。しかし、大よその察しは付きますよね。元財務次官と、現財務次官。そこに、久和さんにインタビューをした、フリーライターですから」

「菊池さんもまた、大変真面目に、私の話を聞いてくださいました。少々ヤンチャな感じの方ではありましたが、税収と国債、中でも復興増税に関しては、大いに興味を持っていただいたように、記憶しております」

なるほど。

「つまり、普通に考えたら、藤木・谷口対、菊池という構図になりそうなものですよね。ところがその場では、藤木対、谷口・菊池だった、という話がある。谷口は、そのときは藤木の味方をしなかったらしいんです」

珍しく、久和が感心したように「ほう」と漏らす。

「それは大変、興味深いですね」

「はい。私も、ちょっと驚きました。谷口次官には一度お会いして話もしているので、まさか……藤木洋人ではなく、菊池の側に付くようなことは、万が一にもない人だと思っていたので。非常に意外でした」

なんだろう。

久和が、ふわりと笑みを浮かべた。

今まで、容易には見せなかった、優しげな顔。それでいて、まだ目までは笑っていないような、複雑な表情。

「そう、でしたか……今回の事件では、藤木元次官も罪に問われる可能性があるのでは、と私は考えていたんですが、谷口次官は、どうなんでしょう」

いずれにせよ、断言する立場に佐久間はない。

「私自身は、捜査本部の人間ではありませんので、断言はできませんが、まあ……谷口次官は、何もないんじゃないかな、くらいには、思っています。あくまでも、私見ですが」

久和が、ゆっくりと頷く。

「分かりました。じゃあ久し振りに、連絡でも、とってみましょうかね。まもなく退官ですね、その後はどうなさるんですか、くらい、お伺いしてみても、いいかもしれない……あ、でも私、谷口さんの連絡先、何も知らないんでした」

「じゃあ、私から谷口さんに連絡して、お許しが出るようであれば、私が久和さんにお教えしますよ。谷口さんのケータイ番号」

あくまでも、谷口がそれを許可すれば、の話だが。

翌二十八日は通常勤務だった。

「おはよう」

「おはようございます、係長」

久和の件に関わった三人も揃い、なんだか久々に「日常」を迎えた気がしていた。

この三週間余り。肉体的にキツいことはなかったが、脳細胞はかなり酷使したように思う。事件捜査や、それに関する書類作成に使うのとは、明らかに違う「頭」をフル回転させていた。思考だけが日本の暗部をさ迷い、その深淵を覗き込み、あまりの根深さに震え上がり、逃げ帰ってきた。そんな感覚がある。

ふいに肩を揉まれ、誰かと思って見上げると、横澤だった。

「なんすか、係長。お疲れですか」

「ん、いや……まあ、そうなのかな」

「昨日の休み、何かあったんですか」

「あったと言えば、あったかな……実は、久和秀昭に、会ってきたんだ」

えっ、と横澤の手が止まる。

「会って、何してきたんですか」

「何って、普通に……話しただけだけど」

「また経済談義、っていうか、財務省の悪口ですか」

「悪口って言うなよ。ちゃんと、根拠があって言ってんだから」

「はあ……」

横澤は、分かったような分からないような、全く納得はいっていない顔で離れていった。

夕方までは各々、自分が抱えている仕事だったり、誰かの手伝いだったり、それなりに忙しなく過ごしていた。

それが、十七時十五分。

通常勤務が終わった途端だ。

「かっ、かり、チョッ」

中田が「ケンケンパー」の要領で近づいてくる。この娘はどうして、いつも少しだけ、物事を面白くしようとしてしまうのだろう。

「……なに」

「飲み行きましょ。係長の奢りで」

「なんで」

「だって……ねえ？」

中田の後ろには、横澤と水沢も控えている。

どうやら、横澤が首謀者らしい。奴が一番ニヤニヤしている。

「そりゃ、わざわざ久和に会いに行ったくらいですから、それなりに土産話もあるんでしょう？」

「まあまあまあ。なんにもないなら、ないでもいいですから。とりあえず、今日は飲みに行きましょう。係長の奢りで」

「ないよ、そんなの。なんにも」

「だからよ、なんで俺の奢りって話になってんだよ」

中田が、右手の人差し指を顎に当てる。

「だってぇ、もう月末だしぃ」

「月末で懐が寂しいのは俺だって一緒だよ」

「でもぉ、結婚してるの、佐久間係長だけだしぃ」

「家庭がある分、俺の方が出費は嵩《かさ》むだろうが」

「そんなことないでしょう。だって、奥様は看護師さんなんだしぃ」

「それがどうした」

「看護師さんって……ねえ？　サワチョウ」

水沢は、黙って頷くだけ。

横澤に肘を摑まれる。そのまま立たされる。

「まあまあ、いつもの店でいいですから。あそこなら、佐久間係長が『今日は俺の奢りだ』って言ってくれたら、向こうもそれなりに勉強してくれますから」

「おかしい、おかしい。俺が奢らなきゃいけない理由が、全然分からない。っていうか、奢りたくない」

反対の腕は中田に取られた。

「とかなんとか言って、久和教授から、上手い金儲けの話とか、聞き出してきたんじゃないんですか？」

「そんな話、久和がするわけないだろ。そういうの、一番遠いだろ、あの人」

「いやいやいやいや」

「だからよ」

「まあまあまあまあ」

なんだかんだ言っても、こうやって部下が飲みに誘ってくれて、結果奢らされることになっても、それはそれでいいかなって、心のどこかで思えるなら、それも幸せの内かな、とも思う。

そこそこ幸せなら、まあいいか、なんて言ったら、久和にはまた怒られそうだけど。

そう思わされた時点で、佐久間さんは騙されてるんです、とかなんとか。

いや、待てよ。誰かに教えると、自分の理解もより深まる、みたいに言うよな。

それ、いいかもな。

「……よし、分かった。分かったから、ちょっと離して」

「離しても逃げない？」

「俺が今まで、逃げたことなんてあったかよ」

よしよし。お前らには今日、俺を飲みに誘ったことを、とことん後悔させてやろう。

乾杯からシメまで、この佐久間教授が徹底的に、財政の何たるかを、お前らに叩き込んでやる。

諸君、付いていていらっしゃい。

あと詩月、ごめん。

今日、夕飯作ってくれるって言ってたけど、俺の分キャンセルな。

参考文献

『財務省、偽りの代償　国家財政は破綻しない』髙橋洋一（扶桑社）

『国民のための経済と財政の基礎知識』髙橋洋一（扶桑社）

『給料低いのぜーんぶ日銀のせい』髙橋洋一（ワニブックス）

『日経新聞と財務省はアホだらけ』髙橋洋一、田村秀男（産経新聞出版）

『財務省が日本を滅ぼす』三橋貴明（小学館）

『日本の没落を望む7人の反日主義者』三橋貴明（経営科学出版）

『財務省からアベノミクスを救う』西田昌司（産経新聞出版）

『財務省の「ワル」』岸宣仁（新潮社）

『事務次官という謎　霞が関の出世と人事』岸宣仁（中央公論新社）

『ザイム真理教――それは信者８０００万人の巨大カルト』森永卓郎（フォレスト出版）

『「国の借金は問題ない」って本当ですか？～森永先生！経済ど素人の私に、ＭＭＴの基本を教えてください』森永康平（技術評論社）

『こうすれば絶対よくなる！日本経済』田原総一朗、藤井聡（アスコム）

『安倍晋三 回顧録』安倍晋三、橋本五郎（聞き手）、尾山宏（聞き手・構成）、北村滋（監修）（中央公論新社）

『安倍晋三VS財務省』田村秀男、石橋文登（扶桑社）
『インサイド財務省』読売新聞経済部（中央公論新社）
『財務省の機構 令和5年版』大蔵財務協会（編集）（大蔵財務協会）
『シン・ニッポン2.0　ふたりが教えるヒミツの日本』渡邉哲也、長尾たかし（三交社）
『財務省と政治　「最強官庁」の虚像と実像』清水真人（中央公論新社）
『検証　財務省の近現代史　政治との闘い１５０年を読む』倉山満（光文社）
『竹中平蔵 市場と権力「改革」に憑かれた経済学者の肖像』佐々木実（講談社）
『文藝春秋２０２３年5月号』（文藝春秋）
『キャリア官僚の仕事力　秀才たちの知られざる実態と思考法』中野雅至（ＳＢクリエイティブ）
『財務官僚の仕事力　最強官庁の知られざる出世事情』榊原英資（ＳＢクリエイティブ）

【初出】
「小説推理」二〇二三年五月号～二〇二四年五月号
作中に登場する人名・団体名は全て架空のものです。

誉田哲也　ほんだ・てつや

一九六九年東京都生まれ。学習院大学卒業。二〇〇二年『妖の華』で第二回ムー伝奇ノベル大賞優秀賞、〇三年『アクセス』で第四回ホラーサスペンス大賞特別賞を受賞。人物それぞれの精密な視点から物語を構築し、警察小説や犯罪小説、青春小説等を発表、多くの読者を獲得している。著書に『ストロベリーナイト』『ジウ』『妖』シリーズ、『背中の蜘蛛』『もう、聞こえない』『フェイクフィクション』など多数。

首木《くびき》の民《たみ》

二〇二四年六月二二日　第一刷発行
二〇二四年一〇月一一日　第三刷発行

著者　誉田哲也
発行者　箕浦克史
発行所　株式会社双葉社
〒１６２－８５４０
東京都新宿区東五軒町３－２８
電話　０３－５２６１－４８１８（営業部）
０３－５２６１－４８３１（編集部）
http://www.futabasha.co.jp/
（双葉社の書籍・コミック・ムックが買えます）

印刷所　大日本印刷株式会社
製本所　株式会社若林製本工場
カバー印刷　株式会社大熊整美堂
ＤＴＰ　株式会社ビーワークス

ISBN978-4-575-24747-3 C0093